A

Grégoire Delacourt

Das Leuchten in mir

Roman

Aus dem Französischen
von Claudia Steinitz

Atlantik

Die Originalausgabe erschien 2017 unter dem Titel
Danser au bord de l'abîme bei JC Lattès, Paris.

*Atlantik Bücher erscheinen im
Hoffmann und Campe Verlag, Hamburg.*

1. Auflage 2018
Copyright © 2017 by Éditions Jean-Claude Lattès
Für die deutschsprachige Ausgabe
Copyright © 2018 by Hoffmann und Campe Verlag, Hamburg
www.hoca.de   www.atlantik-verlag.de
Satz: Pinkuin Satz und Datentechnik, Berlin
Gesetzt aus der ITC Garamond
Druck und Bindung: Friedrich Pustet, Regensburg
Printed in Germany
ISBN 978-3-455-00273-7

Ein Unternehmen der
GANSKE VERLAGSGRUPPE

*Für das Mädchen, das auf dem Auto saß –
ich habe entdeckt, dass es auch die Menschen
verbinden kann.*

Ich schreibe, um mich zu durchlaufen.
Henri Michaux, *Passagen*

Erster Teil

Brasserie André

72

»Ich werde mit ja antworten.«

»Also werde ich versuchen, die richtige Frage zu stellen.«

71

Ich erinnere mich an den plötzlichen Rausch, an das Entzücken der alten Tannen, die noch nie etwas so Hübsches gesehen hatten. Ich erinnere mich, dass sie wie eine kleine Königin empfangen wurde. Die Kastanien neigten sich bis zum Boden, um sie mit den Spitzen ihrer Zweige zu streicheln. Der Goldginster öffnete ihr einen Durchgang und duftete so stark er konnte. Ich erinnere mich, dass der ganze Berg sie feierte und dass sie später, als sie mit einem Goldregenzweig im Maul am Rand eines Plateaus stand, unten, ganz unten im Tal das Haus von Monsieur Seguin mit der Koppel dahinter erblickte, lachte, dass ihr die Tränen kamen, und rief: »Wie klein das ist! Wie konnte ich es nur da drin aushalten?«

Halb trunken wälzte sie sich im Gras, streckte alle viere in die Luft und rollte über trockenes Laub und Kastanien die Hänge hinab. Dann sprang sie wieder auf die Beine. Hopp! Schon sauste sie mit vorgerecktem Hals davon, durch Büsche und Sträucher, bald auf einen Gipfel, bald durch eine Schlucht, war mal oben, war mal unten, war überall. Man hätte glauben können, zehn von Monsieur Seguins Ziegen tobten durch die Berge. Und dann träumte ich, eine davon zu sein, selbst die großen blauen Glockenblumen, den purpurroten Fingerhut mit den langen Kelchen zu sehen, den ganzen Wald aus Wildblumen, aus denen die berauschendsten Säfte quollen.

Und wenn meine Mutter, manchmal auch mein Vater, mir die grausame Geschichte vorlas, weinte ich nicht wegen des großen, lauernden Wolfes, sondern wegen des plötzlich auffrischenden Windes.

Wegen der Berge, die sich im Abendlicht violett färbten.

Wegen des tragischen Adverbs, das Blanquette aussprach, des Adverbs, das die ganze Unmöglichkeit unserer Wünsche, die Illusion des ewigen Glücks offenbarte: *schon*.

Ich war sieben Jahre alt und wusste, dass es *schon* vorbei war; dass die Dinge, kaum gestreift, berührt, gekostet, *schon* verschwanden und nur eine Erinnerung, ein trauriges Versprechen zurückließen.

Fast dreiunddreißig Jahre später habe ich gehofft, wie die kleine Ziege von Daudet wenigstens bis zum Tagesanbruch durchzuhalten.

70

Bis dahin hatten meine Tage mit der Wärme von Zärt-
lichkeiten begonnen – mit der Wärme der Sonne, der
Hände meines Mannes, der Wärme meiner Scheide, einem Gebüsch mit dem zarten Geruch nach Erde.

Meine Tage begannen mit dem Lachen unserer Kinder an manchen Frühlingssonntagen oder ihren Rufen,
wenn es draußen geschneit hatte und sie nicht zur Schule gehen, sondern lieber im Weißen toben, sich fallen
lassen, in die feuchte Kälte sinken oder den größten
Schneemann der Welt bauen wollten.

Meine bisherigen Tage waren die kleinen Kieselstei-
ne eines wohlgeordneten Lebens gewesen, eines alten
Versprechens, vorgezeichneten Bahnen zu folgen, vor-
gezeichnet von anderen, die an perfekte Wege oder wenigstens an tugendhafte Lügen glaubten. Meine künftigen Tage versprachen stürmisch zu werden.

Und einer von ihnen erschütternd.

69

Müsste ich wie vor einem Gericht oder einem Arzt in
wenigen Worten zusammenfassen, was ich ganz am Anfang verspürt habe, würde ich Worte wie Dringlichkeit,
Taumel, Abgrund, Erregung wählen, und, so würde ich
hinzufügen, Schmerz.

In gewisser Weise Schmerz.

Und für das Ende, für den unseligen und schönen
Morgen, würde ich Frieden, Erleichterung wählen, auch
Eitelkeit, Enteilen, Freiheit, Freude, würde ich von

wahnsinnigem Verlangen sprechen, so, wie man von wahnsinniger Liebe spricht.

Ja. Vor allem wahnsinniges Verlangen.

68

Bondues.

Wir wohnten in einem großen weißen Haus am Golfplatz von Bondues, vierzehn Kilometer von Lille entfernt. Keine Hecken, kein Zaun trennte die Grundstücke voneinander. Deshalb sagte mein Mann nein, als unsere drei Kinder einen Hund haben wollten, zwei Stimmen für einen hellbraunen Labrador, eine für einen grauen Weimaraner. Sie versprachen, sich jeden Tag zu kümmern, Ehrenwort! Ehrenwort! Nein, denn der Hund würde weglaufen.

Schluchzend schlug Léa, unsere jüngste Tochter, vor, ihn draußen anzubinden.

Ich erzählte ihr von Blanquette mit ihren sanften Augen, ihrem Feldwebelbärtchen, ihren schwarz glänzenden Hufen, ihren gestreiften Hörnern und dem langen weißen Fell, das sie wie ein Mantel einhüllte, von der hübschen Ziege, die im finsteren Stall eingesperrt wurde und durch das offene Fenster entfloh. Léa zuckte mit den Schultern, stieß einen kleinen tragischen Seufzer aus, *schon.* »Aber wenn wir ihn lieben, hat er gar keinen Grund wegzulaufen.«

Mein Mann hatte mich weder angebunden noch eingesperrt, und trotzdem habe ich mich davongemacht.

Dabei liebte ich die Behaglichkeit unseres Hauses. Die Opernmelodien, die man dort hörte. Das Pfeifen des

Windes, der manchmal Sandkörner aus den Bunkern hereintrug, und den milden Duft des moosdurchsetzten Rasens der Golfplätze. Ich liebte unseren alten Apfelbaum und seine wie aus Höflichkeit gesenkten Äste. Die Gerüche unserer Küche und sogar die der verkohlten Töpfe, in denen unsere Töchter regelmäßig Karamell anbrennen ließen. Ich liebte den beruhigenden, warmen Geruch meines Mannes. Seinen Blick auf meinem Mund, auf meiner Brust, seine Art, mich zu lieben, höflich, zuvorkommend, ehrlich und anständig, trotz der Höhen und Tiefen. Ich hatte seinen Mut geliebt, als er krank geworden war, seinen fehlenden Zorn bewundert und in dieser wilden Odyssee meine ungeahnte Kraft geschätzt.

Ich liebte unsere beiden Töchter und unseren Sohn und vor allem die Vorstellung, dass ich für sie töten, mit meinen Zähnen einem lebenden Tier sein Fleisch entreißen würde, wenn sie am Verhungern wären, dass ich jeder Finsternis widerstehen würde, damit sie keine Angst mehr hätten.

Schließlich liebte ich meine Mutter, trotz ihrer Scheuklappen und ihrer eleganten Depression. Ihre Art, meine Kinder in den Arm zu kneifen, um sicher zu sein, dass sie echt sind. Ich liebte es, jeden Tag ins Geschäft zu gehen, das glückliche Lächeln meiner Kundinnen zu sehen, während meine Hände die Geschenke einpackten und die Satinschleife mit der Schere kräuselten. Ich liebte auch den Stolz meines Mannes, wenn er alle sechs Wochen mit einem neuen Wagen nach Hause kam, und sein strahlendes Jungsgrinsen. Die Spritztour, zu der er uns dann einlud, manchmal bis ans Meer, Richtung Wimereux, Boulogne, Fécamp. Unsere Reiseträume zu fünft. Ich liebte die Schiffe und die Seekarten, die un-

sere Kinder mit langen wurmstichigen Stöcken in den
Sand malten. Die Meere, die sie zeichneten, führten uns
zu Inseln, wo kein Lärm der Welt tobte, kein Zweifel,
kein neues Verlangen das gegenwärtige Glück zerstörte.

Ich liebte mein Leben.

Ich gehörte zu den glücklichen Frauen.

67

Ich versuche, zu erklären, ich will nicht, dass man mir
vergibt.

Ich werde im Laufe meiner Geschichte versuchen, der
Alltäglichkeit eines Lebens zu danken.

66

Noch nicht ganz vierzig. Hübsch, aber nicht umwer-
fend – obwohl, als ich neunzehn war und ein kurzes
gelbes Kleid trug, ein Junge mit seinem Motorroller gegen einen Lieferwagen fuhr, weil er mich anstarrte.

Ordentliche Ehe, seit achtzehn Jahren.

Einige Wutausbrüche, wie bei all unseren Freunden.
Zwei, drei zerbrochene Teller. Ein paar Nächte auf der
Wohnzimmercouch. Versöhnung mit Blumenstrauß, »les
mots tendres enrobés de douceur, sanfte Worte, gehüllt
in Zärtlichkeit«, wie Dalida sang.

Riesige, unfassbare Freuden – die Geburt unserer
Kinder, deren friedliche Kindheit, ohne den tollwütigen
Biss eines hellbraunen Labradors oder grauen Weima-
raners, ein Heranwachsen ohne sichtbare Verwüstung,

abgesehen von dem Zusammenbruch, den jeder von uns erlebte, als mein Mann nach mehreren Wochen Krankenhaus mit kahlem Kopf nach Hause kam.

Léa rannte sofort in ihr Zimmer, holte braune, schwarze und graue Filzstifte und malte, eins nach dem anderen, Haare auf den Schädel ihres Papas.

Das Lachen kam zurück.

Damals arbeitete ich in einem kleinen Geschäft in der Altstadt von Lille, Kleidung für Kinder zwischen null und zwölf Jahren. Dann ist Schluss, dann haben die Mütter nichts mehr zu melden, wissen die Gören alles besser. Mein Mann Olivier leitete ein sehr großes Geschäft in Villeneuve-d'Ascq für Kinder zwischen achtzehn und achtundneunzig Jahren: eine BMW-Niederlassung.

Wir fuhren so etwas wie einen Rennwagen. Er war sehr stolz darauf. Nur fünf Liter auf hundert Kilometern, kannst du dir das vorstellen? (Nein). Dreihundertzweiundsechzig PS! (Echt?) Von null auf hundert in vier Sekunden! (Liebling, mir bleibt die Spucke weg.) An Ampelkreuzungen und auf Parkplätzen fragte man ihn über das Modell aus. Er bot eine Probefahrt an. Mit leuchtenden Augen versprachen die Leute zu kommen.

Er war ein brillanter Händler.

Er hatte mich überzeugt, dass ich die Frau seines Lebens sei, als ich mit einem anderen zusammen war. Genauer gesagt mit seinem besten Freund.

Sie blieben Freunde.

Ich erinnere mich an eine Hochzeit, zu der wir eingeladen waren, in Berru, bei Reims. Während des Abendessens verliebte sich die Braut in den Freund einer Brautjungfer. Sie verschwanden auf dem Motorrad in der Nacht. Man sah sie nie wieder.

Diese Flucht berührte mich, ich träumte lange davon.

Später überzeugte er mich, dass ich von Tag zu Tag schöner würde, trotz der Jahre, der schlaffer werdenden Haut, der Sinnlosigkeit der Anti-Aging-Produkte. Wenn er gewollt hätte, hätte er mir mühelos ein Auto verkauft, das ich absolut nicht brauchte.

Aber ich wollte zu Fuß losgehen, wenn die Zeit reif wäre.

65

Claude Sautet.

Ich habe seine Filme immer geliebt. Seine weibliche Menschlichkeit. Die Kameraführung, der man wie dem Duft eines Frauenparfüms oder dem Alkoholrausch eines Mannes entlang der Theke einer Bar, einer verrauchten Kneipe folgt.

Sie führen zur Freude, zu einem neuen erschütternden Verlangen. Sie fangen Blicke ein, die viel über den gewaltigen Hunger der Frauen, die Sehnsucht der Körper offenbaren. Sie zeigen Hände, die mit verstörender Sinnlichkeit, geradezu verzweifelt, Zigaretten anzünden, elektrisierte, gierige Körper, die sich flüchtig berühren, Arme, die sich öffnen, Körper, die Anlauf nehmen, untertauchen und glücklich, manchmal erschöpft, wieder an die Oberfläche kommen.

Sie streifen die von Gloss und Bissen geschwollenen Lippen, das Lächeln, das Gelächter, stark wie Männerschultern, das ganze geräuschvolle und virtuose Leben, das Klappern des Bestecks auf den Porzellantellern, das Knallen der Weinkrüge aus grobem Glas auf den

Tisch, das Klingeln eines Flippers im Hintergrund, der an ein arrhythmisches Herz erinnert, oder einer Jukebox – Hurricane Smith, Billy Paul oder Led Zeppelin und Philippe Sarde.

Da, in einer Kulisse, die einem Film von Sautet ähnelte, im Hochbetrieb eines Restaurants zur Mittagszeit, begleitet vom Klappern des Geschirrs und dem Stimmengewirr der Unterhaltungen, ist mein Leben gekippt.

Da habe ich diesen Mann gesehen.

Niemand, auch nicht die, die uns kannten, hätte ahnen können, dass ich den Verlauf seines Lebens für immer ändern würde, ebenso wenig hätte jemand vorhersehen können, dass ausgerechnet er mein Leben zum Entgleisen bringen würde.

Das Gesicht eines Mannes, der nicht merkt, dass eine Frau ihn anschaut, ihn geradezu begehrt, ist manchmal anrührend.

Dann spielt er keine Rolle, zeigt keine Pose – Verführung, Repräsentation, Zärtlichkeit oder Drohung –, sondern ist ganz in seiner Ehrlichkeit, seiner Nacktheit, wahrscheinlich einer gewissen Unschuld.

Dieses nackte, ehrliche Gesicht, das hinter einer weißen Baumwollserviette hervorkam, hat mich unendlich verwirrt, hat mich in einem Augenblick aus der Ruhe meines glücklichen Lebens, aus seinem beruhigenden Wohlbehagen gerissen und mich ganz dicht an ein neues Feuer geführt.

An den Funken des Verlangens.

Ich bin wieder dort.

Er legt seine schwere Silbergabel hin und tupft sich mit der weißen Baumwollserviette behutsam den Mund ab, bevor er einen Schluck Wasser trinkt.

Zuerst sehe ich seinen Mund. Seine Lippen. Dann das Grübchen in seiner Wange. Mein Blick wandert an dem Grübchen entlang, eine Spur, die zu seinen Augen führt. Sie sind strahlend und hell, gesäumt von schwarzen, dichten Wimpern. Ich bin gebannt.

Plötzlich lacht er mit seinen Freunden. Ich höre sein Lachen nicht, weil er zu weit weg ist, ich sehe nur die aufscheinende Freude, die die Welt schöner macht, und eine unerwartete elektrische Entladung schießt in meinen Unterleib, verbrennt mich, öffnet mich; Kälte, Wind und alle Stürme stürzen sich in meine unsichtbare, meine ungeahnte Schwachstelle.

Alles in mir gerät in Panik.

Ich taumele.

Meine Finger bohren sich förmlich in das Holz des Tresens, um mich vor dem Sturz zu bewahren.

Meine erste Erregung als Halbwüchsige kommt wieder hoch, atemberaubend, vervielfacht durch mein Verlangen als Frau, meine Erfahrung mit dem Taumel.

Ich fühle mich schlecht.

Ich fühle mich verletzt, und noch heute, wo das alles stattgefunden hat, wo mein Körper und meine Seele entbrannt sind, um nie mehr zu erlöschen, bleibt die Erinnerung an diesen unbezwingbaren Ansturm des Verlangens das packendste Ereignis meines Lebens.

An jenem Tag hatte er mich nicht einmal gesehen.

An jenem ersten Tag.

Er war mit seinen Freunden weggegangen, ohne sich die Zeit für einen Kaffee zu nehmen. Sie hatten sich die Rechnung geteilt. Er hatte »bis morgen« gerufen, und am nächsten Tag war ich wiedergekommen.

Brasserie André. 71, Rue de Béthune.

63

Die Sorte Mann, für die eine Frau alles aufgibt.

62

Ich verzeichne hier die Ereignisse genau so, wie sie stattgefunden haben. Ich werde die Unbändigkeit meines Verlangens nicht kommentieren, sie ist gewiss auf der Seite des Göttlichen zu finden.

Ich will nur versuchen, die Mechanik der Katastrophe zu analysieren. Zu verstehen, warum ich später die Herzen derer, die ich liebte, für immer zerrissen habe.

61

Ich glaube, dass man wegen einer kleinen inneren Leere in die Liebe stolpert. Wegen eines kaum wahrnehmbaren Freiraums. Eines nie befriedigten Hungers.

Das zufällige, mal charmante, mal brutale Auftauchen der Verheißung macht diese Kluft spürbar, lässt unsere Sehnsucht aufscheinen und stellt die als sicher und endgültig angesehenen Dinge wie Heirat, Treue, Mutterschaft in Frage; dieses unerwartete, geradezu mystische Auftauchen offenbart uns sogleich uns selbst, erschreckt uns auch, verleiht uns Flügel, schürt unseren Appetit, unseren Lebenshunger, denn plötzlich wird die Annahme, dass nichts für immer währt, ebenso zur Gewissheit wie die, dass wir keine Erinnerung, keine Liebkosung, keinen Geschmack von Haut oder Blut, kein Lächeln, kein rohes Wort, keine Anstößigkeit, keine Erniedrigung bewahren werden. Plötzlich entdecken wir, dass die Gegenwart die einzig mögliche Ewigkeit ist.

Es war die Kurzsichtigkeit meines Ehemanns und sein deshalb unendlich sanfter, wohlwollender Blick, die mich genährt, erfüllt und schöner gemacht hatten.

Es war die Art, wie dieser Mann in einem Restaurant in Lille seine Lippen sorgfältig mit einer weißen Serviette abtupfte, die Art, wie die Serviette geradezu sinnlich, wie ein fallendes Laken nach unten sank und seinen Mund wie eine saftige Erdbeere entblößte, die mir das Ausmaß meines Hungers bewusst machte.

60

Ich wollte keinen Geliebten. Ich wollte einen Rausch.

59

Am nächsten Tag ging ich wieder in die Rue de Béthune.

Ich zögerte jedoch, ehe ich das Restaurant betrat, beinahe hätte ich darauf verzichtet. Ich war eine verheiratete Frau, eine glückliche Mutter; noch war ich eine geliebte Frau, eine treue Frau. Warum sollte ich mich einem Unbekannten nähern, versuchen, von ihm bemerkt zu werden? Weshalb dieses Prickeln in meinen Fingern? In meiner Brust?

Meine Mutter fand immer strenge Worte für solche Frauen. Sie sagte »Nichtswürdige«. Sie sagte »Perverse«, sagte »Bordsteinschwalbe«, weil Hure ein schmutziges Wort ist.

Ich ging hinein. Trotz des Banns. Trotz der Verachtung.

Ich erspähte ihn sofort, hinter den lauten Gästen, den diskreten Treffen, den unaufmerksamen Kellnern.

Diesmal war er allein, und unsere Blicke trafen sich.

Seiner richtete sich eher zufällig auf mich, instinktiv, wie wenn man sich beobachtet fühlt. Wie ein Tier.

Als er mein Gesicht sah, als er spürte, dass nichts ihn bedrohte, und meine Unruhe verstand, wurde er sanfter.

Ich senkte die Augen, und es kam mir vor, als röteten sich meine Wangen.

Die Röte des Geständnisses, schon.

Als ich wieder versuchte, seinen Blick zu treffen, lächelte er, glaube ich, aber ich bin mir heute nicht mehr sicher, vielleicht lächelte er auch etwas später, als ich eine Haarsträhne beiseiteschob, um mein Gesicht zu zeigen, wie man einen Knopf am Kleid öffnet, um die Blässe, die Zartheit der Haut zu enthüllen, eine Spur zu legen.

Plötzlich war etwas Raubtierhaftes zwischen uns. Etwas Geschmeidiges, Flüssiges.

Unsere Blicke spielten, als verfolgten sie einen unsichtbaren Gummiball: Sie richteten sich immer neben den Punkt, an dem man mit ihnen rechnete, wie ein

Kribbeln auf der Schulter, am Hals, auf der Stirn, dem Ohr, der Wange, noch nicht auf dem Mund, noch nicht auf der Hand, dann prallte der Ball gegen andere Stellen, auf ein Ohrläppchen, den Rand eines Nasenflügels, *Almásys Bosporus*, und schließlich auf die Lippen und schließlich auf die Finger, und seine waren schmal und lang, und mir wurde heiß, und ich glaube, ihm wurde auch heiß, dann richteten sich meine Augen erneut auf seinen Mund, den er am ersten Tag so behutsam abgetupft hatte, ließen sich dort nieder, wie ein Kopf an einer Schulter, legten sich auf die vollen Lippen, in denen dickflüssiges Blut pulsierte, und ich bekam Lust, in diese Lippen zu beißen, Lust, dieses Blut zu trinken, Lust auf Spritzer, Spuren, Narben, ich bekam Lust, seinen Mund zu küssen, noch nicht ihn, noch nicht den Mann, nur, seinen Mund zu verschlingen.

Danach sah er mich nicht mehr an.

Lächelnd aß er sein Mittag zu Ende. Er trank ein paar Schluck Wein, bestellte einen Espresso, immer noch lächelnd. Er sagte *Espresso*, wie ein Italiener. Und das Lächeln war sein erstes Wort, und ich war eine begehrte Frau.

Verloren.

Dieses verwirrende Schweigen hat mich erst überflutet, dann erfüllt. Mir gefiel diese Unterbrechung. Die Leere. Mir gefiel es, einen Moment nichts mehr zu sein, nur eine Frau, die vor ihrer Teetasse und einem unberührten Stück Tagestorte an der Bar sitzt. Mir gefiel, dass er nicht aufstand, nicht zu mir kam, keine ersten banalen Worte sprach, ein Kaffee, das ist nett, vielen Dank, nein danke, ich trinke Tee, ich nehme keinen Zucker, ich achte auf meine Linie, lieben Sie Brahms?,

Sie erinnern mich an jemand. Manchmal sind die ersten Worte, die einen überwältigen, brutal, ungeduldig und schön, ich würde gern mit Ihnen schlafen, ich würde gern von Ihrem Bauch trinken, ich würde gern mit Ihnen fliehen, Sie verschlingen. Aber man spricht sie nicht aus, sie verbergen sich im Schweigen, sind in den Blick eingeschrieben, der sich nicht mehr auf dich richtet und dich trotzdem besser errät als alles andere, besser als du selbst, in den abwesenden Blick, der dich sieht, dich schon bis ins Innerste kennt. Es ist ein fast schmerzhaftes Gefühl.

Genau da, als er mich nicht mehr angesehen hat, als seine Augen nicht mehr mit mir gesprochen haben und ich wieder nur eine Möglichkeit war, nur eine Frau unter vielen, genau da spürte ich, dass ich mich ihm hingeben würde, falls er mich darum bat, dass ich mich wie eine Besiegte ergeben, ihn meine Schatten erobern lassen und uns beide in seinem Verlangen verlieren würde.

Dann stand ich auf und ging hinaus, ich spürte seinen Blick nicht auf meinem Rücken, meinem Nacken, meinem Hintern, ich spürte kein Brennen, ich drehte mich nicht um und ich lächelte in mich hinein, so wie er sicher im selben Moment vor seinem *Espresso*, den Henkel der kleinen dicken und heißen Tasse zwischen seinen langen schmalen Fingern, von denen ich träumte, dass sie sich auf meinen Hals legten, ihn sanft umklammerten, bis zur Ekstase.

Bis zum Taumel.

Bis zum Verderben.

Draußen lief ich wie eine Betrunkene, hin- und hergerissen zwischen dem Wunsch, zu rennen, zu fliehen, dem Wunsch, die Arme auszustrecken, um gerettet, dem angekündigten Untergang entrissen zu werden, und dem Wunsch, zu lachen und zu tanzen. Meine Tränen flossen, ich bekam zum ersten Mal Angst und mir wurde kalt, wie wenn man auf dem schmalen Grat eines Gipfels läuft und weiß, dass man in jedem Fall abstürzen wird.

Dass es vorbei ist.

58

Bei meinem Ehemann schlafen und an einen anderen denken.

Das Gewicht meines Mannes spüren. Sein Schnarchen hören und an einen anderen denken. Die Unruhe meines Mannes, sein Stöhnen, seinen inneren Aufruhr wahrnehmen und an einen anderen denken.

Das Klopfen meines Herzens und meiner Angst spüren. Hören, wie mein Blut strömt. Fühlen, wie meine Beine zittern. Meine Hand zum Zentrum meines Verlangens schieben und an einen anderen denken.

Mir auf die Lippen beißen, um zu schweigen, um den unbekannten Vornamen eines anderen zu zerreißen. Um ihn auszukosten wie einen Saft.

Der Orgasmus ist eine nächtliche Verirrung.

57

Meine Arbeit.

Ich war, glaube ich, für die Worte, die Bücher, die Noten und den Tanz geschaffen, für die nicht greifbaren

Dinge, die das Dasein nähren, neue Perspektiven schaffen, andere Proportionen zeichnen, für all die Dinge, die unsere Mauern verschieben und unser Leben erweitern.

Als junges Mädchen träumte ich von Buchhandlungen, Filmarchiven oder einer Arbeit an der Oper, sogar als Platzanweiserin oder Programmverkäuferin, aber nach dem Studium an der Katholischen Uni, einem sechsmonatigen Praktikum in der Buchhandlung Furet du Nord und drei Wochen in der Buchhandlung Tirloy fand ich nur eine Stelle beim Finanzdienstleister Cofinoga.

Ich habe sie sofort gehasst.

Fast zwei Jahre lang verkaufte ich entsetzlich teuer Geld an Leute, die keins hatten und zweifellos niemals welches haben würden. Ich versprach ihnen mit honigsüßer Stimme und klopfendem Herzen das Blaue vom Himmel, verhieß ihnen bessere Tage mit diesem Sofa, jenem riesigen Flachbildschirm, kostbare Freiheit mit diesem Wagen, jenem Motorrad. Und als die Drohbriefe in ihren Briefkästen steckten, weil sie nichts mehr zurückzahlten, weil sie untergingen, weil sie schrien, ohne dass jemand sie hörte, und als das Wasser sehr schnell ihre Schreie ertränkte, schämte ich mich, eine dumpfe, ekelhafte, endgültige Scham; wegen dieser Scham griff ich nach dem Telefon und rief all meine Kunden an, um mich zu entschuldigen und ihnen zu raten, sich auf Artikel R 635-2 des Französischen Strafgesetzbuches zu berufen, gegen einen Kauf nach Nötigung zu klagen.

Ich ging weinend davon und kehrte nie zurück.

Knapp zehn Monate später wurde Manon geboren. Unsere erste Tochter. Eine leichte Geburt nach einer glücklichen, ruhigen Schwangerschaft, begleitet von Opern, die ich liebte, und von den damals neuen Romanen, Sijie, Carrère, Raspail, Maalouf, Claudel. Sie weckten manchmal eine diffuse Lust zu schreiben, aber meine drei Geburten in sechs Jahren, die Unersättlichkeit meines Mannes, wahrscheinlich auch einige Zweifel an meiner Begabung, später dann der Drang nach einer bezahlten Arbeit ließen diese Lust in Vergessenheit geraten. Ich habe nie darunter gelitten, denn Lesen ist auch Schreiben. Wenn man das Buch zugeschlagen hat, setzt man es fort.

Vor den Ereignissen, die den Lauf unserer Leben änderten, arbeitete ich also in einem Kinderbekleidungsgeschäft, anfangs als Vertretung auf Zeit, die sich dann aber in die Länge zog. Die Monate vergingen. Schließlich wurde es ein ganzes Jahr. Und noch eins. Mein Selbstwertgefühl schwand unerbittlich, weil ich mich in der Passivität des Lebens eingerichtet hatte, unfähig, es in die Hand zu nehmen, eingeschläfert von der Brandung der Mittelmäßigkeit. Ich verlor mich selbst. Ich erschöpfte mich darin, nicht fortzufliegen. Ich wurde blasser, und Olivier sorgte sich manchmal; dann sprach er davon, ein paar Tage zu verreisen, Spanien, Italien, die Seen, als würde deren Tiefe meine Wehmut verschlingen. Aber wir fuhren nicht weg, denn wir hatten die Kinder, denn es gab die Niederlassung, denn ich hatte schließlich meinen Frust hinuntergeschluckt, wie es mich meine Mutter gelehrt hatte. Im Stillen leiden – was für eine Selbstverleugnung!

Die Besitzerin des Geschäfts erkrankte an fibröser Knochendysplasie und konnte nicht mehr gehen, sie suchte einen Käufer. Mein Mann dachte daran, das Geschäft zu übernehmen, um mir eine Buchhandlung einzurichten, aber er fand die Fläche zu klein, den Standort zu riskant, während ich alles gewagt, sogar die Wände verschoben hätte.

An jenem Tag kam eine Dame herein und fragte nach etwas für ein Neugeborenes. Einen Jungen. Nichts Teures, es ist für den Enkel meiner Putzfrau, wissen Sie, ach ja, sie liebt lebhafte Farben. Sie kaufte ein weißes T-Shirt mit einer roten Tomate, ein kräftiges, fast leuchtendes Rot. Zwölf Euro. Allerhand. Bei Auchan bekommt man für diesen Preis noch einen Strampler dazu. Dann gehen Sie doch zu Auchan, Madame. Das ist mir zu weit, gestand sie müde.

Nachdem sie mit ihrem hübschen Geschenkpaket den Laden verlassen hatte, tippte ich einen Kündigungsbrief, druckte ihn aus, unterschrieb ihn und steckte ihn in einen Umschlag; ich schloss den Laden und ging zum Mittagessen in die Rue de Béthune, so wie ich es von nun an fast jeden Tag tun würde, bis zum Schluss. Unterwegs warf ich den Umschlag in einen Briefkasten, als würde ich mein Dasein über Bord werfen.

Ich wusste, es gab kein Zurück.

Der Mann aus der Brasserie André hatte in mir Dinge durcheinandergebracht, hatte Porzellan zerschlagen und Nöte wachgerüttelt, die durch die Ruhe meines Lebens betäubt gewesen waren.

Er hatte mich wieder angezündet.

Ein winziger Funken kann Tausende Hektar Wald entzünden, und ein einfacher Stein kann den Lauf eines Baches umleiten, ihn wild und fröhlich rauschen lassen.

56

»Es scheint sogar, aber das bleibt unter uns, Gringoire, als hätte ein junger Gämsbock mit schwarzem Fell das Glück gehabt, Blanquette zu gefallen. Die beiden Verliebten verschwanden für ein Stündchen oder zwei im Wald, und wenn du wissen willst, was sie dort besprachen, frag die geschwätzigen Quellen, die unsichtbar durch das Moos rinnen.«

55

Und wie eine geschwätzige Quelle formten seine Lippen später neue Worte, rein wie das klare Wasser der Berge, das sich zwischen den Steinen schlängelt: Er möge mein trauriges Gesicht. Er möge meine Melancholie.

Diese Wehmut berühre ihn am meisten.

»Die Zerbrechlichkeit eines Blattes im Wind«, sagte er. Sie mache ihm Lust, die Hand auszustrecken und nach mir zu greifen.

Plötzlich braucht er die Unbekannte in einem Restaurant, begehrt er sie. Sie wird zu einem Lebensinhalt, zur Lust auf Entführung.

Später sind seine Worte präzise. Ihre Abgründe ziehen mich an, ich brauche sie.

Meine Melancholie.

Sein Mund lächelt noch, schwebend verlasse ich das Restaurant. Ich fühle mich hungrig und verlockend.

Es gibt Männer, die dich hübsch finden, und andere, die dich hübsch sein lassen.

Weiter unten auf der Straße fange ich an zu tanzen.

54

Wenn ich ein Foto von ihm besäße, sähe man darauf einen groß gewachsenen Mann mit dunklem Haar, hellen Augen, langen, dichten Wimpern und hinreißenden Grübchen – aber das habe ich schon gesagt.

Man entdeckte eine elegante, geschmeidige Gestalt. Man erahnte unter der edlen Kleidung einen stabilen Körper, starke Arme und wahrscheinlich sogar ein angenehmes bisschen Speck um die Taille, eine sanfte Haut mit dem fernen Duft nach Kaffee, warmem Zucker, hellem Tabak und geschnittenem Gras. Man erblickte einen strahlenden, neugierigen und diskreten Mann. Man vermutete bei ihm zärtliche und präzise Gesten, und vielleicht glättete er auf dem Foto verträumt mit dem Mittelfinger eine Augenbraue; ein Hauch von Weiblichkeit. Man bewunderte einen Mann von klassischer, altersloser Schönheit, ernst und schelmisch zugleich; später ein für Falten und alles Glück, das sie offenbaren, geschaffenes Gesicht.

Bäte man die Betrachter des Bildes um ein Wort, ein einziges, um diesen Mann zu beschreiben, sein Wesen zu benennen, würde man immer wieder dasselbe hören, identisch und ernst, wie eine Welle am Fuß der Welt.

Charme.

53

Ich möchte von den Tränen erzählen.

Kurz nachdem ich damals bei Cofinoga meine Stellung aufgegeben hatte, brach ich auf dem Bürgersteig zusammen. Wie eine Marionette, der man plötzlich alle Fäden abgeschnitten hatte. Mein unaufhaltsamer Tränenfluss war erschreckend. Zwei Passanten boten mir Hilfe an. Ein dritter wollte die Feuerwehr rufen.

»Alles gut«, stammelte ich. »Olivier wird mich abholen. Olivier ist mein Mann.«

Ich hatte ihn ein paar Minuten zuvor angerufen, gerade bevor mich die Scham vernichtet hatte, die Lawine über mich hinweggegangen war und unsichtbare Wunden aufgerissen hatte. Er war mit seinen Verkäufern in einer Schulung. Als er meine Stimme hörte, ließ er alles stehen und liegen, sprang vermutlich in das schnellste der verfügbaren Autos und holte mich ab. Er stellte den Wagen halb auf den Bürgersteig, die Bremsen quietschten bedrohlich, wie bei den Polizisten in den amerikanischen Serien, nach denen unser Sohn süchtig ist. Er stürzte zu mir, nahm mich in die Arme, küsste mich und flüsterte voller Verzweiflung: »Sag mir, dass dir nichts fehlt, bitte, bitte, Emma.« Ich bat ihn nur, mich mitzunehmen. »Bring mich nach Hause, bitte.«

Ich weinte im Wagen weiter. Meine Tränen rannen die Scheibe hinunter. Ich versuchte, sie zu trocknen, aber meine nassen Hände verschmierten sie nur, anstatt sie wegzuwischen. Ich entschuldigte mich, dass ich einen nagelneuen Wagen schmutzig machte. Er lächelte. »Du kannst ihn so schmutzig machen, wie du willst, wenn es dir gut tut, das ist uns scheißegal, es ist nur eine Karre, da, warte!« Er spuckte vor sich auf die Windschutzscheibe, ich fing an zu lachen, er holte einen Filzstift aus der Tasche und fing an, das Armaturenbrett aus hellem Leder zu beschmieren, schrieb unsere Anfangsbuchstaben und malte ein Herz um sie herum, ich versuchte, seine Hand festzuhalten. »Olivier, du bist verrückt, hör auf!«, und er lachte, lachte, »das ist nur eine Karre, Emma, wichtig bist du, wichtig ist, dass es dir gut geht«, ich verschluckte meine Tränen, und unser beider Lachen verschmolz zu einem.

Die Vorstellung, jemandem Böses zu tun, der dir einmal so zu Hilfe geeilt ist, tut weh.

An dem Nachmittag fuhr Olivier nicht mehr ins Geschäft, obwohl er einen wichtigen Termin wegen eines Angebots für die Fahrzeugflotte eines Unternehmens hatte. Wir blieben in unserem gemütlichen Haus – es wurde noch gebaut, aber wir fühlten uns schon wohl – und lagen lange eng umschlungen auf dem Sofa.

Später goss er uns ein großes Glas Wein ein. Oppidum. Château Saint Baillon. Veilchenduft. Dann legte er die CD von *Agrippina* auf, die Händel-Oper, die ich so liebe, und als Ottone im dritten Akt seine Treue zu Poppea besang: »No, no, ch'io non apprezzo / Che te, mio dolce amor / Tu sei tutt'il mio vezzo / Tutt'il mio cor«, »Nein, nein, ich liebe nur dich, mein süßes Herz / Du bist mein ganzes Glück, nur dir gehört mein Herz«, und sie sich ihm endlich hingegeben hatte, fing ich wieder an zu weinen. Diesmal waren es andere Tränen, sanft, warm und dick. Es waren meine Tränen als Dreizehnjährige, als ich mit meiner Mutter die erste Oper im Radio hörte, *Orpheus und Eurydike*, und ich sah, wie sie beim Klang von Orpheus' Kastratenstimme erschauerte.

Dann bat ich Olivier, mit mir zu schlafen. Er war brutal. Es ging schnell – wie bei einem ungeschickten Halbwüchsigen. Danach entschuldigte er sich.

»Du hast mir Angst gemacht.«

Diese Brutalität fällt mir jetzt wieder ein. Dieser Moment, als er mich verletzte, ohne dass die Wunde sofort sichtbar wurde.

Mir fällt noch ein anderer Moment der Tränen ein.

Ich bin zwanzig. Olivier ist vierundzwanzig.

Vor kurzem hat er mir die hübschen Dinge erzählt, die die Mädchenherzen weich werden lassen, hat er mich gepflückt wie eine blasse, noch nicht ganz aufgeblühte Blume.

Immer noch ziehen sich meine Schamlippen zusammen, wenn seine Lippen sie berühren. Ich habe die Augen geschlossen. Meine Hände wagen wenig, er lenkt sie. Ich entdecke die Beschaffenheit der Haut, die Kälte des Schauers, den warmen, kurzen Atem, das Salz am Hals, im Nacken, auf der Brust, und manchmal wird mir von den Düften schwindlig.

Aber an jenem Abend ist sein Gesicht weit unten an meinem Bauch, und seine Hände halten meine Pobacken fest, seine Nägel verletzen mich, als er mich plötzlich hochhebt und mich an seinen Mund führt, wie ein bauchiges Cognacglas. Er öffnet mich und trinkt mich, seine Zunge taucht ein, seine Zähne bohren sich in mein Fleisch, er tut mir weh, ich stoße ihn heftig zurück, aber sein Kopf wird noch schwerer, seine Bewegungen werden drängender, meine Finger klammern sich an seine Haare, ziehen daran, schieben ihn weg, aber er wehrt sich, er hört mich nicht, hört nicht auf das Fehlen meiner Lust, er macht weiter, gierig und kannibalisch; dann tauchen Bilder auf, die ich nicht mag, die uns nicht ähnlich sind, die nicht wir sind, das bin nicht ich, dieser aufgerissene, verschlungene Körper, das tut er nicht mir an, sondern der Vulva einer Frau, irgendeiner; das ist meine erste Demütigung, eine Verletzung, die die Zeit nicht heilen wird, Fleisch in seinem Mund gewesen zu sein, irgendwas, irgendwer.

Meine ersten Tränen mit meinem Mann flossen an diesem Tag.

52

Auf der Suche nach den Ursprüngen meiner Schwächen stelle ich mit Bitterkeit fest, dass unsere Leiden niemals tief genug versenkt, unsere Körper niemals groß genug sind, um all unsere Schmerzen in ihnen zu begraben.

51

Skrupel. Oder moralisches Feingefühl.

Meine Kinder verlassen. Ihre Jugend verpfuschen. Manon, unsere Älteste, vernichten. Meinen Mann verraten. Unsere Freunde enttäuschen. Meine beste Freundin vor Kummer verrückt machen. Meine Mutter langsam zugrunde gehen lassen. Fliehen wie eine Verbrecherin. Selbst zur Bordsteinschwalbe werden. Egoismus, Egoismus, Egoismus.

Ich musste nach Hause. Eine eiskalte Dusche nehmen. Seinen Blick vergessen. Die Stellen meines Körpers auslöschen, auf denen er ihn hatte verweilen lassen, seit wir einander beobachteten. Nicht mehr in die Rue de Béthune gehen. Mich nicht neben ihn setzen, niemals, und ihm auch nicht eines Tages sagen, dass ich gerne seine Stimme hören würde, dass ich dazu bereit sei. Niemals hören, dass er mir seinen Vornamen sagt, mir von seinem Leben erzählt, nie so nah bei ihm sein, dass ich seinen Herzschlag, das Brodeln des Blutes in seinen Adern höre.

Vielleicht hätte ich Olivier mein Verlangen gestehen, ihn bitten sollen, mir zu helfen, damit wir dieses Gift ersticken, einen Weg finden, es im Glück unseres Alltags, im Komfort unserer Ehe auflösen, ihn um Verzeihung bitten.

Ich hätte kämpfen müssen, damit uns das aufziehende Gewitter nicht traf, damit kein Blitzschlag zerstörte, was wir damals waren.

Eine glückliche Familie. Ich erinnere mich an eine Belehrung meiner Mutter: »Das Verlangen kommt, wenn man den anderen kennenlernt, Emmanuelle, und dieses Kennenlernen führt zur Liebe.«

Für sie ist die Liebe eine vernünftige, sogar geplante Sache, denn sie prägt ein ganzes Leben, von der Größe einer Couch bis zum Platz im Bett, der Zahl der Kinder, der Fähigkeit, die Augen zu verschließen. Irgendwann, ziemlich bald sogar, dachte ich, dieser Glaube sei für die erfunden worden, die sich mit mittelmäßiger Liebe, mit kleinem, unentzündbarem Verlangen begnügten.

Die Mütter lehren uns Geduld, die höfliche Cousine des Verzichts, weil sie wissen, dass zwischen dem Verlangen und der Liebe die Lügen und die Kapitulationen stehen. »Das Verlangen hält kein ganzes Leben«, sagte sie mir.

»Die Liebe auch nicht«, antwortete ich ihr. »Ich glaube an den ersten Blick, Maman. Ich glaube an den ersten

Eindruck. Ich glaube an die Sprache des Körpers. An die Sprache der Augen. An den Taumel. An den Blitzschlag.«

»Das, woran du glaubst, mein Kind, führt in den Kummer.«

Bitte schön.

50

»Von diesem Moment an schmeckte der Ziege das Gras in der Koppel fad. Langeweile packte sie. Sie magerte ab und gab kaum noch Milch. Es brach einem das Herz, wie sie den ganzen Tag an ihrem Strick zerrte, den Kopf zu den Bergen wandte, die Nüstern blähte und traurig meckerte.«

49

Eine italienische Kirche. Sizilianisch sogar. Am Ende einer langen, geraden Straße. Auf beiden Seiten der Straße Felder. Und auf den Feldern Tagelöhner bei der Arbeit. Am Anfang der Szene läuten die Glocken, die Tür der Kirche geht auf, und das Brautpaar kommt heraus. Reis fliegt durch die Luft. Blumensträuße fliegen. Lachen. Küsse.

Das Brautpaar steigt in ein großes Auto, es fährt im Schritttempo in der Mittagssonne an den Feldern entlang. Die Tagelöhner heben den Kopf. Manche grüßen. Andere nutzen die Gelegenheit, um sich das Gesicht abzuwischen, einen Schluck Wasser oder Wein zu trinken.

Das Paar lächelt, sie wirft Küsse und ein paar Blüten. Etwas weiter weg von der Straße wendet sich plötzlich das sehr schöne Gesicht einer jungen blonden Frau dem Wagen zu. Sie sieht den Bräutigam, und der Bräutigam starrt sie an. Es ist ein unbeschreiblicher Blick. Ein Feuer. Ein Weltuntergang.

Da begreift man zur gleichen Zeit wie er.

Dass sie es ist.

Das Mädchen der Felder.

Die Liebe seines Lebens.

Der Lehrer, der in der Sekunda die Filmwerkstatt leitete, schmunzelte bei der Lektüre des Szenarios für einen Kurzfilm, das ich mir ausgedacht hatte, und belehrte mich nach einigen fachlichen Kommentaren: Sie verwechseln Liebe und Verlangen, Emma. Er hatte mich als tragische Heldin abgestempelt. Ich errötete. Die Klasse lachte.

Aber ich glaubte weiter an Liebe auf den ersten Blick.

48

Fast jeden Mittag gehe ich hin, und fast jeden Mittag ist er da. Mit Freunden oder Kollegen aus dem Büro, keine Ahnung. Manchmal ist er allein, genau genommen immer öfter. Er setzt sich jetzt so, dass er mich mühelos beobachten kann, während ich am Tresen Mittag esse. Mit seinen Grübchen sieht er immer so aus, als würde er lächeln, auch dann, wenn er nicht lächelt.

Unsere Blicke streifen sich, stoßen und schlagen aneinander.

Manchmal reißen seine Blicke meine Haut auf, dieses

Gefühl verstört mich und lässt meinen Atem schneller werden.

Meine Blicke liebkosen, suchen die Zartheit und das Salz seiner Haut.

Wir trauen uns noch nicht, einander näherzukommen.

Wenn er mich ansieht, höre ich mein Herz, wie ich das meiner Kinder beim Ultraschall gehört habe, ein aufdringlicher Ton, ein Trommeln, das alles übertönt, bedrohlich und fröhlich zugleich.

Wenn er mich ansieht, habe ich nicht mehr den von drei Schwangerschaften gezeichneten Bauch, sind die Risse verschwunden, ebenso wie die ersten grauen Haare, die Falten, die Augenringe, die Leberflecken mit verdächtiger Farbe, habe ich eine perfekte, reine, neue, nackte, ganz nackte Haut, bin ich wieder eine Sechzehnjährige, ein Mädchen, in dem Alter, wo man noch keine Angst hat, ins Leere zu springen, weil man noch ein paar Jahre lang an das Glück, die Engel und die Liebe glaubt.

Er sieht mich an, und inmitten der Leute bin ich nackt.

Diesmal spüre ich beim Verlassen des Restaurants seine Augen auf meinem Hals, meinem Rücken, meinen Hüften. Zwei glühende Kohlen seines Begehrens, zwei Brandwunden, die mich allmählich verzehren, noch lange, nachdem ich wieder zu Hause bin, meine Kinder geküsst, mich neben meinen Mann gelegt habe.

Und in der Stille der Nacht frage ich mich, was seine ersten Worte sein werden.

47

Ich erinnere mich an ein Lied von Serge Lama über das wahnsinnige Verlangen einer Haremssklavin.

Sie wollte stumm und fast taub sein, damit ihr Herr sie mit Worten umschmeichele. »Des mots qui ressemblent à la mer / Des mots où l'on voit à travers / Des mots d'amertume et d'amour / Des mots tendres et des mots lourds.« »Worte gleich dem Meer / Worte wie durchscheinendes Glas / Worte von Bitterkeit und Liebe / Zärtliche Worte und schwere Worte.«

Jetzt, wo alles vorbei ist, verstehe ich diese Lust zu kriechen.

Manchmal krieche ich noch zu ihm hin.

46

Sophie.

Sophie ist meine absolute Freundin. *Absolut:* ohne Einschränkung, ohne Grenze. Monatliche Abstecher nach Paris, Cinémathèque – Mackendrick, Cavalier, Zampa, Lang, Sarafian –, Orsay und Cartier oder der Marché Paul Bert auf dem Flohmarkt von Clignancourt. Tonnenweise Bücher. Manchmal die Inbrunst der Opern, die Leichtigkeit der Ballette.

Unsere Lachanfälle und all unsere Geheimnisse.

Sophie weiß. Sie kennt meine Aufrichtigkeit, sie kennt die Tiefe meiner Seen und die Ausbrüche meiner Seele. Meine Höhenflüge, wenn die Heldinnen der Opern, die ich liebe, abstürzen, Cio-Cio-San, Mimi, Rusalka.

Sie kennt auch meine Ausraster.

»Jetzt rastest du aus«, sagte sie, »aber total! Ich fasse zusammen. Du verknallst dich in einen Kerl, der sich in einem Lokal den Mund abgewischt hat, was, nebenbei gesagt, nicht wirklich außergewöhnlich ist und nur zeigt, dass er gut erzogen ist. Du siehst ihn jeden Mittag wieder. Länger als drei Wochen kein Wort, nur Hundeblicke, jämmerliche, verstohlene Blicke, errötendes Lächeln. Du tanzt auf dem Bürgersteig, bald singst du Gréco. Bald wirst du dich an seinen Nachbartisch setzen. Ihr werdet zum ersten Mal miteinander sprechen, es sei denn, der Kerl ist stumm. Du wirst dich nicht trauen, ihn anzuschauen. Er auch nicht, nehme ich an. Natürlich auch verheiratet. Von seiner Stimme, egal wie sie ist, wirst du Gänsehaut bekommen. Du vergleichst sie mit der von Sami Frey. Oder von Maurice Ronet. Davon bekommt man Gänsehaut, mein Gänschen. Vorher rufst du mich an. In Panik. Zierst dich: Was ist los mit mir, Sophie? Bist völlig von der Rolle. Und ich komme angerannt. Wie immer. Eiliger Dank für die absolute Freundin. Da bin ich und sehe dich vor mir sitzen, hör auf zu grinsen, du siehst bescheuert aus, wie mit sechzehn, zur Zeit deines Kleinmädchentagebuchs, doch, doch, Kleinmädchen, darf ich dich daran erinnern, wie du in Jean-Christophe Tant verknallt warst, den dunkelhaarigen Schönling, der auf der Gitarre nur *Jeux interdits* und *San Francisco* spielen konnte, das sagt alles. Wir hatten die Nase voll, schickten ihm Partituren von den Beatles und von Django Reinhardt. Sei still, darf ich dich daran erinnern, dass du sterben wolltest, weil er dich nicht ansah, und dass du deswegen plötzlich wie verrückt Akne bekommen hast? Und jetzt ist meine Freundin plötzlich debil, auch ohne Akne, obwohl du sie verdienen würdest, sogar megadebil.«

Sie schwieg einen Moment, dann sprach sie weiter, mit noch ernsterer Stimme. »Du wirst doch deswegen nicht Olivier verlassen. Deine Kinder verlassen. Dein Leben. Nach allem, was ihr erlebt habt. Seine Krankheit. Euer unglaublicher Mut. Wenn du ausflippen willst, fahren wir beide ein paar Tage nach Madrid. Wir trinken Bacardi, *naranja y ron*, du küsst zwei, drei Flamencotänzer, wenn du Lust hast, und vor allem, vor allem lässt du deine Debilität dort zurück, danach kehrst du zurück zu deiner genialen kleinen Familie. Ich nehme noch einen Kaffee, du auch? Und jetzt schmink dir erst mal dieses einfältige Grinsen ab. Bitte! Herr Ober, zwei Kaffee.«

Absolut.

Dann habe ich ihr von der Theorie des Flecks erzählt, von meiner Metapher für das Verlangen.

Am Anfang ist der Fleck winzig, ein kaum wahrnehmbarer Punkt an einer ungünstigen Stelle, wie ein Spritzer Tomatensoße auf einem weißen Hemd, unvermeidlich, genau über dem Herzen. Das Verlangen ist der Fleck, der sich da zeigt, wo es am meisten wehtut. Je länger man versucht, ihn zu entfernen, je mehr man reibt, desto größer wird der Fleck. Er wird zur Besessenheit, für alle sichtbar, bis er unauslöschlich ist. Bis er ein Teil von uns ist. Der Widerstand steigert das Verlangen nur. Es nimmt uns in Besitz.

Sophie erklärte, ich sei verrückt.

»Ja, ich bin verrückt«, sagte ich und musste lächeln.

Ich sprach von dem alten Gruselfilm, den wir zusammen gesehen hatten, als die Jungen im Gymnasium von nichts anderem redeten: *Die Dämonischen.* Sie sah mich ratlos an, und ich erinnerte sie daran, dass in dem Film die Einwohner einer Kleinstadt gefühllose Doppelgänger bekamen, die nicht mehr sie selbst waren.

»Das ist das wahre Verlangen, Sophie, das unüberwindbare Verlangen. Wenn man nicht mehr man selbst ist und dabei glücklich bleibt.«

Sie wiederholte, ich sei verrückt.

»Wahrscheinlich verwechselst du verrückt mit verliebt, Sophie.«

Sie regte sich auf. Ich sei egoistisch. Launisch. Leichtsinnig. Die schlimmste aller Mütter. Die entmutigendste Freundin, die es gibt. Kurz, eine riesige Enttäuschung. Eine Katastrophe. Dann beruhigte sie sich.

»Bei mir klappt gar nichts mit den Männern«, sagte sie. »Dreimal verheiratet und wieder allein. Aber du und Olivier, das ist, das ist …«, sie suchte die Worte, »… das ist schön. Ihr habt gemeinsam überlebt. Genau. Ihr werdet von allen beneidet, obwohl Autoverkäufer nicht wirklich mein Ding ist, das bringt abends nur begrenzten Gesprächsstoff, aber das ist nicht die Frage; gemeinsam gebt ihr ein schönes Bild von dem ab, was man sich unter einem Paar, einer Familie vorstellt. Das kannst du nicht zerstören, Emma.«

Es ist erstaunlich, welches Leben uns die anderen manchmal zuschreiben. Wie sie unsere Geschichte erzählen.

Ein Wort über den Wein.

Als wir anfingen, miteinander auszugehen, schlug Olivier gerne Hotelbars vor, sie seien viel schicker als ein Café, sagte er, und außerdem gebe es dort feine Weine, nicht diese Rachenputzer aus den Kneipen. Wir gingen damals in die Bars des Hermitage Gantois oder des Couvent des Minimes, wo er mich Château Mac Carthy, Chorey-les-Beaune, Aloxe Corton und viele andere kosten ließ und mich aufforderte, sie zu beschreiben. Ich kannte diese Sprache noch nicht, und eines Abends sagte ich über einen kräftigen Cornas, der mich an Erde und das Geräusch von Schotter erinnerte, nachdem ich ihn im Mund bewegt hatte, er schmecke nach Huf, nach Keule und vielleicht sogar ein bisschen nach Tierfell, kräftigem Leder, rauem Haar. Er lachte sich halbtot und streichelte meine Wange, seine Hand war warm. »Du bist so überraschend, Emma, so wahrhaftig.« Und an jenem Abend in der Bar de la Table im Clarence-Hotel fingen wir an, eine Weinterminologie für uns zu erfinden, in der sich auch unsere Gier und unser Appetit äußerte: Er hat einen Duft nach Laken, den Geruch von Schweiß am Oberschenkel, eine Note von Küssen, ein Aroma von Bauch, einen Hauch von Speichel, den Hauch eines fallenden Kleides, und berauscht eilten wir davon, um uns zu lieben und die brennenden Düfte unserer Körper zu kosten.

Dann tat die Zeit ihre Wirkung, die Worte wurden deutlicher, das Verlangen ruhiger, ich hatte gelernt, dass Cornas auf Keltisch »verbrannte Erde« bedeutet, dass dieser Wein ein sehr dunkles Auge hat, mit einem Pur-

purschimmer, fast schwarz, dass er zu den kräftigsten in Frankreich gehört, dass er das Aroma von schwarzen Früchten entwickelt und einen würzigen, lakritzigen Abgang hatte, dass er weder nach Huf noch nach Keule, auch nicht nach Tierfell mit rauem Haar schmeckte; wir fingen an, den anderen Paaren zu ähneln und uns im Wortschatz der gewöhnlichen Welt aufzulösen.

44

»Monsieur Seguin bemerkte wohl, dass seiner Ziege etwas fehlte, aber er wusste nicht, was es war.«

43

Als Olivier einmal mit mir in die Brasserie André kam, um in der Eleganz des mit dunkler Eiche getäfelten, fein gefliesten Raums mit weißen Tischdecken und schwerem Tafelsilber gegrillte Gambas mit Pastis, gewürzt mit einem Glas Pagus Luminis 2011 aus dem Hause Louis Chèze – er hat einen ehrlichen Geschmack, sagte Olivier, Huf und Hüfte, ergänzte ich, und er schmunzelte, eine flüchtige Nostalgie – zu Mittag zu essen, sorgte ich dafür, dass der Mann mich sah, dass er mich weiter begehren konnte.

Bei jenem Mittagessen legte Olivier sein Besteck hin, sagte, dass er mich heute sehr schön finde, und bedankte sich bei mir dafür.

Plötzliche Scham.

Ich ließ meine Gabel los, als wäre sie ein glühendes

Eisen, und sie klirrte auf die Fliesen, ich schob meinen Teller zurück, ich sagte zu Olivier, »bring mich nach Hause, mir ist nicht gut, mir ist gar nicht gut«, er beglich eilig die Rechnung, »warte, ich hole den Wagen, ich komme, ich bin gleich wieder da«, in seiner Stimme klang die Angst, seine Verstörtheit und die erschreckende Schönheit des Kummers der Männer; ich blieb ein paar Minuten allein, der andere sah mich beunruhigt an, seine hellen Augen fragten, aber ich senkte den Kopf, senkte die Lider, ich erstickte, meine Haut brannte, es war die Scham, Olivier zu verraten, die Scham, mich in diesem idiotischen Spiel zu erniedrigen, verstohlene Blicke, Verführungskunst, Taumel, Entzücken, nicht alles war perfekt in unserem Leben, aber das hatte es nicht verdient, nicht meine Niedertracht, es gab noch so viel Liebe, so viel möglichen Raum, so viel Begeisterung, und die Tür des Restaurants wurde heftig aufgestoßen, die Luft ohrfeigte meine Blässe, zwickte mich in die Wangen, Olivier umarmte mich, zog mich hinaus, setzte mich in den Wagen und fuhr schnell zu uns, zum weißen Haus am Rand des Golfplatzes, dem Haus ohne braunen Hund und ohne grauen Hund, zu dem alten Apfelbaum mit den niedrigen und höflichen Ästen, den Kunstbänden auf dem kleinen Glastisch im Wohnzimmer, und zu drei Kindern, drei glücklichen Kindern, er fuhr schnell und fragte mich, was mit mir sei, meine Blässe machte ihm Angst, und seine Angst hatte kindliche, rührende Züge, ich legte die Hand auf sein Knie, um uns beide zu beruhigen. Sein Seufzer war warm und rau, der Seufzer eines beruhigten Mannes, und ich fühlte mich klebrig von Pech und Schwefel, ich erkannte mich nicht wieder, was für eine winzige

Person war ich geworden, fähig zu so viel Würdelosigkeit, ein Laubfrosch, der seine Eier im Stich lässt, eine Gottesanbeterin, ein Sumpf, eine Schlammlawine, weniger als nichts, und ich übergab mich in dem schönen neuen Wagen.

42

Vorahnung.

Manon hatte gerade ein Buch über Natalie Wood gelesen, die vor den Augen ihres Ehemanns und ihres Geliebten aus einem Boot fällt und ertrinkt.

»Warum hatte sie so viele Abenteuer, Maman? Warum hat sie Robert Wagner zweimal geheiratet? Warum können zwei Männer, die dich lieben, dich ertrinken lassen? Zusehen, wie du ertrinkst? Dich vielleicht sogar ins Wasser geschubst haben? Heißt das, dass eine einzige Liebe ein Leben nicht ausfüllen kann? Dass nur zu zweit sein am Ende traurig macht? Oder böse? Hattest du vor Papa viele Freunde? Warum hast du gerade ihn ausgesucht? Hattest du schon mal Lust, ihn zu verlassen? Warum verlässt man jemanden? Warum kann der Kummer einen davontragen?«

Mein sechzehnjähriges Baby. Das sich Erwachsenenfragen stellte.

Unlösbare Fragen, die den Gegenstand von Romanen bilden, und ihre Unlösbarkeit den Gegenstand des Kummers.

Ich habe nur ihre Hände in meine genommen. Ich habe sie geküsst und ihr gesagt, dass jede Frage die Antwort in sich trägt. Dass es so viele Wahrheiten gibt wie

Menschen auf der Welt. Dass ich, egal was passiert, nie aufhören werde, sie zu lieben.

Sie seufzte. Sagte, dass ich Omaantworten gebe. Dass ich Blödsinn erzähle. Einer Mutter unwürdig.

Bald würde ich dir all meine Antworten geben, Manon.

41

Man versucht immer zu verstehen, warum etwas kippt. Aber wenn man dahinterkommt, ist man schon auf der anderen Seite.

40

»Jetzt würde ich gerne Ihre Stimme hören. Ich bin bereit.«

An dem Tag aß er allein. Als die Rechnung kam, bestellte er einen zweiten Kaffee. Einen Espresso. Der Tisch neben seinem war gerade frei geworden, ich verließ meinen Stammplatz am Tresen und setzte mich neben ihn auf die dunkle Bank. Nun trennte uns kaum noch ein Meter. Wir sahen beide nach vorn. Hatten wir plötzlich Angst? Dass wir so nah beieinander waren. Endlich die Möglichkeit hatten, uns zu berühren. Uns zu riechen. Zu spüren. Ein echter Geruch. Ein Parfüm. Die Schlankheit der Finger. Die Eleganz eines Kleidungsstücks. Wir waren zwei Läufer, jeder auf seiner Bahn, den Blick auf etwas in der Ferne gerichtet.

Das Ziel.

Ein Kellner kam und räumte den Tisch vor mir ab. Er nahm meine Bestellung entgegen. Ich wartete ab, bis er sie brachte, ehe ich mich traute, zu sprechen, und jetzt weiß ich, dass mein Unbekannter darauf wartete, dass ich den Anfang machte. Der erste Satz ist immer der schwierigste. Wie in einem Buch.

Ich trank einen Schluck von meinem Perrier und sagte ganz leise, während ich weiter auf die Speisekarte am Fenster starrte: »Jetzt würde ich gerne Ihre Stimme hören. Ich bin bereit.«

»Ich heiße Alexandre. Ich bin verheiratet. Wir haben keine Kinder. Und ich denke seit drei Wochen an Sie.«

Ich liebe seine Stimme, eine Schauspielerstimme, ungewöhnlich und warm. Ich liebe seinen langsamen Redefluss. Die weiblichen Bewegungen seiner Hände, wenn er redet.

Ich mag viele Dinge, schon seit langem.

(Es gibt Dinge, die kann man nicht in der Vergangenheit erzählen. Ich sage *ich liebe*, denn so kann ich noch bei ihm sein, unbekümmert, in der Zeit unserer ersten Unterhaltung, muss sie nicht enden lassen; so kann ich erneut voller Hoffnung sein, am Anfang eines neuen Lebens. Die Gegenwart ist ein Zustand der Gnade. Jetzt, wo das Morgengrauen kommt, jetzt, wo ein blasses Leuchten am Horizont erscheint, wo das Krähen eines heiseren Hahns von einem Bauernhof heraufdringt, führt mich die Grammatik zum Ort meiner Erregung, lässt sie noch mal in meinen Adern glühen, wie einen Weinbrand, der mir Lust macht herumzuwirbeln.)

»Seit drei Wochen bin ich auch sehr durcheinander. Wenn ich hier hinausgehe, tanze ich auf der Straße, und die Leute lachen. Ich bin verheiratet.«

»Und Sie haben Kinder.«

»Drei.«

»Drei.«

»Mit demselben Vater.«

»Ich kann nichts mehr essen.«

»Das ist mir aufgefallen. Und Sie trinken mehr Kaffee.«

»Als Sie letzten Mittwoch nicht gekommen sind …«

»Ich wurde im Laden aufgehalten, wegen einer Bestellung.«

»… ging es mir nicht gut. Ich konnte überhaupt nichts essen. Ich hatte Angst, Sie kommen nie wieder.«

»Ich bin wiedergekommen.«

»Ich hätte Sie gesucht.«

»Ich wäre zurückgekommen.«

»Ich hätte zur Mittagszeit alle Restaurants, alle Cafés abgesucht. Und wenn ich Sie nicht gefunden hätte, hätte ich einen Detektiv engagiert. Nein, zehn. Ich hätte auch alle Kellner, alle Verkäuferinnen der Geschäfte im Viertel und sämtliche Straßenpolizisten geschmiert.«

Er bringt mich zum Lachen.

Ich fühle mich hübsch, wenn ich lache.

»Und Sie hätten mich als Verrückte beschrieben, die jeden Mittag kommt, um einen verheirateten Mann zu beobachten, ja, auszuspionieren, der mit seinen Freunden oder Kollegen isst.«

»Kollegen. Ich hätte Sie als sehr hübsche Frau mit kastanienbraunem Haar und hellen Augen wie grünes Wasser beschrieben, Mitte dreißig, mit etwas traurigem, melancholischem Gesicht, einer Melancholie, die mich zutiefst berührt. Ich hätte hinzugefügt, dass Sie wahrscheinlich eine treue Ehefrau sind, etwas einsam, wenn Sie niemanden haben, mit dem Sie essen.«

»Kein Problem. Man hätte zwei- oder dreitausend Frauen gefunden, die dieser Beschreibung entsprechen.«

»Sie wären darunter gewesen.«

»Vielleicht. Wahrscheinlich. Sie hätten mich wiedergefunden. Und was hätten Sie gesagt?«

»Nicht mehr als das, was uns unsere Blicke und unser Schweigen seit drei Wochen bekennen.«

»Alexandre, ich bin verwirrt. Ich bin eine treue Ehefrau, und trotzdem denke ich an Sie. Ich mag es, wie Ihre Augen in meinem Rücken brennen, wenn ich hinausgehe.«

»Ich mag die Sätze, die ich in Ihren Augen lese.«

»Es kommt mir vor, als würden Sie mich schon kennen. Manchmal fühle ich mich nackt. Das Gefühl ist angenehm und zugleich sehr peinlich.«

Ich bin froh, dass wir einander nicht anschauen, dass er mein gerötetes Gesicht nicht sieht.

»Wenn Sie mich beobachten, entdecke ich alles, was mir fehlt.«

»Ich suche kein Abenteuer.«

»Ich suche auch kein Abenteuer.«

Mein Herz schlägt schneller. Ich hole ganz tief Luft: »Muss man die Dinge leben, wenn es genauso schön ist, sie nur zu träumen?«

Jetzt lächelt er.

»Pasolini, *Decamerone*. Er spielt die Rolle eines Schülers von Giotto, der sich am Ende des Films fragt, warum man ein Werk schaffen soll, wenn es doch genauso schön ist, es nur zu träumen.«

»Das beantwortet die Frage nicht. Das zeigt nur, dass Sie ein gutes Gedächtnis haben.«

»Das ist eine traurige Frage.«

»Die Antwort wäre traurig, Alexandre. Sie haben einen hübschen Mund.«

»Sie haben ein schönes Lächeln.«

Ich besinne mich.

»Entschuldigen Sie.«

»Wofür denn?«

»Für den Mund. Das war zu intim.«

»Das war schmeichelhaft. Und irgendwie sind wir schon intim.«

»Ja.«

»Ich glaube, wir haben beide Lust darauf, aber wir dürfen uns nicht ansehen.«

»Das dürfen wir auf keinen Fall. Nicht aus dieser Nähe. Das wäre sehr gefährlich.«

»Übrigens sehe ich auf die Eingangstür, seitdem Sie hier sitzen. Ich kenne sie in- und auswendig. Von innen muss man drücken, von außen …«

»Ich starre auf die Rückseite der Speisekarte im Schaufenster. Ziemlich langweilig.«

Ein Kellner räumt unsere Tische ab. Das Lokal hat sich geleert.

»Jetzt müssen wir aufstehen, nehme ich an. Unserer Wege gehen. Zu unserer Arbeit zurückkehren, zu unseren Kollegen. Und heute Abend nach Hause.«

»Nach Hause.« Ich senke den Blick. »Leiden. Lügen. Träumen.«

»Ich werde an Sie denken.«

»Ich denke abends an Sie und nachts.«

»Ich kann nicht mehr schlafen.«

»Ich weiß.«

»Ich friere nachts.«

Ich bin in derselben Verfassung wie damals, als ich zum ersten Mal das Duett von *Tristan und Isolde* gehört habe. Ich bin in der Hölle und im Paradies. Meine Hand brennt darauf, seine Hand zu berühren.

Er fragt: »Was geschieht mit uns?«

»Ich vermute, das, was wir gesucht haben.«

»Haben Sie es gefunden?«

»Ich glaube.«

»Macht es Ihnen Angst?«

»Vor drei Wochen, nein. Jetzt ja.«

»Der Blitz kann zweimal an derselben Stelle einschlagen.«

»Ja. Das ist ja das Schlimme.«

»Also stehe ich jetzt auf. Ich gehe.«

»Ich werde Ihnen beim Gehen zusehen, Alexandre. Ich werde Ihren Rücken ansehen.«

»Ich werde versuchen, Ihnen mit meinem Rücken ›bis morgen‹ zu sagen.«

»Meine Augen werden Sie bitten zu bleiben.«

»Für Sie bin ich da.«

Ich würde ihn gern zurückhalten, das schwebende Glück in die Länge ziehen, unsere Finger ineinander verschlingen, sie zu Asche verbrennen. Ich wünsche mir, dass es möglich wäre, die Dinge nur zu träumen, aber der Hauch des Windes presst weder die Liebkosungen noch die Bisse in die Haut, der Körper wiegt nichts, wenn er uns nicht erdrückt, nicht erstickt, nicht ausfüllt; in diesem Moment habe ich eine Vorahnung von der Brutalität der Morgendämmerung, weit weg, unklar ahne ich schon das Ende, das sich in dem Augenblick abzeichnet, wo alles beginnt. *Schon.* Wie in dem Brief von Alphonse Daudet an Pierre Gringoire, dieser bitteren Fabel, in der die brutale Morgendämmerung so rasch kommt, in der der letzte Satz alle Hoffnungen zerstört.

»Da stürzte sich der Wolf auf die kleine Ziege und fraß sie auf.«

Und während ich mich frage, warum wir uns alle so gerne in das Maul des Wolfs werfen, wird mir bewusst, dass ich meinen Kopf und mein Herz förmlich vorstrecke, als wollte ich noch leichter gefressen werden.

»Morgen sage ich Ihnen meinen Vornamen, Alexandre. Morgen werde ich mit ja antworten.«

»Also werde ich versuchen, die richtige Frage zu stellen.«

39

Ich bin leicht, bereitwillig mit ihm gegangen und schwer, reglos dageblieben, den Kopf voll vom Klang seiner Stimme. Gänsehaut, mein Gänschen, wie mich meine Freundin Sophie ein paar Tage zuvor verspottet hatte.

Ich bin dageblieben. Habe den Laden nicht mehr aufgemacht.

Ich bin dageblieben, allein, in dieser merkwürdigen, nebligen Zeit der Restaurants nach dem Hochbetrieb des Mittagessens und vor der Gemächlichkeit des Nachmittagstees. Die Kellner säuberten die Tische. Einer fegte. Dann versammelten sie sich an der Holztheke. Sie zählten ihre Trinkgelder. Machten kleine Haufen mit den Münzen, den paar Scheinen. Teilten die Beute und sahen ihre Hände an, wie man seine Lebenslinie anschaut. Draußen rauchten sie. Und lachten.

Ich bin dageblieben. Allein.

Mit seiner Stimme.

Die Wärme, die sein Körper verströmt hatte, steckte noch in der Sitzbank. Ein schwacher Duft von Lakritze und Tabak war noch da, als er weg war. Ich sah noch den Tanz seiner anmutigen Finger, die den Tisch und die Kaffeetasse aus dickem Steingut berührt hatten, die eines Tages meinen Hals, meinen Nacken berühren, meinen Rücken, meine Brüste streifen würden, aber nur ganz kurz.

Ich blieb allein mit unseren ersten Worten, ebenso banal wie spektakulär, auch mit allen anderen, den Worten, die zwischen den Worten versteckt waren, die schon unseren Hunger, unsere Schamlosigkeit und einige wohltuende Unklarheiten offenbarten.

Ich sehe mich wieder, allein, an jenem Tag.

Ich sehe mich, wie ich ihn beim Aufstehen beobachte, wie er seinen langen Körper entfaltet – eine andere Frau saß dort, die ihn ebenfalls ansah, ich fühlte mich stolz, auserwählt, bevorzugt. Ich höre wieder, wie mein Herz rast.

Ich erinnere mich an meine feuchten Hände, an den Schweiß auf meinem Bauch, ich wünschte mir, dass er wiederkommt, dass er auf mich zurast wie ein wütender Stier, mich an sich drückt und mich küsst, dass seine Zunge in meinen Mund eintaucht und sich bis zu meinem Herzen wühlt, aber ich war auch froh, dass er nicht zurückkam, dass das Warten sich hinzog, sich in die Länge zog, dass er mich zurückließ, mich beinahe verließ, noch allein, noch eine Zeit lang auf diesem sehr schmalen Deich, der noch standhielt, diesem Deich, der den Frieden von der Emanzipation trennte.

Ich tanzte am Rande des Abgrunds.

Es war nicht die Angst vor dem Sturz, die ihr Flügel wachsen ließ, es war der Sturz. Der Sturz, der Blanquette plötzlich die Kraft verliehen hatte, die Hörnerstöße zu verdoppeln, während ein Stern nach dem anderen erlosch. Mein Sturz, der wohl vom ersten an Tag geschrieben stand, vor Olivier, vor den Kindern. Vielleicht hatte mich ihre Liebe diesen Mann begehren lassen, mich hierher geführt. Ich schämte mich und zugleich verzehrte ich mich.

»Ist etwas nicht in Ordnung, Madame?«, fragte mich plötzlich eine Kellnerin. »Möchten Sie einen kleinen Muntermacher? Wir haben eine tolle Guyot-Birne, bio.«

»Danke.«

Ich war schwach vor Verlangen.

38

»Ich bin schwach vor Verlangen«, schreibt Duras.

37

Meine Freundin Sophie hatte recht. Sie hat immer recht.

Ich war zu Gréco übergegangen. Als ich mit dem Birnenschnaps-Aroma auf den Lippen – scharf wie ein erster Kuss – aus dem Restaurant kam, sang ich *Deshabillez-moi*, sang ich *Jolie Môme*, sang ich *L'Amour flou*.

Auf dem Bürgersteig bat ein alter Mann um meine Hand. Ich gab sie ihm. Er drehte mich. Ein Walzerschritt. Eine Drehung nach rechts. Sechs Schritte. Eins-zwei-drei. Vier-fünf-sechs. Er lachte, sagte »Danke, Mademoiselle« und ließ meine Hand los, und sie flog zu Alexandre, legte sich auf seinen Mund, und seine Lippen kosteten meine Finger.

Als ich nach Hause kam, war Manon halb durchgedreht. Sie habe mindestens zehnmal im Laden angerufen. Auch ihr Vater sei den ganzen Nachmittag unerreichbar gewesen. Sie habe uns fragen wollen, ob sie mit ihrer Freundin Aurélie über das Wochenende ans Meer fahren dürfe; jetzt sei es zu spät, die Freundin sei schon weg. »Wegen euch werde ich ein beschissenes Wochenende verbringen, und außerdem ist der Kühlschrank leer, ich lebe in einem beschissenen Haus, das ist so was von ätzend!« Ich versuchte, sie in die Arme zu nehmen, sie wehrte sich, dann gab sie nach. Unsere Herzen schlugen gegeneinander. Meine Lippen legten sich auf ihre weichen dunklen Haare. Sie rochen nach Mandel und ganz entfernt nach hellem Tabak. Ich flüsterte Worte, die sie nicht hören konnte. Ihre Hände waren hinter meinem Rücken verschränkt. Das war gut. Dann, wieder ganz ruhig, fragte sie mich flüsternd, ob wir am Abend Pizza bestellen und zu fünft einen Film sehen könnten, wie früher. Wie früher. Ahnte sie, dass etwas nicht mehr wie früher sein würde oder schon nicht mehr war?

Mit der Pizza war ich einverstanden, mit dem Film auch.

Eine Calzone. Zwei Margherita. Eine Prosciutto. Und eine Hawaii. *Billy Elliot*, hundertzehn Minuten Glück. Wie früher.

Später wollte Olivier mit mir schlafen.

36

»Er verlor sie alle auf die gleiche Weise: Eines schönen Morgens zerrissen sie ihren Strick und liefen in die Berge; da oben fraß sie der Wolf. Weder die Fürsorge ihres

Herrn noch die Angst vor dem Wolf hielten sie zurück. Es waren sehr unternehmungslustige Ziegen, denen die Weite und ihre Freiheit wichtiger war als alles andere.«

35

Nachts schaue ich dich an und sehe deinen Rücken, groß und nackt.

Ich sehe die Wellen möglicher Liebkosungen. Die Schlankheit deiner Finger, ihre erschreckenden Versprechungen.

Ich spüre den Wind, der uns treibt, die dunklen Gerüche, den Geruch von Kaffee, von Johannisbeeren, ich höre dein männliches Lachen, dunkel und tief.

Nachts lege ich mich an die Wärme deines Mundes.

Ich sehe die Schauer auf meiner Haut, wenn ich dich sehe. Ich sehe die Kälte, die mich ergriffen hat. Ich sehe meinen Hunger. Ich spüre meine Rippen und meine Knochen. Ich empfinde meine furchtbare Leere.

Nachts spüre ich wieder, was mein Begehren aus mir gemacht hat.

Eine Wahnsinnige.

Eine Verlorene.

34

Meine Mutter.

Ich habe es schon gesagt: Jedes Mal wenn sie meine Kinder trifft, kneift sie sie in den Arm, um sich zu vergewissern, dass sie echt sind.

Sie wollte zehn Kinder haben, sie bekam nur mich. Sie hat es mir lange übel genommen, dass ich die anderen neun nicht zugelassen habe. Kurz nach meiner Geburt stellte man bei ihr eine Endometriose fest, die Unfruchtbarkeit zur Folge hatte und damit das Ende ihrer Träume von einer kinderreichen Familie, von einem Haus voller Lärm und Schokoladenduft am Morgen, von zehn Geburtstagsfeiern im Jahr, unordentlichen Zimmern, Bädern zu zweit und zu dritt, von überlaufenden Badewannen und Überschwemmungen, von Alberei, von Wutanfällen und fröhlichen Aussöhnungen, von ineinander verknäuelten Kindern.

Wenn ein Kind seine Eltern verliert, ist es ein Waisenkind. Wenn ein Mann seine Frau verliert, ist er ein Witwer. Was aber ist das Wort für eine Mutter, die nicht die Kinder bekam, von denen sie träumte?

Kann man von dem geheilt werden, was man nicht benennen kann?

Ich hatte sie ungewollt ihres idealen Lebens beraubt, und anstatt mir das Zehnfache an Liebe zu schenken, hatte sie die ganze Liebe in sich behalten. Hatte sie vergraben. Bei den Geburten meiner Kinder tauchte sie jedoch wieder auf, und als ich beschloss, dass drei genug wären, beschimpfte sie mich als Egoistin. Sie sagte tatsächlich »knauserig«. Dennoch blieb unsere Beziehung höflich und distanziert. Ich habe eine anständige Kindheit bei ihr verbracht. Sie hat nie meinen Geburtstag vergessen. Bis heute. Und so weit ich zurückdenken kann, hat sie mir jeden Abend eine Geschichte vorgelesen und in mir die Leidenschaft für Bücher und Heldinnen geweckt. Wenn man sie kannte, hätte man freundliche und brave, naive und reine Frauenfiguren erwartet, aber weit gefehlt. Sie las mir die schöne und furchterregende Geschichte von Blanquette und dem riesigen Wolf vor, die von Colettes naiver Claudine, sie öffnete mir die Augen für die gefährlichen und berauschenden Frivolitäten von Edith Whartons Lily Bart, sie ergötzte mich mit den Lügen und der Verzückung von Madame de, von Louise de Vilmorin, und säte unwissentlich – falls sie nicht abenteuerlicher war, als ich dachte, als wir alle dachten – bereits die Gefühle in mir, die mich eines Tages ins Verderben stürzen würden, die großen Stürme und die Lust, auf das wilde Verlangen zu hören, bis für einen flüchtigen Augenblick der Ewigkeit alles verloren war. Hat meine Mutter mich gelehrt, den Rausch und die Träume zu erleben, die sie sich nicht gegönnt hatte? Wollte sie mir das Gift des Körpers einflößen, um mich dafür zu bestrafen, dass ich ihren steril gemacht hatte? Oder hat sie vielmehr versucht, mir Wege der Freiheit zu öffnen, weil man manchmal sein Heil nur im Ungehorsam findet?

Sie brachte mir bei, am Tisch gerade zu sitzen, mich in Gesellschaft anständig zu benehmen, die Lüsternheit der Männer nicht zu schüren. Sie ließ mich als junges Mädchen eher klassische als gewagte Kleider tragen, die meinen hübschen Körper in unmodernen Hüllen verpackten. Meine ersten Flirts gefielen ihr nicht. Sie fand sie schamlos oder käuflich oder entsetzlich gewöhnlich. Olivier hingegen mochte sie sofort. Der angehende erfolgreiche Händler hatte die Gabe, seinen Charme jeder Situation anzupassen. Sie mochte seine Umgangsformen, seine Art, sich für sie zu interessieren, ihr zuzuhören, und wenn sie über Dinge redete, die er nicht kannte – Giotto, Romberg oder die Feinheit des Palestrina-Stichs –, nickte er geradezu andächtig mit dem Kopf. Der perfekte Sohn. Sie mochte seine Träume, er war noch nicht Autohändler und erzählte ihr von seinem Praktikum bei Pierre Fabre Médicament, von seinem Wunsch zu arbeiten, um das Leben der Menschen zu verbessern, hmm, hmm; sie sah in ihm den idealen Mann für ihre Tochter und gab ihm ihren Segen, bevor er mich um irgendwas gebeten hatte.

Mit den Jahren, den trägen, unbeweglichen, zu Hause in vergeblicher Erwartung eines Kavaliers verstrichenen Jahren, war der Panzer meiner Mutter schon etwas rissig geworden. Leichtere Worte waren zu ihrem kultivierten Wortschatz hinzugekommen. Sie hatte mehrmals die Frisur gewechselt, vom schlichten Bubikopf à la Mireille Mathieu bis zum virtuosen Brushing à la Farrah Fawcett, und einige schmeichelnde Färbungen probiert. Ihr Lachen war etwas höher, blieb aber immer noch kurz. Und eines Tages umarmte sie mich. »Emmanuelle, eigentlich bin ich gar nicht so enttäuscht, dass du meine Tochter bist.« An dem Tag weinte ich natürlich. An dem Tag verzieh ich ihr meine kalte Kindheit – um zu überleben muss man früher oder später im Frieden sein mit denen, die uns irgendwann zum Waisenkind und unglücklich machen werden. Dann fing sie wieder an, Bridge zu spielen. Mit einigen Freundinnen organisierte sie reihum Treffen; zweimal im Monat diskutierten sie bis spät in die Nacht (begleitet von kleinen Lakritz- und Rosenmacarons) über die charmanten Bücher von Gavalda, die literarische Eleganz von Rufin, das faszinierende Talent von Kasischke oder Oates. Sie kam auch viel regelmäßiger nach Bondues. Die Kinder liebten sie sehr. Mit Louis sah sie *Broadchurch* und *True Detective*. Sie wusste, dass in zwei Jahren *Star Wars VII* ins Kino

kommen würde. Sie half Léa in Französisch, Manon in
Mathematik und mir in der Küche, wo sie mich immer
wie eine Minderbemittelte behandelte (mir ist nie ein
Soufflé geglückt). Sie hat sich nie vom Tod meines Vaters erholt, den sie als einen Verrat ansah. »Ein Mann
darf seine Frau nicht verlassen«, sagte sie immer wieder.
»Und wenn die Frau geht?«, fragte ich sie eines Tages, als
wir Crème brûlée mit Zichorie und karamellisiertem Zucker zubereiteten (eins von Oliviers Lieblingsdesserts).

»Und wenn die Frau geht?«

Sie sah mich mit einem Ausdruck an, den ich nicht an
ihr kannte, dem Ausdruck einer Tragödin, und flüsterte:
»Das ist etwas ganz anderes, Emmanuelle.«

Und an dem Tag erriet ich ihren Kummer, übrig geblieben zu sein, ihren unterdrückten Zorn und ihren
nie gestillten Hunger. Meine Mutter hatte sich geopfert,
sie hatte die Vorsicht des Friedens der Heftigkeit des
Liebeskummers vorgezogen.

Sie hatte sich lieber in die Bücher gestürzt als in die
Arme der Männer.

33

Mein Vater.

Ich erzähle gesondert von ihm, weil ich mich nicht
erinnern kann, meine Eltern oft zusammen gesehen zu
haben. Natürlich auf ihren Hochzeitsfotos, wo sie so
wenig lächeln. Auf einigen Familienfesten. Im Auto, bei
den seltenen Gelegenheiten, wo wir gemeinsam irgendwohin fuhren. Abends und am Wochenende blätterte sie
im Wohnzimmer rauchend in Kunstbüchern und hörte

dabei Romberg, Debussy oder Meyerbeer; er schloss sich in seinem Arbeitszimmer ein, das wir nicht betreten durften. (Ich habe gelesen, dass sich »der Kapitän«, der Vater der Schriftstellerin Colette, den ganzen Tag in einem Arbeitszimmer einschloss, um dort angeblich einen Roman zu schreiben. Er brachte Jahre darin zu. Als er starb, fand man kein einziges Blatt.)

Mein Vater war schön. Eine finstere Schönheit. Er arbeitete lange in der mechanischen Werkstatt von Valenciennes und entwarf Werkzeugmaschinen, die die Hände der Menschen ersetzten. Auch ihre Schmerzen. Abends kam er spät nach Hause, wir hatten schon gegessen, und wenn ich noch nicht schlief, nachdem meine Mutter mir eine Geschichte vorgelesen hatte, kam er und gab mir einen kratzigen Kuss auf die Stirn, den er manchmal mit einem Vorschlag verband: »Was würdest du davon halten, wenn wir diesen Sommer im Greyhound Bus quer durch Amerika fahren oder den Zoo in Antwerpen besuchen und dort einen Tiger sehen, Emma, einen echten Tiger?« Er liebte die Tiger seit Shere Khan, dem einzigen Tier, das in Kiplings *Dschungelbuch* nicht lügt, dem einzigen, das dazu steht, uns, die Menschen, nicht zu lieben. »Es ist ein wunderschönes Tier, das Menschen frisst, kleine Beute, für einen Tiger sind wir eine ganz kleine Beute, Emma, ein Kotelett, ein Steak, es gibt nur noch weniger als viertausend auf der Erde, wir dürfen nicht zu lange warten, meine Kleine«, sagte er in einer Mischung aus Verlockung und Entsetzen. »Alles verschwindet so schnell, und ich würde dir gern die Angst eines Mannes, meine Angst zeigen, damit du sie schön findest und nicht denkst, dass es Feigheit ist, es ist keine Schande, besiegt zu werden.« Und ich fing an zu zittern, weil mir in dem Moment klar wurde, dass er Bescheid wusste, der Körper, der schwach wird, die Haut, die abkühlt, die Zähne, die wackeln, der Anfang vom Ende, *schon*; dann besann er sich. »Statt Zoo und Tiger könnten wir die Barre des Écrins besteigen, oder nicht erst auf den Sommer warten, willst du kommenden Mittwoch, ja, Mittwochnachmittag nach der Schule zu mir in die Werkstatt kommen? Ich zeige dir eine Maschine, die später farbige optische Linsen herstellen wird.«

Aber diese Versprechungen gehörten zu seiner Traurigkeit über unser verpasstes gemeinsames Leben, sie wurden immer vertagt, wegen eines Unfalls in seinem Werk, eines abgerissenen Arms, eines abgeschnittenen Fingers; wegen eines dringenden Geheimprojekts; vielleicht auch wegen seines riesigen und zerstörerischen Kummers, der gewissenhaft, jahrelang, hinterhältig und schmerzlos seinen Bauch millimeterweise zerfressen hatte, und als er eines Abends spürte, wie sich ein spitzes Messer in seine Bauchspeicheldrüse bohrte, war es das Ende. Vielleicht war es der Kummer darüber, dass er nicht vermocht hatte, meine Mutter so zu lieben, wie sie es sich gewünscht hätte: ein zuvorkommender, wenn nicht gar aufdringlicher Mann, ein Vater von zehn Kindern, ein aufmerksamer Kapitän von Trapp, großzügig und geistreich, ein Mann, der ihr gehört, der sie aus dem Salon entführen kann, in dem sie sich trotz der Bücher und der Musik langweilte, und auf eine Insel, in eine Lagune mit den Farben optischer Linsen bringt, oder auch nur viel weniger weit, aber als Überraschung, auf einen Ball zum 14. Juli, und sie dort herumwirbelt, ihr freche Worte zuflüstert, Worte, von denen die Haut und die Lippen feucht werden, sie dann gegen einen

Baum drückt, sie nimmt wie ein junges Mädchen, damit sich beide von der hohen und gewaltigen Welle tragen lassen, die plötzlich den Groll, das Schweigen und alle Frustrationen eines Paares fortreißt, dessen Phantasie mit der Zeit verfault ist.

Wenige Wochen vor seinem Tod entschuldigte er sich. Aber er erklärte nicht wofür. Und ich hatte keine Zeit, ihm zu sagen, dass kein Tiger mich erschrecken und faszinieren würde, wenn ich groß wäre.

Sondern ein Wolf.

32

Meine Geschwister.

Ich stellte mir vor, dass wir fünf Brüder und fünf Schwestern waren. Ich sprach mit ihnen. Ich spielte mit ihnen. Ich liebte sie. Ich hatte ihnen Vornamen gegeben. Christophe. Sébastien. Cédric. Arnaud. Jérôme. Stéphanie. Nathalie. Séverine. Céline.

Bis heute habe ich das niemandem verraten.

31

In *Die mit der Liebe spielen* wagt es Anna, die von Lea Massari gespielt wird, ihren Verlobten abzuweisen und ihm zu sagen, dass er alles kaputt macht.

Dann verschwindet sie.

Es gefiel mir, dass das Drehbuch uns ihr Verschwinden nicht erklärt. Und vor allem, dass man sie nicht wiederfindet.

Natürlich wurde der Film 1960 in Cannes ausgebuht.
Natürlich von den Männern.

Lea Massari hat mich zum Vornamen unserer zweiten
Tochter angeregt.

30

Mir fallen die letzten, endlosen Tage meines Vaters ein.
Lille. Krankenhaus Oscar-Lambret. Ein großes, nicht un-
schönes Backsteingebäude auf einer tadellosen Rasen-
fläche, vor dem manchmal jemand schluchzte und das
verstörte Gesicht in die Hände vergrub.

Meine Mutter besuchte ihn mit mir jeden Morgen,
zwischen dem Waschen und dem Mittagessen um elf
Uhr dreißig, mageres Fischfilet, Kartoffelbrei, wässriges
Apfelmus. Aber eines Tages brachte sie nicht mehr die
Kraft auf, ihn zu sehen. Sie verabschiedete sich von ihm.
Sie weinte nicht. Da sagte er: »Ich bitte dich um Ver-
zeihung.«

Von da an ging ich allein hin. Die Krankenschwestern
begrüßten mich lächelnd. »Ah, da kommt unsere kleine
Prinzessin.« Sie erzählten mir dummes Zeug. »Heute
geht es ihm besser. Er hat gut gegessen. Er ist nicht
durcheinander. Er hat sich nach dir und deiner Mutter
erkundigt.« Eines Morgens, als er nicht durcheinander
war, ergriff er meine Hand und hauchte sie an, um sie
zu wärmen, dabei war es seine, die kalt war. Er flüsterte:
»Drück mich aus.«

Ich drückte ihn ganz fest. Ich hatte das letzte Wort
nicht gehört.

29

Die Vorstellung, diejenigen gehen zu lassen, die man liebt, ist so brutal wie ein Verbrechen.

28

Ich weiß, dass ich eines Tages irgendwo sitzen werde; wie an einem Fluss werde ich das Begehren strömen sehen, werde den Hunger nach einem Mann verspüren, der mich unendlich erschöpft hat.

Ich werde sehen, dass die Asche, wie winzige Hautfetzen tanzend, fröhlich mit dem Wind fortfliegt.

Ich werde die Tränen vorbeifließen sehen.

27

»Ich habe einen Laden für Kinderbekleidung. Aber nicht mehr lange.«

»Ich bin Journalist bei *La Voix du Nord*. Für die Kulturseiten.«

»Tut mir leid, ich lese selten Zeitung. Manchmal höre ich die Nachrichten im Radio.«

»Wenn Sie wollen, kann ich Ihnen sagen, was heute passieren wird.«

»Ich kann es kaum erwarten.«

»Der Sänger Cali tritt heute Abend im Aéronef auf. Ein sehr schöner Roman von Isabelle Autissier ist erschienen. Und eine neue Biographie von Pierre Richard. Ach ja! Vor dem Verwaltungsgericht von Lille wird der Widerruf der Baugenehmigung für den Schweinestall von Heuringhem verhandelt.«

»Es tut mir nicht leid, dass ich heute früh das Radio nicht angestellt habe.«

Ich senke einen Moment den Blick.

»Ist in Ihrer Zeitung nicht zufällig von einem Mann und einer Frau die Rede, die sich in ein Restaurant geflüchtet haben?«

»Davon habe ich nichts gehört.«

»Von einem Mann und einer Frau, die nicht zusammen sein sollten, die zum zweiten Mal in ihrem Leben nebeneinander sitzen, er betrachtet die Eingangstür, sie die Speisekarte im Schaufenster, weil sie es immer noch nicht wagen, einander aus solcher Nähe anzusehen?«

»Davon habe ich wirklich nichts gehört.«

»Also ein Gerücht.«

»Schade. Da verpasse ich eine Sensation.«

»Können Sie sich vorstellen, warum ich mich wie eine Sechzehnjährige fühle?«

»Nicht im geringsten. Obwohl ich mich einem siebzehnjährigen Teenager ziemlich nahe fühle.«

»Da sitzen wir nun.«

»Das Herz schlägt schneller, der Mund ist trocken, es kribbelt in den Händen.«

»Wir sollten jemanden bitten, unsere Dialoge zu schreiben, so ist es traurig.«

»Sie verwirren mich.«

»Sie begeistern mich.«

»Ich …«

»Ihr rascher Aufbruch neulich hat mir Angst gemacht.«

»Mein Mann, Sie, so nah beieinander, ich log, ich schämte mich.«

Er bleibt einen Moment still.

»Später am Nachmittag hatte ich den Blues. Das war mir seit der Jugend nicht mehr passiert, so ein Blues. Es war sanft. Es war ein ganz eigenartiger Rausch, eine tiefe, melancholische Verwirrung. Ich habe es gleichzeitig gemocht und gehasst.«

»Ich habe Lust, Ihren Herzschlag zu spüren.«

»Kommen Sie näher.«

»Ich traue mich noch nicht.«

»Ich kann näher kommen. Ich würde meine Serviette aus Versehen fallen lassen, ich würde mich bücken, um sie aufzuheben, dann wären wir uns ganz nah.«

»Ich heiße Emmanuelle. Aber alle nennen mich Emma. Außer meiner Mutter.«

Er wiederholt meinen Vornamen, scheint ihn zu kosten.

»Emmanuelle.«

Er lächelt.

»Ein Vorname, der ›gute Nachricht‹ bedeutet.«

»Der auch ›Gott ist mit uns‹ bedeutet.«

Ich spüre, wie mir die Röte ins Gesicht steigt, als ich hinzufüge: »Obwohl in diesem Moment eher der Teufel mit uns ist.«

»Das Verlangen, meinen Sie.«

»Das Verlangen, die Verwirrung, die Lust, die Angst, die Bisse, das Wasser, die Wärme, die Kälte, der Taumel, der Rausch, die Versuchung.«

Er hat seine Hand auf die Bank gelegt.

Ich spüre seine langen Finger wenige Millimeter von meinen entfernt. Ich habe das Gefühl, wenn ich fiele, würde er mich auffangen. Ich habe keine Angst mehr. Ich würde gern fallen. Ich denke, stoßen Sie mich. Ich denke, fangen Sie mich auf. Nehmen Sie mich. Lehren Sie mich.

Meine Stirn brennt.

Ich berühre seine Hand, seine Finger sind sanft und warm und zittern nicht. Ich lasse sie auf der Bank zu mir gleiten, dann bedecke ich sie mit dem Zipfel der Tischdecke, die bis zu den Knien reicht, die Tischdecke verwandelt sich in ein Laken und die Bank in ein Bett; seine Finger kommen in Bewegung, beleben sich, gleiten über meinen Oberschenkel, schlängeln sich weich und warm, kreuz und quer über meine plötzliche Gänsehaut, meine Mädchenhaut, gehen weiter nach oben, und ich lasse sie meine Sackgassen ergründen, ich werde zu einem See, und mein Verlangen ist grenzenlos, jedes erste Mal ist total erschütternd, seine Finger ertrinken, meine Hand führt ihn weiter, aber ich bin unendlich, ich würde gern schreien, ich beiße mir auf die Lippen, der Geschmack von Eisen an meinem Gaumen, aber ich schreie nicht, jetzt möchte ich nur lachen, möchte den Raben aus meiner Kehle fortfliegen, die Schaufenster des Restaurants mit Getöse zerschmettern lassen, seine Finger sind unanständig, und mein Orgasmus ist stumm und geheim, ich bin so lebendig, es ist eine schwindelerregende Freude, ein wunderbarer Sieg über den Kummer, die Hand von Alexandre regt sich nicht mehr, ich führe seine Finger zu seinem Männermund, ich will, dass er mich kostet, und er schmeckt mich, während er mich anblickt, und in diesem Moment ist sein Blick das Erotischste, was ich je erlebt, je tief in meinem Körper, in meiner Seele gespürt habe, dieser Moment, in dem er mich ganz und gar aufsaugt.

Die Geräusche der letzten Gäste, die aufbrechen, der

Stühle, die über die Fliesen schrappen, holen mich wieder zu mir, zu uns zurück; mein Atem ist schwer, meine Haut feucht, ich möchte mich in seine Arme verkriechen, mich ganz darin verlieren; ich fühle mich nackt, zerrissen, unanständig, grell und schön.

Wir haben uns während dieser Hingabe nicht angeschaut, keine Sekunde, kein einziges Mal.

Seine Stimme lässt mich zusammenzucken: »Und Emmanuelles sind sensibel.«

»Wie bitte?«

»Emmanuelles sind sensibel. Sie empfinden die Dinge weiter, poetischer.«

Ich sehe auf unsere beiden Hände auf der Bank. Seitdem wir da sind, haben sie sich keinen Millimeter bewegt. Sind immer noch zwei hübsche, erstarrte Auslassungspunkte.

Da schwindet die Röte meiner Wangen, und ich lache laut. Alle Scham hat sich verflüchtigt, einige Gesichter wenden sich mir neugierig und freundlich zu.

»Wenn Sie lachen, sind Sie schön.«

»Sie machen mich schön.«

Er taucht den Silberlöffel in die leere Kaffeetasse. Er dreht ihn behutsam, wie man siebenmal seine Zunge im Mund dreht, bevor man ein Geständnis ablegt.

»Ich habe angefangen, ein Buch zu schreiben.«

»Einen Roman?«

»Ja.«

»Haben Sie schon einen Titel?«

»*Brasserie André.*«

Ich bin glücklich. Ich weiß nicht genau warum. Ich mag die Vorstellung, dass er uns erzählen will. Den Zeitpunkt bestimmen, wo man sich selbst entwischt.

Wo der Absturz sich schließlich als Abflug herausstellt.

Ich habe den unsinnigen, albernen Gedanken, dass die Buchstaben von »André« in seinem Vornamen enthalten sind.

Alexandre fährt fort: »Es ist die Geschichte eines verheirateten Mannes.«

»Und er lernt in einer Brasserie eine Frau kennen.«

»Ja, sein Leben wird aus den Fugen geraten. Ich glaube, er hat ziemlich Lust darauf, dass es aus den Fugen gerät.«

»Ihrs auch. Ich glaube, sie hat auch ziemlich Lust darauf, dass ihr Leben aus den Fugen gerät. Ich meine die Frau aus Ihrem Buch.«

»Weil sie verheiratet ist und ihren Mann nicht mehr liebt?«

»Nein. Sie ist nicht so eine, die jemanden liebt, weil sie einen anderen nicht mehr liebt. Auch keine, die liebt, weil sie es satthat, allein zu sein. Eine neue Liebe richtet sich nicht zwangsläufig gegen die vorhergehende. Sie kann für sich stehen. Ein nicht zu unterdrückender Rausch.«

»Sie haben recht. Ich meine *sie.* Sie hat recht. Mein Buch erzählt also die Geschichte eines verheirateten Mannes, der eine verheiratete Frau kennenlernt und deren Leben aus den Fugen geraten werden.«

»Ja.«

»Ja.«

»Was wird aus der Frau des verheirateten Mannes?«

»Und aus dem Mann der verheirateten Frau?«

»Er wird aus allen Wolken fallen. Nichts begreifen. Er wird im Haus ein paar Teller zerschlagen, bevor er sich beruhigt. Sein Schmerz wird wechselhaft sein. Dann wird er die Kinder als Argument einsetzen. Dann andere Gemeinheiten, um das Schuldgefühl zu treffen, wie gemeinsam durchgestandene Prüfungen, die das Leben des Ehepaars hätten festigen sollen.«

»Sie wird ebenfalls aus allen Wolken fallen. Sie wird keine Erklärung verlangen, wird nur wollen, dass es rasch vorbei ist. Dann wird sie einen riesigen Kummer verspüren. Linear. Unendlich.«

»In Ihrem Buch sollten sich der verheiratete Mann und die verheiratete Frau vielleicht da, in dieser Brasserie trennen, ohne dass letztendlich etwas passiert ist, ohne dass sie etwas angekratzt hätten.«

»Ohne dass sie sich von so nahem angesehen hätten.«

»Ohne dass sie Lust bekommen hätten, sich noch näher zu sein. Bis sie sich berühren. Den Herzschlag spüren.«

»Ohne dass sie Lust bekommen hätten, sich zu küssen.«

Plötzlich fühle ich mich wie ausgeblutet, als ich sage: »Eine Frucht zu kosten. Sie mit den Fingern zu zerdrücken.«

»Lust, sich zu verlieren.«

»Lust, sich dem Baum zu nähern.«

»Aber wenn man sich nähert, verzehrt man die, die man hinter sich zurücklässt.«

»Vielleicht trennen sie sich am Ende. In Ihrem Buch. In der Brasserie. Man kann mit einem unbefriedigten Begehren weiterleben.«

»Man kann aber auch daran sterben«, sagt er.

»Ja. Wissen die beiden in Ihrem Buch, warum sie sich lieben? Außer dass sein Mund sie sehr verwirrt hat?«

»Und dass ihr trauriges Aussehen ihn endgültig betört

hat? Nein. Sie wissen es nicht. Das macht das Ganze so wunderbar.«

»Dass man das Ganze den anderen nicht erklären kann, macht es so schändlich.«

»Noch entsetzlicher, als nicht mehr geliebt zu werden, ist es, nicht mehr bevorzugt, nicht mehr auserwählt zu sein.«

Meine Freude und mein Schrecken verschwimmen. Das Böse, das wir tun, tut uns manchmal auch selbst so weh.

»Es ist also die Geschichte eines verheirateten Mannes, dem eine verheiratete Frau über den Weg läuft, und beide beschließen, nicht anzuhalten. Ihren Weg fortzusetzen.«

»Das wäre kein sehr guter Roman.«

»Auch kein sehr schönes Leben.«

»Ich höre eine Träne in Ihrer Stimme.«

»Ich weine viel. Das ist typisch für Emmanuelles, wussten Sie das nicht?«

»Das Buch beginnt mit einem Dialog. Sie sagt: ›Ich werde mit ja antworten.‹ Der Mann atmet etwas tiefer ein als gewöhnlich, er weiß, dass sein Leben in diesem Moment aus den Fugen gerät, und er flüstert: ›Also werde ich versuchen, nicht die falsche Frage zu stellen.‹«

Mein Herz explodiert fast: »Hat er am nächsten Tag die Frage gefunden?«

»Gehen wir zusammen fort?«

»Ist das die Frage?«

»Ja.«

»Dann kennen Sie meine Antwort.«

74

DONNER, der.

1. *Bedeutung:* Krachendes, mahlendes oder rollendes Geräusch, das während eines Gewitters von einem Blitz erzeugt wird; je nach Entfernung zwischen dem Blitz und dem Ort der Wahrnehmung mehr oder weniger lange nach dem Blitz hörbar; tritt oft mehrfach im Verlauf eines Gewitters auf. Ohrenbetäubender, anhaltender, entfernter, grollender, ununterbrochener, ferner, rollender, dumpfer Donner; Krach, Grollen, Rollen des Donners; Dröhnen des Donners; der Donner hallt; Angst vor dem Donner haben. *Nun erschütterte der Donner das Tal* (Rollinat, *Névroses*, 1883, S. 131).

* [Dieses Phänomen wird im Hinblick auf seine Dauer betrachtet.] *Der Tag war gewittrig; der Donner grollte zwei Stunden lang und der Blitz schlug nicht weit vom Haus entfernt ein* (Delécluze, *Journal, 1825, S. 212).*

* Plural, literar. *Eine okkulte Macht eroberte seine Seele, Entfernte Donner rollten in der Tiefe des Himmels* (Bouilhet, *Melænis*, 1857, S. 201).

2. *Beispiel:* Ich torkelte auf der Straße wie eine Betrunkene. Ich war im Herzen eines Gewitters. Gerade hatte ein Mann das Chaos in mein Leben gebracht. Der Donner hallte in mir. Der Einschlag hatte mich gespalten, wie einen Stein, und aus dem Riss sprudelten mein Lachen und meine Ängste, meine Sorgen, das Böse, das ich anrichten würde, das Glück, das mich vielleicht erwartete, das faszinierende Unbekannte, das Feuer und die Freude.

In der Stille, die auf meine Antwort gefolgt war, hatte ich einem Mann ja gesagt. Ich würde mich an ihn binden.

Ich würde ihm gehören, ohne viel über ihn zu wissen, verheiratet, ohne Kind, Journalist, um die fünfzig, lässt mit dem Kaffee ein Trinkgeld zurück, die Lippen voll von Zucker und Blut, eine Stimme wie Sami Frey, ein Blick, der mich zeichnet, mich zähmt und mich schön macht. Aber muss man wirklich immer alles wissen? Man will sich nur verlieren. Man sucht den Sturz.

Den, der einem Flügel verleiht. Die überwältigende Illusion. Man träumt immer vom perfekten Augenblick.

Von der wunderbaren Bahn, die geradewegs gegen die Wand führt.

25

Ich bin verliebt.

Ich bin mit dem Verlangen verlobt. Man sagt auch versprochen.

Dem Verlangen versprochen.

24

»›Du willst mich also verlassen, Blanquette?‹

Und Blanquette antwortete: ›Ja, Monsieur Seguin.‹

›Hast du nicht genug Gras?‹

›O doch, Monsieur Seguin!‹

›Bist du vielleicht zu kurz angebunden, soll ich den Strick länger machen?‹

›Das ist nicht nötig, Monsieur Seguin.‹

›Was brauchst du dann? Was willst du?‹

›Ich möchte in die Berge laufen, Monsieur Seguin.‹«

23

Ich lief sehr lange durch die Straßen von Lille, ehe ich in der Lage war, nach Bondues zurückzukehren.

Die Kinder hatten den Tisch gedeckt (heißt: Wir sterben vor Hunger) und arbeiteten in ihren Zimmern. Olivier war vor mir gekommen. Er hatte eine Flasche Pontet Bagatelle geöffnet und schon die Hälfte davon getrunken. Er schenkte mir ein Glas ein. Wir stießen an. Beim Anblick meiner traurigen Miene lächelte er kurz und freudlos, eher ein Reflex, denke ich, sonst hätte er mich ausgefragt, ich kenne ihn doch. Dann erzählte er mir von seinem Tag, während ich mich ans Kochen machte: möglicherweise ein Vertrag über eine Flotte von fünfundzwanzig Fahrzeugen für Decathlon, ein Verkäufer krank, zum ungünstigsten Zeitpunkt, so ist das immer, zum Kotzen, Mist, verdammter! Seine Worte stießen gegen die Möbel, gegen die Stühle und prallten daran ab; mich erreichte nur der diffuse, gedämpfte Ton seiner Stimme.

Ich hörte ihm nicht zu. Ich dachte an die Worte von Alexandre. An alle Worte, die uns erwarteten, sogar in der Stille. Die neuen Worte. Für die Ziele. Die Tagesanbrüche. Die Entdeckungen. Das Zittern. Für den Körper. Für den Appetit. Für den Schmerz, den wir antun und den es uns bereitet. Für den Sex. Für die wirbelnden Finger. Für alle Liebesworte. Und alle bisher nicht überschrittenen Grenzen.

Der Salat war fertig, die Nudeln al dente gekocht und mit altem Gouda gratiniert, so wie es alle mögen, und wir versammelten uns um den Tisch. Die Kinder hatten gute Laune. Manon erzählte von ihren Plänen für den Sommer, und ich dachte, dass ich im Sommer nicht mehr hier sein würde. Louis erwähnte einen Kurs in Waterclimbing zu Ostern, und ich überlegte, dass ich ein oder zwei Wochen nach seiner Rückkehr weg sein würde. Léa fragte, ob wir im Sommer wieder nach La Baule fahren würden, und ich schwindelte. Olivier öffnete eine zweite Flasche, jetzt einen leichteren Wein, einen Rotwein vom Gut von Camaïssette. Seine Wangen röteten sich, seine Augen glänzten. Diesen Blick kannte ich. Das kleine Raubtier. Wenn er trinkt, ist er bei der Liebe brutal. Sein wilder Mund vom Anfang, den ich hasse.

»Er leckte sich mit seiner großen roten Zunge die Lefzen.«

Louis nahm sich noch einmal Nudeln. Ich beobachtete seine Bewegung. Sanft. Etwas ungeschickt. Ich dachte, dass ich ihn bald nicht mehr sehen würde. Ich schaute seine Hände an, die trotz des undankbaren Alters zierlich, fast weiblich geblieben waren. Ich erinnerte mich, wie sie vor langer Zeit meinen Rücken gestreichelt hatten, wenn er morgens in unser Bett kroch. Dann dachte ich nicht an das, was mir fehlen würde, weil ich ihn verließ, sondern an das, was ich zurücklassen würde.

Die Art, wie Manon ihre Haarsträhne hinter das rechte Ohr zurückschob.

Den manchmal etwas verschwommenen Blick von Léa. Sie war immer mit den Gedanken woanders, dort, in dem, was ich ihre Poesie nannte. Ihre reizende weiche Unterlippe, geformt für Küsse und eines Tages für Vertraulichkeiten.

Léas Eckzähne, die gerade wuchsen und sie wie einen kleinen Vampir aussehen ließen. Ich betrachtete ihren

Hals. Vor gar nicht so langer Zeit hatte er noch nach
Baby, nach Mitosyl und Talk geduftet, hatte ihr Geruch
in mir einen steilen Anstieg von Dopamin, diesem er-
staunlichen kleinen Glückshormon, ausgelöst, dann
wurde ich zur unersättlichen Menschenfresserin.

Das Lachen von Louis.

Ich beobachtete Olivier. Er amüsierte sich mit seinem
Sohn. Aber er hat ihm nie ein Baumhaus gebaut. Er
ist nie mit ihm zwei Tage zum Zelten ans Ufer eines
Flusses gefahren, unter Männern, Angeln und Kajak,
Konservendose im Holzfeuer aufgewärmt, abwechselnd
Nachtwache, um sich vor wilden Tieren zu schützen.
Stattdessen mit zweihundert Stundenkilometern auf der
Autobahn mit seinen verdammten Autos, das ja.

Ich sah den Vater meiner Kinder an und erinnerte
mich an meine aufflammende Liebe, fast zwanzig Jahre
zuvor, als er zu mir sagte: »Sie sind die Frau meines
Lebens, und ich werde Ihnen dreißig Beweise dafür
geben.«

Erinnerung: Sein Schock, als er mich zum ersten Mal
sah (»Sie haben die Anmut einer jungen Frau von Bot-
ticelli, und ich habe die Renaissance immer geliebt«),
seine Angst, mich verschwinden zu sehen (»Wie könnte
ich ohne Schönheit leben?«), die Lust, meinen musika-
lischen Geschmack zu teilen (»Ich mag nichts von dem,
was Sie nicht mögen«), seine Freude an meinem Vornamen (»Ist Ihnen aufgefallen, wie perfekt er zu meinem
Nachnamen passt?«), unsere gemeinsame Begeisterung
für dieselben Farben (»Ich liebe Ihre blaue Hose«, »Ich
bin ganz vernarrt in Ihre gelbe Jacke«, »Das Rot Ihres
Lippenstifts ist wunderbar« usw.), sein Interesse für Me-
teorologie (»Wenn ich Sie nicht ab heute jeden Morgen

treffe, werde ich frieren, werde ich sogar erfrieren, und man wird mich in tausend Jahren erfroren finden«), die unglaubliche Möglichkeit, durch ihn die Weinstraße zu entdecken (»Ich werde Sie dorthin führen, auf die des Jura oder der Provence, ich werde Sie unterrichten, und bei jedem Schluck Nektar werden Sie dem Himmel danken, dass Sie mir gefallen haben«), sein Glück, bei Pierre Fabre zu arbeiten (»Ich werde ein Medikament in Auftrag geben, durch das Sie in mir Ihren Märchenprinzen sehen«), da ließ mich der Liebesblitz vor Begeisterung lachen, und die Männer wissen schon, dass das Lachen eine sich öffnende Tür ist.

Diese Erinnerung fand ich witzig, und Léa flüsterte, dass ich schön aussehe, wenn ich lächle, aber sie fragte trotzdem, warum ich gerade in dem Augenblick lächelte, wo niemand am Tisch mehr redete. »Weil diese Stille schön ist, mein Liebling, und selten«, antwortete ich. »Findest du, dass wir zu viel reden?« »Nein.« Und die Stille verschwand, die Stuhlbeine schrappten, das Geschirr klapperte, die Kinder forderten mich auf, sitzen zu bleiben, sie würden den Tisch abdecken und aufräumen (alles kreuz und quer in den Geschirrspüler packen).

Sie erinnerten mich plötzlich an Flora, Fauna und Sonnenschein, die drei kleinen Feen aus *Dornröschen*, und wie die Feen schwirrten sie gleich darauf ab.

Plötzlich war ich allein mit meinem Mann. Ich würde ihm bald sagen, dass ich in die Berge wollte. Aber zuvor, nur noch einen Abend lang, wollte ich das lieben, was ich hinter mir lassen würde.

22

Erinnerst du dich, Olivier, was wir uns am Anfang versprochen haben? In Schönheit zusammen zu sein, immer.

Und wenn einer von uns in einem unmenschlichen Körper enden würde, wenn einer von uns eines Tages die Hilfe des anderen bräuchte, zum Essen, um sich zu entleeren, sich zu waschen, um Speichel und Urin wegzuwischen, um das Küchenmesser nicht mit einer Zahnbürste zu verwechseln oder den Regen mit den Tränen, dann würde der andere ihn vor einen Lastwagen stoßen, ihn eine Treppe hinunterwerfen oder ihm Törtchen mit Rattengift backen – das Einfachste für ihn.

Wir waren Anfang zwanzig, hatten uns gerade kennengelernt, wir waren schön und machten uns Versprechen, die niemals jemand hält.

Dann wurden wir erwachsen.

21

Das ist Louis, vierzehn Jahre alt, ein paar Tage später.

Wir sind in seinem Zimmer. Ich sage ihm, dass ich weggehe. Er sagt, dass ich machen kann, was ich will. »Das ist dein Problem.« Da werde ich deutlicher. »Ich verlasse dich, Louis. Ich verlasse Papa. Ich verlasse deine Schwestern. Ich verlasse das Haus, ich verlasse Bondues, ich gehe fort.« Da hebt er den Blick von seinem geliebten Rechner. Zuerst sieht er mich an, als wäre ich verrückt, und fragt, ob ich getrunken habe. Dann betrachtet er mich neugierig, erwägt mögliche Szenarien, die meine Abreise erklären könnten (Krankheit, berufliche

Veränderung, Reise mit Sophie). Dann mustert er mich verächtlich und begreift, dass ich es ernst meine. Ich spüre, wie er zögert, ob er etwas kaputt machen (aber er liebt seine Sachen zu sehr) oder mich beschimpfen soll, und schließlich wählt er das, was die Männer am besten können: Schuldzuweisungen. »Papa ist ein großartiger Mann, das kannst du ihm nicht antun, wenn du weggehst, ist das widerlich, widerlich, er hat mir mal gesagt, dass er extrem stolz darauf ist, dein Mann zu sein. Und Léa darfst du das auch nicht antun. Sie ist erst zwölf, scheiße.« Ich runzle die Stirn wegen »scheiße«. »Mir ist es scheißegal«, sagt er mit hoher Stimme, in der noch die kindliche Zerbrechlichkeit mitschwingt, und er wiederholt es lauter, weil er seine Schwäche nicht mag: »Mir ist es scheißegal!« »Ich weiß, ich weiß, Louis«, antworte ich. Ich träume davon, ihm zu sagen, dass er jetzt ein Mann ist, dass er mich schon lange nicht mehr braucht, er braucht nur eine Köchin, eine Putzfrau, jemanden, der seine Wäsche wäscht, seine Wäsche bügelt, seine Wäsche einräumt, sein Zimmer in Ordnung bringt, ihm neue Anziehsachen kauft, jemanden, der sich Sorgen macht, wenn er statt zwanzig Minuten zwei Stunden für den Heimweg vom Schwimmbad braucht, jemanden, der den Kühlschrank auffüllt, sein Abo fürs Handy und das Internet bezahlt und ihn zum Zahnarzt bringt, damit er kein lächerliches Lächeln hat, dass er keine Mama mehr braucht. Aber er würde anfangen zu schluchzen, weil man mit vierzehn, auch wenn man fast ein Mann ist, bei dramatischen Ereignissen immer noch ein Kind ist, und im Zorn seiner Tränen würde er schreien, es wäre besser, wenn du sofort gehst. Ich glaube, dass die Mütter kein Recht darauf haben, glücklich zu sein, oder vielleicht später, nach den Kindern, nach den anderen. Ich würde die Hand ausstrecken, um seine Augen zu trocknen, ich würde ihm sagen, dass ich ihn liebe, und ich würde ihn daran erinnern, dass er mir niemals gesagt hat, dass er mich liebt.

Aber ich sage nichts von alldem.

Nach seinem »Mir ist es scheißegal« sage ich, »Ich weiß, ich weiß, Louis«, und ich entschuldige mich bei ihm. »Ich bin kein böser Mensch. Ich bin eine haltlose Frau.« Ich sage ihm, dass die Liebe etwas ebenso Großartiges wie Entsetzliches ist und dass die größte Liebe auch den größten Kummer auslöst, dass es im Kummer auch Schönheit gibt, dass er uns manchmal mit wunderbarer Menschlichkeit schmückt.

Ich erzähle ihm von niedergeschmetterten Heldinnen, von den Opern, die ich mit Sophie gesehen und später zu Hause mit Olivier gehört habe – er mit halbem Ohr.

Ich erzähle ihm von meinen Tränen, als Ottone für Poppea von seiner Liebe singt, und ich sage ihm, dass sein Vater nicht geweint, nicht mal gezittert hat, als er es zum ersten Mal gehört hat, und als Poppea sich dem hingab, der sie über alles liebte, verzog er den Mund zu einem winzigen Lächeln, das ich abstoßend fand: ein Männerlächeln, eine Wolfsfratze »Ha ha! Die kleine Ziege von Monsieur Seguin!«, und leckte sich mit seiner großen roten Zunge die Lefzen.«

Ich sage ihm, dass ich aus Liebe fortgehe. Endlich fließen seine Tränen.

Wäre er älter gewesen, hätte er mir geantwortet, dass das nicht stimmt, dass man nicht aus Liebe fortgeht, sondern vielmehr aus Liebe bleibt.

Und meine Beine hätten mich nicht mehr getragen.

20

Ich erinnere mich, dass ich mich beim Verlassen des Zimmers meines Sohnes an jenem Tag sehr schmutzig gefühlt habe.

Sehr hässlich.

19

»Werden Sie mich tanzen lassen?«

»Ja.«

»Mich herumwirbeln?«

»Ja.«

»Bis mir schwindelig wird?«

»Ja.«

»Werden Sie mich auffangen?«

»Ja.«

»Werden Sie mich immer festhalten?«

»Ja. Aber warum wollen Sie tanzen?«

»Weil mein Körper beim Tanzen wieder zum Barbaren wird.«

»Dann werde ich Sie auffressen.«

18

Hinter mir.

An der Treppe hängt ein Foto von meinem Vater. Er ist fünfzehn. Er hat einen kleinen weißen Hund im Arm. Der Hund wirkt reglos. Vielleicht tot. Mein Vater weint auf dem Foto. Er wollte es nie erklären.

Es gibt das hübsche Geschirr meiner Großmutter mit dem Monogramm MV, Marie Vérove. Als Kind waren diese Initialen für mich ein großes Geheimnis. Es regte meine Phantasie an. MV. Mein Verlangen. Meisterhafte Version. Mörder Verletzter. Märchen Vagabunden. Mach voran. Im Laufe der Jahre hat das Geschirr Sprünge bekommen und ist verblasst; Teller gingen kaputt, ein paar zerbrachen bei einem Gewitter zwischen Olivier und mir.

Es gibt die zerfledderten Bücher, aus denen mir meine Mutter vorlas, aus denen ich dann jedem meiner Kinder vorgelesen habe; darunter das abgenutzte, zehnmal zusammengeklebte Exemplar des Briefes von Daudet an Gringoire, Dichter in Paris, auf dessen Umschlag Monsieur Seguin, mit kahler Stirn, weißen Haaren und Bart, in Jeans und einem beigefarbenen karierten Hemd, vor Blanquette kniet wie ein Frosch vor der Jungfrau. Er hält sie am Hals fest. Sein Mund ist ganz nah an der Schnauze des Tieres; es sieht aus, als wollte er es küssen, so wie man es mit den Frauen macht; meine Mutter seufzte: »Wie kommst du bloß auf solche Gedanken, Emmanuelle!«

Es gibt noch tausend unsichtbare Dinge in der Luft, an den Wänden des Hauses, unter den Möbeln, in den Betten, in Staubmäusen verheddert: Seufzer, Schreie, Lachen, Geburten, Lügen, leichte Berührungen und Liebkosungen.

Alles, was man nicht mitnehmen kann und was uns mitgenommen hat.

17

Die Katastrophe gärt, aber ich bin taub.

Ich bin voller Wind; mein Glück ist ein glühender Hauch, der meinen Körper wirbeln lässt, der in mich eindringt und die bislang unentdeckten Winkel zum Singen bringt; er wärmt mich auf, als müsste er es für immer tun.

Ich bin auch blind.

In meiner Ungeduld nach Alexandre habe ich aus den Augen verloren, dass heiße Winde manchmal zornig sind, dass sie Gewitter herantragen können, die die Bäume entwurzeln und die Häuser herausreißen; es sind Winde, die uns häuten und uns am Ende brechen.

In diesem Moment meines Lebens war ich eine riesige Höhle, die er Tag für Tag mit schönen, kostbaren und seltenen Dingen füllen würde, mit allem, was eine Frau glücklich sein lässt, gelebt zu haben.

Gelacht zu haben, genossen zu haben, auf der Welt getanzt zu haben.

16

Nun ist Manon an der Reihe.

Sie weint.

Sie reißt die Fotos von der Wand, auf denen wir beide zu sehen sind. Sie zerreißt sie. Sie schreit. Sie beschimpft mich als Lügnerin. Sie bezeichnet mich als bescheuert. Als krank. Als Nutte und Schlimmeres; und ich ohrfeige sie nicht. Sie sagt, dass ich ihr Leben vernichtet hätte. Dass ich alles zerstört, alles zertreten hätte. Dass ich keine Mutter sei. Ich rede von dem untröstlichen Bedürfnis, geliebt zu werden. Ich erzähle ihr vom Unglück mancher Frauen. Von der Arroganz mancher Männer. Ich sage ihr, dass der verschwommene Blick ihres Vaters mich nicht mehr schöner macht, seine Zärtlichkeit mich nicht mehr beruhigt. Ich sage ihr, dass er keine Angst mehr um mich hat, dass er mir nicht mehr beim Schlafen zusieht und dass er abends nicht mehr verlangt, ich solle ihm versprechen, am Morgen noch lebendig zu sein. Ich erzähle ihr vom Liebesblitz. Von meinem Kurzfilmszenario in der zehnten Klasse. Von der Braut in Berru, die sich an ihrem Hochzeitstag in den Freund ihrer Trauzeugin verliebt hat. Sie protestiert. Ihre Tränen zeichnen schwarze Kratzer auf ihren Wangen. »Es ist doch Papa. Er liebt dich. Das kannst du ihm nicht antun. Nach allem, was er erlebt hat. Das kannst du uns nicht antun. Das ist entsetzlich. Entsetzlich!« Ich erzähle ihr vom Verlangen, von der Gier der Frauen. Sie sagt, dass ich Schwachsinn rede. Dass ich verrückt bin. Dass ich vielleicht warten könnte. Ein bisschen. Sie bettelt. »Bitte, Maman!« Sie schwört. »Papa wird dich wieder richtig ansehen. Er wird wieder Angst haben. Und er wird weinen, wenn Ottone für Poppea von seiner Liebe singt, er wird weinen, Maman.« Sie beschwört mich, zu bleiben. Sie verspricht mir alles Mögliche. »Ich werde sauber machen, einkaufen, alles, was du möchtest. Ich werde Klassenbeste. Ich klaue nicht mehr deine Creme oder deine Schminke. Ich ersetze dir die Schuhe, die ich versaut habe. Ich kümmere mich um dich, wenn du alt bist. Ich wasche dich. Ich füttere dich.« Sie sagt, dass sie mich liebe und dass ich nicht weggehen könne. Sie fragt mich nicht, wer Alexandre ist. Was er hat, was ihr Vater nicht hat. Nicht mal, ob er das Glück einer Familie wert ist. Sie fragt mich nicht, woraus dieser Wind besteht, der mich erfüllt und mich wahnsinnig macht. Sie weint. Sie sieht mich an. Sie hat den rührenden Blick der Welpen in den Tierhandlungen, die all unsere Zärtlichkeit, all unsere Schwächen wecken. Ich strecke ihr die Hände entgegen, nicht, um sie zu retten, sondern, um mich zu retten. Wir umarmen uns und schluchzen. Wir sind sehr traurig. Sie sagt, sie habe nicht gewusst, dass ich unglücklich war. Ich sage, dass ich nicht unglücklich bin, aber dass ich noch viel glücklicher sein werde – und sie glaubt mir nicht. Sie fragt, was sie Böses getan habe. Was ihr Bruder, ihre Schwester Böses getan hätten. Sie will wissen, ob ich froh sei, sie als Tochter zu haben. Ob ich sie mir gewünscht hätte. Ob ich sie immer noch liebe. Wir liegen nebeneinander auf ihrem Bett. Wir schweigen minutenlang. Ich nehme ihre Hand und erkläre ihr, wie ich es Louis erklärt habe, dass ich aus Liebe fortgehe. Etwas später sagt sie, dass sie sich niemals verlieben wird. Dass sie niemals Kinder haben wird. Dass sie die Männer hasst. Sie erklärt mir, dass dies der schlimmste Tag ihres Lebens sei. Dass sie sterben wolle. Dass sie sechzehn Jahre alt sei und dass ich ihr Leben soeben endgültig versaut hätte. Dann wünscht sie mir, ich solle krepieren. Schluss.

15

Hinter mir. Fortsetzung.

Da ist ihre rissige Kindheit. Die Striche an den Türrahmen ihrer Zimmer, die an einem 20. April aufhören.

Da ist unsere Familie.

Da sind die Fotos der Kinder, überall im Haus. Man sieht sie lachen. Man sieht sie zanken. Sie erinnern mich daran, wie brüchig das Verhältnis zwischen Geschwistern ist, wie sehr es Aufgabe der Mutter ist, die Beziehungen zu festigen, sie zu stabilen Gegenkräften für Gewittertage zu machen, wie den heutigen, an dem ich zerstöre, was ich geschaffen habe, das Schöne, das Zarte auftrenne, was ich geduldig gestrickt habe, im Namen meines unbändigen, arroganten Verlangens. »Die Ärmste! Auf ihrem Berggipfel fühlte sie sich mindestens ebenso groß wie die Welt«, schreibt Daudet.

Da ist das, was ich zerbreche und was irreparabel ist.

Da ist das, was ich nehme und was sich nicht ersetzen lässt.

Da ist das Böse, was man tut, wenn man über die anderen hinaus, wenn man ohne sie glücklich sein will.

Da sind all die Versprechen, die ich nicht halten werde.

Da sind bereits die hässlichen Worte, die bald auf mich zutreffen werden, und die anderen, die hübschen Worte, die uns verbunden haben, die uns bis heute glücklich gemacht haben, und die ich in den Schränken der Kinderzimmer, den Schubladen in der Küche, auf den Betten, auf den Sofas zurücklasse, damit sie sie manchmal hören.

14

Was er mir mit seiner verwirrenden Stimme gesagt hat.

»Es gibt Begriffe zwischen uns, die wir abschaffen müssen, Emmanuelle. Wie morgen. Wie Zukunft. Wie fern. Oder immer.«

Mein Herz brannte.

Was er mir noch gesagt hat, lächelnd. Und sein Lächeln löschte alle Lichter.

»Seit wir uns begegnet sind, weiß ich, dass die einzige Gewissheit der Augenblick ist. Der Augenblick ist unermesslich. Er ist der einzig mögliche Ort der Freude. Der einzige Moment, der sich selber genügt. Die Dauer ist keine Tugend der Liebe, die Intensität schon.«

Noch.

»Ich glaube, wir haben dasselbe Schweigen, Emmanuelle. Dieselben Definitionen.«

Meine narzisstische Leerstelle.

Seine Stimme füllte sie aus wie Quellwasser, wie eine Beschwörung, und besiegelte meine Unterwerfung.

13

Ein Mann hatte mich wieder mit mir selbst verbunden.

12

Hinter mir. Fortsetzung und Schluss.

Da ist Olivier; seine Vincent-Seite aus *Vincent, François, Paul und die anderen*, die mich umwarf; seine wirbelnde, sonnige Energie, seine Art eines verwöhnten Kindes, dem alle zulächeln, die Männer, deren Frauen, die Kellnerinnen und sogar ich.

Es gibt unsere Liebesgeschichte, die unsere Kinder, meine Mutter und Sophie für rostbeständig hielten; unsere Geschichte, die ich beendet habe, weil eine Ver-

heißung – ein weicher Mund, den ein Mann behutsam
abtupfte – und der Riss, den sie in mir geöffnet hat, den
Lauf unser beider Leben verändert hat. Aber ich habe
nur der Geschichte ein Ende gesetzt, nur unseren Kurs
umgeleitet, auch wenn ich Olivier verließ, liebte ich ihn
noch und würde ihn immer lieben – auf andere Art.

Ich hatte jedoch das Gefühl, dass unsere Liebe nicht
in der Gegenwart war.

Sie zehrte von vergangenen Dingen, der Verführung,
dem Charme, den Verpflichtungen, und von künftigen,
den Hoffnungen. Sie blickte vage in die Zukunft, aber
in welche Zukunft? Irgendwann der Auszug der Kinder.
Und schließlich der unvorstellbare violette Morgen, an
dem wir ganz allein, zu zweit sein würden. Enkelkinder.
Das Alter, von dem man uns ständig in langen Zeitungs-
artikeln und unendlich lächerlichen Sendungen erzählt,
es sei das Allheilmittel des Paares, seine wunderbare
Vollendung. Die Ruhe nach den Stürmen. Quatsch. Was
für eine Zukunft für Menschen, die sich lieben? Die
Hoffnung reicht nicht aus, sie ist die Negation des Au-
genblicks.

Unsere Liebe war nicht in der Gegenwart, und ich
wollte in der Gegenwart leben, in der Gegenwart der
Gefühle, glühend in ihrer flüchtigen Dringlichkeit.

Lieben ist Anstrengung, und mit Olivier strengte ich
mich nicht an.

11

»Bitte, Monsieur Seguin, ich langweile mich so, lassen
Sie mich in die Berge gehen.«

10

Sophie wedelte mit den Zug- und Flugtickets.

»Arschteuer, aber das ist mir egal. Wenn es um Leben oder Tod geht, guck ich nicht aufs Geld. Abreise Samstagfrüh. Zug bis Paris. Taxi. Dann Flug bis Madrid. Flughafen Adolfo Suárez in Madrid-Barajas. Adolfo Suárez in Madrid-Barajas, das ist spitze, oder? Das klingt schon nach Bacardi, Milongas, Tangotänzern. Das klingt nach heißen Nächten. Nach glänzender Haut. Behaarter Brust. Rückkehr Dienstag, ganz früh, rechtzeitig zur Ladenöffnung. Du hast kleine Augen. Hast noch den Geruch des Tänzers auf deiner Haut. Ein, zwei Knutschflecke, aber es ist schnuppe. Du hast am Wochenende allen Blödsinn angestellt, zu dem du Lust hattest. Ich sage ja nicht, dass ich nicht auch ein bisschen was anstellen werde. Auf jeden Fall deckt dich deine absolute Freundin. Ich bin die beste Lebensversicherung der Welt. Eine Dusche bei mir, zur Arbeit, und abends gehst du nach Hause. Olivier hat einen Château de la Gaude aufgemacht. Er sagt dir, dass du schön bist. Dass er dich liebt. Dass er dich vermisst hat. Deine Kinder haben das Haus geputzt. Sie reden nicht mehr davon, einen grauen oder hellbraunen Hund zu kaufen. Sie nerven dich nicht mehr mit La Baule und dem Waterclimbing-Kurs. Du siehst sie an und denkst, verdammt, ist eine Familie schön. Sprich mir nach, Emma. Verdammt, ist eine Familie schön. Dann denkst du, dass du recht hattest, auf deine Freundin Sophie zu hören. Dass dir deine Freundin das Leben gerettet hat.«

Lachen und Tränen. Ein Sommergewitter ging in meinem Gesicht nieder.

In dem Moment kamen zwei junge Frauen in den Laden. Sophie bediente sie. Kümmerte sich um den Verkauf. Eine feinmaschige Weste. Rose Mountbatten, Größe sechs Jahre. Sie überzeugte sie sogar, eine kleine Mütze zu nehmen, die wunderbar zu der Weste passte. Begeistert verabschiedeten sie sich. »Sophie, Verkäuferin des Monats!«, rief sie lachend, und ich fiel ihr in die Arme. Runde, wohltuende Arme. Die Arme einer Mutter. Meine hatte mich nicht umarmt, hatte mich nicht erstickt, mir keine Lust gemacht, in sie zurückzukehren, in den Ort des Friedens.

»Überlege es dir«, flüsterte meine Freundin. »Bitte! Lass uns nach Madrid fliegen, Emma. Ich weiß, wie es brennt, ich hatte das auch. Du glaubst, die Liebe sei das Kühlwasser, aber hüte dich vor dem Wasser. Es beruhigt das Feuer nicht, im Gegenteil. Es heizt sich nur auf und kocht über.«

9

Ich kann meine letzte Begegnung mit Alexandre nicht vergessen. Weil wir das Datum unserer Abreise festgelegt haben, aber vor allem, weil es der Tag war, an dem wir uns geküsst haben, mit der Ungeduld, der Leidenschaft eines Bahnhofskusses.

Wir würden am 20. April aufbrechen.

An einem Montag, mitten im Frühling.

Nach einem letzten Wochenende, ich mit Olivier und den Kindern, er in Gesellschaft seiner Frau.

Wir würden beide wenig Gepäck und etwas Bargeld mitnehmen. Es war absurd, ich weiß, es war kindisch, aber so aufregend! Ein Donnerschlag, ein Blitz, eine Laune, ein Leben, das sich auflöst, wie ein Aquarell, und ein anderes taucht auf. So einfach war das. So schön. So endgültig.

Und so unvernünftig! Aber hat die Unvernunft nicht manchmal recht?

Wir hatten dieselben Vorstellungen von Ziel und Klima.

Wir würden den Zug Richtung Norden nehmen. Endlose Strände. Billige Unterkünfte mit Meeresblick. Ein graues und blaues und manchmal schwarzes Meer, stürmisch wie unsere Herzen. Später dann weiter nach Norden. Irland. Norwegen. Island. Wir träumten vom Weiß.

Er würde seinen Roman schreiben, *Brasserie André*. Wir wären das Thema. Er würde unser Leben sein.

Und der Roman würde nicht zu Ende gehen.

Als wir uns zum letzten Mal gesehen haben, haben wir uns zum ersten Mal geküsst.

Wir standen im Innenhof der Alten Börse, verdeckt von den Arkaden, wenige Schritte von seiner Redaktion entfernt, zwei hungrige, ängstliche, fiebernde Jugendliche. Ich zittere immer noch. Ich hätte mich mit diesem Kuss begnügen können. Er erfüllte etwas von meinem Verlangen, meinem Appetit. Er füllte vorübergehend einige Leerstellen. Der Mund war sanft und gierig, und ich empfand diese Gier als Kompliment. Seine Finger tanzten über meinen Hals, meinen Rücken, meinen Nacken und meine Brüste; seine leichten, anmutigen Finger. Später dachte ich an die flinken Füße dieser Insekten, die auf dem Wasser tanzen. Wasserläufer. Ich hätte mich von diesem Kuss nähren können. Ich hätte mich davon nähren sollen. Aber ich wollte so viele mehr. Schon.

Dieses *schon*, das mich als Siebenjährige schlagartig hatte wachsen lassen.

8

»Blanquette bekam Lust, heimzukehren, dann aber dachte sie an den Pflock, den Strick, die Hecke um die Weide, sie dachte, dass sie sich nun nicht mehr mit diesem Leben würde abfinden können und dass es besser war, zu bleiben.«

7

Jetzt weiß ich es. Unser Bedürfnis nach Liebe ist unersättlich und unsere Liebe untröstlich.

6

Sophie hat die Zug- und Flugtickets in den Müll geworfen. Sie hat so schön und ernst gelächelt wie Anne Bancroft, der sie manchmal ähnlich sieht. »Ich verstehe dich, Emma, ich habe das Gleiche getan.«

Und sie hat mir versprochen: »Wenn das vorbei ist, wenn dein Herz in tausend Stücke zerfallen ist, werde ich dir helfen, es wieder zusammenzukleben. Stück für Stück.«

Dann ist sie gegangen.

5

Olivier.

Er fällt aus allen Wolken. Er begreift nichts. Er zerbricht ein paar Teller, ehe er sich beruhigt. Sein Schmerz ist wechselhaft. Er beruft sich auf die Kinder. Auf die Bedrohung durch seine Krankheit. Und auf anderes, was Schuldgefühle weckt. Männer können manchmal so feige sein. »Ich verstehe es nicht«, wiederholt er zehnmal und lässt den Kopf in die Hände sinken wie ein drittklassiger Schauspieler. Er schwankt zwischen Aggression, »Wer ist es? Ich schlag ihm die Fresse ein!«, und Verzweiflung, »Also liebst du mich nicht mehr? Es ist vorbei?« Wir schluchzen. Manchmal berühren sich unsere Hände. Ich sage ihm, dass er nichts dafür kann. Dass ich einen Liebesrausch brauche und dass er ihn mir nicht gegeben hat. Dass ich jetzt Lust habe, von diesem Mann berührt, geküsst, gebissen, gewürgt zu werden. Dass sich dieses Bedürfnis nicht erklären lässt und dass ich weiß, wie gemein das ist: dass ich es nicht erklären kann. Er versucht meine Liebe für Alexandre zu beschmutzen. »Es ist nur eine Fickgeschichte. Eine Fickkrise, eine Vierzigerkrise.« Er wird oft vulgär, wenn ihn die Angst packt. »Ein Dämchen, das es sich ordentlich besorgen lassen will. Widerlich.« Er geht so weit, mich als pervers zu bezeichnen. Da erinnere ich ihn daran, dass ich ihn nicht als pervers oder sonst etwas bezeichnet habe, dass ich nichts gesagt habe, als er die Affäre mit Caroline hatte. Er richtet sich auf. Brutal. Bedrohlich. Er behauptet, dass ich Schwachsinn erzähle, dass ich spinne. »Du müsstest dich mal hören!« Ich bleibe dabei. »Du hattest sie gerade für den Empfangstresen in deiner

Niederlassung angestellt. Du sagtest, dass du ein sehr
hübsches Mädchen brauchst. Dass die Kunden, wenn
sie fünfzigtausend, achtzigtausend, manchmal mehr als
hunderttausend für ein Auto ausgeben, Anrecht auf das
Lächeln eines sehr hübschen Mädchens haben. Eines
sehr hübschen Mädchens, das ihnen einen verdammt
guten Kaffee serviert.« Er leugnet. Jetzt zerschlägt er
den dritten Teller. Er leugnet weiter. »Sie war noch keine
zwanzig, Olivier. Du hast sie abends nach Hause gebracht. Wahrscheinlich roch sie nach geschnittenem
Gras, nach feuchtem Frühling. Nach frischen Zweigen.
Ein Geruch fast noch nach Strafbarkeit. Du bist mit rosi-
gen, stachligen, glänzenden Wangen zurückgekommen,
wie früher mal bei mir.« Er steht auf, dreht sich um sich
selber wie ein Raubtier im Käfig. »Du bist schön, Olivier.
Du warst für sie sicher der ideale Mann. Mit der Zeit bist
du ein besserer Geliebter, sogar ein sehr guter Geliebter
geworden, und ihr Orgasmus war deine kleine Droge.
Ich habe mich gefragt, ob du mit ihr in deinen Luxus-
schlitten geschlafen hast oder ins Hotel gegangen bist.«
Er ballt die Faust, aber er bedroht mich nicht. Er schreit,
betont artikuliert: »Ich-ha-be-nie-mals-mit-ihr-ge-schla-
fen!« Ich bitte ihn, wegen der Kinder leiser zu sprechen,
und das bloße Wort Kinder beruhigt uns sofort. Ich flüstere, dass es mir unendlich leid tut. Ich denke an meinen
Vater, der sich bei meiner Mutter entschuldigt hat, ohne
zu erklären wofür. Er spricht von dem Schaden, den ich
anrichte. Dem unermesslichen Schaden. Er sagt, wenn
ich fortgehe, solle ich nicht versuchen, zurückzukom-
men. Ich antworte, ich werde nicht zurückkommen. Er
bittet mich, uns eine Chance zu geben. Dann umarmt er
mich, und alles ist zu Ende.

4

Ich war die Fröhlichkeit. Ich war die Melancholie. Ich war das Schmachten, eine Hautpore und der Äther.

Ich war die Lust.

Ich war die Liebe.

Ich war ohne Ende.

3

Ich habe meine Frisur geändert.

Ich habe meine Kosmetikerin gebeten, mir ein Brazilian Waxing zu machen.

Ich habe ein Peeling machen lassen, Gesicht und Körper.

Ich habe ein neues Parfüm ausgewählt.

Neue Unterwäsche.

Ich habe mir neue Schuhe gekauft, mit hohem Absatz.

Ich habe meinen Ehering in die Schublade meines Nachtschranks gelegt, die Jahre hatten eine helle Narbe auf meinen Ringfinger gezeichnet.

Die Männer haben keine Ahnung, was wir alles erledigen müssen, ehe wir uns hingeben.

Morgen war da.

Louis sagte, ihm sei es wurst. Manon, dass ich verrückt sei, dass ich ihr Leben versaut hätte. Léa weinte, sie bekam vor Schluchzen keine Luft, Olivier und ich stürzten zu ihr, sie erbrach ihren Speichel, ihre Tränen, wir legten sie auf die Seite, wir beruhigten sie, kühles Tuch auf die Stirn, Rücken streicheln, bis sie wieder halbwegs normal atmete.

Später, nachdem sie endlich bei uns eingeschlafen war, bat mich mein Mann ein letztes Mal, gut zu überlegen, er verkündete, wenn ich ohne ihn, ohne die Kinder durch diese Tür ginge, sei es aus. »Wenn man aufgibt, steigt man nicht wieder in den Ring.« Die beiden Großen stimmten ihm zu.

Ich flüsterte ihnen zu, dass ich sie liebte. Sie protestierten nicht einmal. Ich versprach ihnen, dass wir uns wiedersehen würden. Sie fragten nicht wann.

Die Kälte ließ mich schaudern.

2

»Denn Blanquette hatte vor gar nichts Angst.

Mit einem Satz sprang sie über wilde Bäche, die sie mit Schlamm und Schaum bespritzten.«

1

Die Verbindung der Dinge.

Drei Monate nach unserer ersten Begegnung gehe ich allein die Rue Faidherbe entlang.

Am Ende der Straße ist der Bahnhof.

Beim Laufen in Richtung Bahnhof fällt mir die Blässe von Geneviève in *Die Regenschirme von Cherbourg* ein. Die Ernüchterung von Guy. Ihr Lied. »Reste, ne pars pas, je t'en supplie.« »Bleib, geh nicht, ich flehe dich an.« Er antwortet: »Je pars, ne regarde pas.« »Ich gehe, schau nicht hin.«

Abschiede sind immer brutal, auch das Wiedersehen.

Die Körper stoßen aneinander. Verkeilen sich ineinander. Die Angst überschwemmt alles, und man beruhigt sich mit dem Gedanken, dass in ihr manchmal die Gnade der Gefühle liegt, der Beweis ihrer Immanenz.

Das Wetter ist schön. Ich setze mich auf die Terrasse der Trois Brasseurs, gegenüber dem Bahnhof, wo wir verabredet sind.

Ich stelle meine Tasche neben mich. Sie ist leicht; ein neues Leben beginnt man nicht mit schweren Koffern. Ich bestelle ein Mineralwasser. Nein danke, bitte ohne Zitrone.

Es ist kurz vor zwölf. Es ist Montag, der 20. April.

Der Kellner stellt das Perrier vor mich, schiebt die Rechnung unter die Flasche. Die Luftblasen funkeln. Kleine runde Diamanten. Silbrig. Eine Perlenkette aus Quecksilber.

Mein Herz schlägt langsam, es ist schwer, es schmerzt. Seit dem Tagesanbruch, seit dem Augenblick, wo ich aus Bondues weggegangen bin und ein ganzes Leben hinter mir gelassen habe, erfüllt mich dasselbe Gefühl von Untergang wie Geneviève und Guy auf dem Bahnsteig in Cherbourg, als sich der Zug vom Bahnsteig entfernt.

Ich warte auf ihn.

Ich warte auf ihn und ersticke am Kloß im Hals, wie früher, als ich zum ersten Mal Cio-Cio-San in *Madame Butterfly* gehört und ihren künftigen, unvermeidlichen, wunderbaren Schmerz geteilt habe, ein Gebet, ein Lied der zerstörten Hoffnung: »Vedi? È venuto!« »Siehst du! Er ist gekommen!«

Aber er wird nicht kommen, Cio-Cio-San. Und es tut mir so leid für sie.

Er wird nicht kommen.

Wie viele Frauenträume sind zerschellt. Der Ozean ist voll von Körpern, die vom Verlangen erschöpft sind: Kormorane reißen ihnen die Augen aus und werfen sie in den Himmel, wo sie zu Sternen werden.

Ja sagen ist das Schwierige. Nein ist so leicht. Nein, ich liebe dich nicht. Nein, ich habe keinen Hunger. Nein, ich glaube nicht. Ich bin nicht frei, und, nein, ich will nicht sterben.

Ja sagen heißt lebendig sein.

Ja sagen heißt, auf dem Gipfel der Welt zu stehen. Dem Wind zu widerstehen. Der Wind zu sein.

»Ich werde mit ja antworten, Alexandre.«

»Also werde ich versuchen, die richtige Frage zu stellen.«

Ich warte auf ihn.

0

Ein junges Mädchen sitzt zwei Tische von meinem entfernt.

Ihre Freundin kommt angerannt. Blass. Sie entschuldigt sich für die Verspätung. »Sie haben die Grand-Place gesperrt«, sagt sie. Ein Mann wurde von einem Bus überfahren. Auf einem Mietfahrrad. Ich glaube, er ist tot.« Sie schluchzt. »Es war entsetzlich. Er war tot, aber er hatte die Augen offen. Er lächelte. Das Schlimmste war der Koffer. Er hatte einen Koffer bei sich. Er ist weggeflogen. Ist aufgegangen. Darin waren lauter neue Sachen. Eingepackte Hemden. Eine Hose mit Etikett. Lauter neue Sachen.«

Als ich zusammenbreche, ziehe ich den Tisch, das Perrier, die Blasen aus Diamant mit und auch den uralten Kummer der Frauen und das böse Lachen Gottes.

Zweiter Teil

Pomme de Pin

1

Ich kam wieder zu Bewusstsein.

Jemand brachte mich ins Café. Jemand gab mir Minze zu riechen. Eine Frau kniff mich in die Wange. Jemand gab mir ein Glas Bistoule. Jemand fragte mich, ob man den Notarzt rufen solle. Die Feuerwehr. Irgendwen. »Haben Sie einen Mann? Familie? Blinzeln Sie, wenn Sie mich hören!«

Mir fehlte die Kraft für jedes Wort, jede Bewegung.

Im Fernseher, der hinter dem Tresen an der Wand hing, meldete die Journalistin Christelle Massin in der Sendung *12/13* von France 3 bewegt den Tod eines Kollegen von *La Voix du Nord* bei einem Busunfall an der Grand-Place – die gegen 13 Uhr wieder für den Verkehr freigegeben werde. Dann erwähnte sie, dass jeder vierte Radfahrer, der getötet werde, von einem Lastwagen, Bus oder Nutzfahrzeug überfahren werde. Das Nahverkehrsunternehmen Transpole verzichte auf einen Kommentar.

2

Ein Mann half mir aufzustehen. Meine Beine waren zittrig, zerbrechlich wie Glas. Ich war plötzlich eine Invalidin. Eine gebrochene Frau. Fassungslos. Schließlich verließ ich das Café. Als ich die Straße überquerte, machte ein Wagen eine Vollbremsung, jemand schrie. Der Boden war Wasser, und der Seegang ließ mich schwanken. Ich glaubte zu ertrinken. Ich blickte in die Welt und wollte brüllen. Meine Tränen brannten wie Säure auf meinen Wangen. In der Bahnhofshalle fiel ich auf die Knie. Ich hatte keine Kraft mehr. Eilige Fahrgäste streiften mich, andere machten einen Bogen, als wäre ich ansteckend. Lepra des Kummers. Auf den Knien blickte ich auf die Welt; ich wünschte mir, dass mein Vater käme, meine Mutter käme, dass sie mich holten und retteten, dass sie diese Gräueltat mit einem Wort, einem Kuss auslöschten, wie in den gesegneten Tagen der Kindheit. Ein Bahnhofsangestellter sagte mir, ich könne da nicht bleiben, und ich stand wieder auf. Ich irrte durch die Zugluft, die brandigen Gerüche fettiger Backwaren, die Tabakschwaden derer, die heimlich hinter den Pfeilern rauchten, die widerlichen, beißenden Gerüche mancher Männer. Ich stieg in einen von Wut und Elend vollgesprayten Regionalzug Richtung Rang-du-Fliers-Verton, mit Halt in Étaples, dem nächstgelegenen gefühlten Norden. Dort, wo die Körper eins werden sollten, bis zum wunderbaren Absturz. Die ausgehungerten Körper. Die Kannibalenkörper. Mein Körper und der des Mannes, für den ich alles verlassen hatte.

Ich setzte mich, besser gesagt, ich fiel auf die Bank mit zerrissenem Bezug. Mein gebrochener Körper, der jetzt unnütz und sinnlos war; mein Körper, der beraubt worden war, noch bevor er befriedigt wurde.

Die Reisenden ließen den Platz neben mir leer.

Ich kam am frühen Nachmittag in Étaples an.

Ich ließ mich lange entlang der Mündung der Canche, einem reizlosen Flüsschen, treiben, ich hasste das Lachen der Möwen und die Musik des Windes in den Bäumen. Auch die Fröhlichkeit einer Mutter, die mit ihren Kindern aus der Schule kam.

Später nahm ich mir ein Zimmer im Hotel des Voyageurs, Place de la Gare, ein jämmerliches, feuchtes Zimmer von zweifelhafter Sauberkeit, mit verschimmelten Joints im winzigen Badezimmer; Reue, schon. Aber ich hatte keine Kraft mehr, zu protestieren, mich zu wehren. Man hätte mich ausrauben, schlagen, töten können, ich hätte mich nicht gerührt, hätte keinen Laut von mir gegeben.

Ich glaube, ich hätte sogar gelächelt und danke gesagt.

Ich fiel auf die gelbliche Tagesdecke, und mein Geist verließ mich, setzte sich an der Decke fest und beobachtete, wie mein Körper in der Nacht verschwand.

Ich schlief dreißig Stunden.

Als ich aufwachte, war ich ausgehungert, und ich roch nicht gut. Lauwarme Dusche, Haarwäsche mit Toilettenseife. Der Kopf einer Irren.

An der Rezeption sah ich mir mit geröteten, verquollenen Augen die Prospekte für Touristen an, während ich eine Tasse schlechten Kaffees trank. Mein Bauch gurgelte wie ein Abfluss. Sie sollten etwas essen, empfahl die Chefin. Ich fragte nur nach der Haltestelle des Busses 513. Das war der Bus nach Cucq. Ich bezahlte die beiden Nächte und ging mit schwerem Schritt hinaus. Eine Witwe.

Im Bus schlug meine Stirn gegen das Fenster, und ich träumte, dass sie sich öffnet und meine Seele entweicht, ihm folgt, aber für die Zurückbleibenden gibt es wenig Gnade.

Ich stieg in Cucq aus. Lief zum Campingplatz Pomme
de Pin.

Und da begegnete ich Mimi.

3

Die Worte Christelle Massins waren brutal. Ein toter
Winkel. Er war in einem toten Winkel gestorben. Er war
in den Augen von jemandem unsichtbar gewesen, während ich nur ihn gesehen hatte.

4

Ich rief Alexandres Frau an.

Mit tonloser Stimme stellte ich mich als Kollegin von
La Voix du Nord aus der Redaktion Saint-Omer vor, ich
entschuldigte mich, dass ich nicht zur Beisetzung kommen könne. Ich sagte ihr, dass ich erschüttert sei. Dass
ich traurig sei. Ihre Stimme war hoch, am Rande der
Hysterie. Er hat mich verlassen, erwiderte sie. Und sie
wiederholte, er hat mich verlassen. Ich wollte antworten,
dass ich es wisse, dass … Er hat mich verlassen, also
was geht mich das noch an?

Sie legte auf.

Später kam mir eine Lokalnachricht wieder in den
Sinn, die ich vor mehr als zwanzig Jahren in der *Libéra-
tion* gelesen hatte. Eine Frau wacht auf. Setzt ihre Brille
auf. Nimmt ihr Hörgerät. Ihr Mann liegt nicht neben
ihr. Sie ruft ihn. Er antwortet nicht. Als sie nach unten
in die Küche geht, entdeckt sie seinen reglosen Körper

am Fuß der Treppe. Der Kopf in einem ungewöhnlichen Winkel. Fertig angezogen, in Strümpfen. Seine Schuhe stehen neben ihm, auch ein Koffer. Er war dabei, sie zu verlassen. Er ist ausgerutscht.

5

»Eines Tages sah sie hinauf zu den Bergen und dachte:

›Wie schön es da oben sein muss! Was wäre es für ein Spaß, durch das Gebüsch zu tollen, ohne den verfluchten Strick, der mich am Hals scheuert! In einer Koppel weiden nur Esel oder Ochsen! Ziegen aber brauchen die Weite.‹«

Der Strick – sein Verschwinden.

6

Michèle Morgan.

Mimi war die Chefin des Campingplatzes. Sie verbesserte mich sofort. »Nicht Campingplatz, Kleines, Freilufthotel, so nennt man das heute.« Sie bestand darauf: Freilufthotel.

Als ich sie zum ersten Mal sah, saß sie auf einem Piccolo-Klappstuhl.

Sie strickte mit kürbisfarbener Wolle, es sah aus wie ein Pullover. Eine lange, unangezündete Zigarette klemmte etwas zerknittert zwischen ihren Lippen. Sie schaute auf und starrte mich mit der Dringlichkeit mancher Männer an, die junge Mädchen mustern. Ich: zerzauste Haare einer Verrückten, totenbleich, groteske

Miene, eine kleine Tasche in der Hand, ein neues Leben im Innern. Liebeskummer?, fragte sie. Schlimmer, antwortete ich.

Sie sagte, ich solle den Stuhl neben ihr aufklappen und mich setzen.

Dann schwieg sie, und nach einer langen Pause fragte ich: »Zünden Sie Ihre Zigarette nicht an?«

»Ich zünde sie seit zehn Jahren nicht mehr an, Kleines. Was soll ich machen? Nostalgie. Wenn meine Mädchen am Abend mit dem Henkel der falschen Kelly in der Armbeuge und der Zigarette in der Hand über die Deiche von Stella oder am Waldrand von Le Touquet entlang spazierten, leuchtete die Glut wie ein kleiner Rubin. Das hatte seine Wirkung und brachte die Männer zum Träumen. Ich musste wegen Atemproblemen aufhören, dafür habe ich jetzt diese überflüssigen Rundungen, mindestens fünfzehn Kilo.«

Sie blickte auf meinen verwüsteten Körper und lächelte traurig.

»Deshalb behalte ich die Zigarette, sie erinnert mich an die Tage, wo man mich mit Madame anredete und begehrlich anstarrte. Wie lange wollen Sie bleiben, Sie und Ihr Kummer?«

»Ein paar Tage.«

Ich blieb fast ein Jahr. Mimi bot mir ein kleines Mobilheim an, für zwei Personen. »Für zwei, tut mir leid, Kleines, ohne Hintergedanken.« Als ich bezahlen wollte, zuckte sie mit den Schultern und erklärte mit der kalten Zigarette zwischen den Lippen: »Das ist mein Geschenk, unter Schwestern im Kummer.«

Und damit ich nicht weiter darauf bestand, fügte sie hinzu: »Auch ich habe das Schlimmste erlebt. In meinen

Glanzzeiten nannte man mich Madame, jetzt ist es Mimi, manchmal Michèle. Wissen Sie, dass Michèle nicht mein wirklicher Vorname ist? Jemand hat gesagt, ich würde Michèle Morgan ähnlich sehen, die müssen Sie nicht kennen, eine Schauspielerin aus der Nachkriegszeit. Jemand hat gesagt, ich hätte ihre Eleganz, ihre statuenhaften Züge, ihren marmorweißen Teint, ihre hellen Augen und ihren ernsten Blick. ›Du hast schöne Augen‹, das waren ihre Augen in *Hafen im Nebel*, ein Blick, der Gabin liebestoll machte. Eine ebenso schöne wie kalte Frau, anziehend, abstoßend, alles, was die Männer fasziniert und erschreckt. Wie ich, hieß es. Das war so was wie ein bankrotter Herzog, ein kleiner ruinierter Adliger, dem ist diese Ähnlichkeit aufgefallen, bei einer Party und viel zuviel Ricard. Das ist viele Jahre her; in alkoholisierter Schwärmerei sagte er bei einem Slow: ›Du hast schöne Augen.‹ Seitdem nennt man mich an den Tagen, wo sich meine kalte Seite verflüchtigt, an den Tagen, wo man sich traut, mir näher zu kommen, Mimi, Michèle. Eigentlich heiße ich Valentine. Der Vorname einer treuen Frau. Einer, der das Glück winkt. Aber die Schönheit der Schauspielerin brachte mir kein Glück; die Schönheit ist wie das Licht, sie zieht die Spanner an, die Nachttiere, die Träumer, die Sanften, die Ängstlichen, die Monster und die Kannibalen. Ich bin allen begegnet, Kleines, ich habe auf meinem Weg eine Menge gesehen und bin in den Herzen der Männer gesegelt wie ein Boot. Und ich bin fast gesunken unter gierigen Fingern, die selten sanft sind, das können Sie mir glauben.«

Sie legte ihre Handarbeit in den Schoß, nahm die Zigarette zwischen die Finger und schaute sie lange an.

»Beruhigen Sie mich, Sie haben keine Streichhölzer bei sich?«

Ich lächelte, zum ersten Mal seit den Trois Brasseurs, ein müdes Lächeln.

»Nein, ich habe keine Streichhölzer. Und mein Herz ist auch erloschen.«

»Wie heißen Sie?«

»Emma.«

»Was ist deine Geschichte, Emma?«

7

Später habe ich sie beobachtet, mit der unangezündeten Zigarette zwischen den Lippen; die Ähnlichkeit mit der Schauspielerin aus *Und es ward Licht*, *Das große Manöver* und *Eine Katze jagt die Maus* war trotz der überflüssigen Kilos noch vorhanden; sie zeigte sich in einem leeren und verlorenen Blick, einem flüchtigen Lächeln, einer etwas veralteten Schönheit, abgenutzt und ausgetrocknet von den Sorgen und dem salzigen Wind, der dich hier peitscht; dieses Lächeln war ein authentischer Schatz, und mit der Zeit wurde mir klar, dass sie es für den Prinzen aufbewahrte, der ihr eines Tages die richtigen Worte schenken würde. Die Worte, die die Männer entlasten.

8

Wo tanzt du, Alexandre? Auf welchen Sternen? Am Rande welcher Abgründe?

Siehst du mich? Hörst du mich? Streichelst du mich,

wenn ich schlafe? Liebst du mich noch? Welche Noten erklingen in deinen Ohren?

Erinnerst du dich an die Wärme meiner Haut, als deine Finger sie so kurz berührt haben? Kommst du zurück?

Wo bist du?

Ich gehöre zu denen, die vor Kummer sterben können.

9

Früh brachte mir Mimi den Kaffee.

Einen starken, schaumigen Kaffee, den der Armenier zubereitet hatte, wie sie am ersten Morgen erklärte, »ein Verehrer, der nicht weiß, ob er mich Madame oder Michèle nennen soll, ein Respektvoller, Geduldiger, der Michèle Morgan nicht kennt und trotz unseres Altersunterschieds von einer Hochzeit träumt«.

Dann setzte sie sich neben mich vor mein Mobilheim, holte ihre Wolle aus einer hässlichen Supermarkttüte, klemmte die Stricknadel unter den Arm und die kalte Zigarette zwischen die Lippen und setzte ihre Strickarbeit fort; und ich dachte zum ersten Mal, wie gut es war, dass ihre Zigarette nicht brannte, weil Asche, die auf ihre Strickarbeit fiele, ein Loch hineinbrennen könnte. An diesen Vormittagen, in der Stille, zwischen dem heißen Kaffee in meinem Mund und den Dornen in meinem Bauch, erzählte ich ihr meine Geschichte. Ich erzählte ihr von dir, deinen Lippen, deiner Stimme. Ich erzählte ihr von meinem unbändigen Wunsch, in deine Berge zu gehen. Von meiner riesigen, unerwarteten Freude. Von meinem Schaudern, nachts, als ich noch neben meinem Mann schlief. Manchmal sah ich Mimi lächeln, und ihr

Lächeln war sehr schön, und ich verstand den Kummer der Männer. Manchmal nickte sie sanft und hörte für einen Moment auf zu stricken. Sie folgte ihren Gedanken. Ich erzählte ihr von unserem langsamen Weg, Brasserie André, unseren ersten Worten, unseren Fingern, die so nah beieinander waren, dass deine in mich hineingleiten, mich wie ein Blatt Papier hätten zerreißen können, und dass ich davon geträumt hatte, von dir wie ein Blatt Papier zerrissen zu werden und fortzufliegen, leicht, wunschlos glücklich, erfüllt, wie die kleine Ziege fortgerannt war. Ich wagte noch nicht, von dem Bus, dem toten Winkel zu reden, aber Mimi ahnte es wohl, ich kenne die Tragödien, sagte sie, ich weiß schon lange, dass der Blitz als Asche endet, und dann weinte ich, weil ich nicht wusste, ob dein Körper unter der Erde war, wohin ihn deine Frau geworfen hatte und ob er schon wieder zu Staub geworden war. Ich erzählte ihr von meinen Kindern. Alles von ihnen vermisste ich. Ihre Gesichter, ihren Geruch, ihre Hände, ihr Lachen, ihre Worte. Der böse Laubfrosch hatte sie verlassen. Er konnte nicht einfach zurückkommen, klopf, klopf, mit der Bitte um Verzeihung auf den Lippen, Pardon, Pardon, und sagen, da bin ich wieder, ich komme zurück, ich komme zurück, weil ich allein bin, weil Alexandre fortgegangen ist, ohne mich fortgegangen ist, weil er mich mitgenommen hat, ohne mich fortzutragen, weil er mich gehalten hat, ohne mich zu nehmen, fortgegangen, ohne mich im Morgengrauen verspeist oder verschlungen zu haben. Ich bleibe unvollständig, Mimi. Sie ergriff meine Hand, forderte mich auf, den Arm auszustrecken, schob einen Ärmel im Rippenmuster darüber, der für mich etwas lang war, dann lächelte sie. »Das müsste gehen, danke, Emma, du kannst deinen Arm wieder ablegen.« Sie setzte ihre Arbeit fort.

10

Ich war die Hässlichkeit des Kummers.

Ich trug schwere und schneidende Steine an den Füßen.

Ich muss zugeben, dass ich mir die Zunge abschneiden, stumm und taub, unnütz und unsichtbar sein wollte; klares Wasser im Wald, ein verflüchtigtes Plätschern.

Ein Rauschen, dann Wind, dann nichts mehr.

11

Der Sohn ist die Zukunft des Vaters.

Herr Boghossian – der Armenier – hatte in der Zeitung gelesen, dass der Fahrer des Busses versucht habe, sich das Leben zu nehmen. Auf dieselbe Art wie der Maler Bernard Buffet. Sein fünfzehnjähriger Sohn habe ihn gerettet, indem er Löcher in die Plastiktüte bohrte, mit dem Zeigefinger, wie mit einem Dolch.

12

Der Kummer der Männer, die man verlässt, ist oft von kurzer Dauer.

Natürlich antworteten weder Manon noch Louis auf meine Anrufe oder SMS.

Ich war ein Laubfrosch. Die kleine schleimige Scheußlichkeit, die ihre Kaulquappen verlässt.

Zum Glück hörte ich durch Sophie ab und zu von ihnen. Meine Kinder mochten sie sehr. Sie fuhr mehrmals in der Woche nach Bondues. Verwöhnte sie wie kleine Waisenkinder. Au Merveilleux de Fred, in der Rue de la Monnaie. Shopping am Mittwochnachmittag. Origineller Schmuck für die Mädchen. Jungsfilme im Kino. Manon hatte sich neue Ohrlöcher stechen lassen, »Eine kleine glänzende Girlande«, sagte Sophie, »das steht ihr sehr gut, du kannst mir glauben, es sieht sehr fröhlich aus, gar nicht ordinär«. Louis hatte sich in der Schule geprügelt, »Nichts Ernstes, eine Rempelei unter Jungs, Angeberei«. »Sophie, sag mir, ob sie mich vermissen, und wenn nicht, belüge mich, bitte!« »Léa fragt nach dir, Emma, sie ist die Einzige, die nach dir fragt und wissen will, ob du mit dem *Monsieur* glücklich bist.«

Der Monsieur.

Ich schwieg.

»Emma? Emma, ist alles in Ordnung?«, fragte Sophie.

Meine Verbitterung war ein Sturm. Er trug bestimmte Worte fort. Zertrümmerte sie. Sogar bei meiner absoluten Freundin konnte ich sie noch nicht aussprechen. Sie wuchsen in mir, aber sie zerrissen alles, was sie berührten, wie Dornenranken, und wenn sie an die Schwelle meines Mundes gelangten, verschlug es mir die Sprache. Ich vertraute Mimi sogar an, dass diese Worte meinen Schmerz schürten, und sie antwortete, sagen heiße manchmal auslöschen, erleichtern.

»Emma? Bist du noch da?«

Ich weinte nicht. Schluchzte nicht. Ich sagte ja. »Ja, Sophie, ich bin noch da, aber es geht mir nicht gut.« Sie seufzte. »Es tut mir leid, es tut mir wirklich leid, aber ich muss dir noch etwas erzählen, das dir nicht gefallen wird. Caroline. Du weißt schon, das sehr hübsche Mädchen, das den Kunden deines Mannes den Kaffee serviert, also, sie ist am Abend da und verschwindet, bevor die Kinder aufstehen. Die Kinder finden sie total nett. Louis ist in sie verliebt, er duscht neuerdings jeden Tag. Olivier wird wieder zum Teenager, glänzende Augen, hungrige Lippen. Am Wochenende sind sie alle nach Chambord gefahren, ich glaube, um einen neuen Geländewagen zu testen, und als sie zurückkamen, hat mir Léa erzählt, sie habe das Schloss von Eselshaut gesehen.«

Wieder die Dornen.

Wie Rasierklingen.

Meine Fassungslosigkeit. Ich habe nicht einmal gebrüllt.

Alles in mir geriet durcheinander, in Panik. Sophie schrie am anderen Ende der Leitung: »Ich komme!«

13

»Dennoch gab er nicht auf, und nachdem er sechs Ziegen verloren hatte, kaufte er sich eine siebente; diesmal allerdings eine ganz junge, damit sie sich daran gewöhnte, bei ihm zu bleiben.«

14

Nachts lief ich über den kalten Sand des Strandes, ein paar Kilometer vom Campingplatz entfernt. Das Meer grollte, und mir war, als hörte ich die Stimmen meiner Gespenster.

Im Morgengrauen kam ich zurück.

Herr Boghossian – unter dem bärtigen Gesicht war er wohl so alt wie ich – lehrte mich die Kunst der Zubereitung des armenischen Kaffees: Den sehr fein gemahlenen Kaffee, Zucker und Wasser mehrmals im *Gezvé* aufkochen lassen. An diesem Morgen brachte ich ihn Mimi.

Mein Morgengrauen war ohne die Wärme der Sonne oder der Hände eines Mannes auf meinem Körper. Es war kalt. Es würde niemals mit seinem entwaffnenden Lächeln, seinem vollkommenen, für mich gezeichneten Mund beginnen.

Ich schaffte es nicht, ihn gehen zu lassen.

Das Salz des Meeres und das meiner Tränen hatten begonnen, meine Wangen auszuhöhlen, meine Haut war stellenweise rissig geworden.

15

Ich weiß jetzt, dass die Trauer eine Liebe ist, die keinen Ort mehr hat.

16

Die Zeit zog sich hin, außerhalb der Zeit.

An den ersten schönen Wochenenden begann sich das Freilufthotel zu füllen. Familien aus der Umgebung – Desvres, Azincourt, Marquise –, Gefangene enger Wohnungen ohne Balkon, lärmende Nachbarn und Rentner, zu zweit oder allein, Phlegmatiker, frühere Raucher auf der Suche nach guter Luft, nach salziger Luft, nach kühlem Nordwestwind und vor allem nach Leuten zum Reden, denn die Einsamkeit löscht ganze Sätze aus dem Wortschatz, ebenso wie zu viel allein in der Gesellschaft des anderen verbrachte Zeit.

An solchen Tagen half ich Mimi im Lebensmittelladen des Campingplatzes und vor allem am Pommes-Stand. Abends roch ich nach Würstchen und Pflanzenfett.

Abends hatte ich fettige Haare und glänzende, ölige Haut.

Abends, nach Geschäftsschluss, griff sie wieder nach ihren Nadeln, wir tranken beide ein Glas, ich Wein, sie Marie Brizard, einen Damenalkohol, wie sie sagte, zu süß, um sich verführen zu lassen, noch einen zu nehmen, obwohl sie laut Herrn Boghossian in Nächten mit besonderem Kummer manchmal den Zucker liebte. Dann erzählte sie mir von der Zeit, in der man sie Madame nannte, in der das Verlangen der Männer höflich war.

Abends weinte ich noch.

An einem Abend erzählte ich ihr von dem, was ich verloren hatte und was ich bewahren wollte. Von der verkürzten Existenz, die mich gestreift hatte, ohne mich zu beglücken. Von der flüchtigen Gegenwart, die ich mir als ewig erträumt hatte. Von meinem Opfer für den

Augenblick – den Augenblick, der der einzig mögliche
Ort des Glücks ist; er hatte es mir beigebracht, er hatte
mich davon überzeugt, und ich hatte ihm geglaubt.

Dafür war ich ins Leere gesprungen.

Ich hatte keinen Wein mehr, Mimi legte ihr Strickzeug
beiseite und reichte mir die Flasche Likör. »Lass die Dinge davonfliegen, Kleines. Manchmal ist es eine Freude,
sie nicht zurückzuhalten.« Wir stießen an, in der Leere der Welt, dem turbulenten Wirbeln des Windes, und
ich glaubte, in diesem Wirbel die erschütternden Worte
von Poppea zu hören, bevor sie sich Ottone hingibt, die
Worte aller verlorenen Liebenden, jedes verstümmelten
Verlangens, jeder verwüsteten Liebe, und ich dachte an
die Glut in meiner Brust.

»Lass das Wort davonfliegen, Emma, lass es gehen.«

Und während ich vor dem Mobilheim saß, unter dem
Himmel, der ein Gewitter ankündigte, in dem Wind, der
Sand, Papier, die Bälle der Kinder, die Tücher der Frau-
en und die trocknende Wäsche vor sich her trieb, ließ
ich mich vom Sturm pflücken und flog davon; unten
auf der Welt sah ich, wie Alexandre auf dem Fahrrad zu
mir ins Trois Brasseurs kam, sein kleiner Koffer klemmte im Korb, ich sah, wie seine Hand die meine ergriff,
so wie man einen Blumenstrauß nimmt; ich sah meine
Freude und meinen Ernst, als ich ja zu ihm sagte, ja, ich
will; später sah ich meinen nackten Körper und seinen
nackten Körper, sie waren gierig und schön, sie waren verschmolzen, wie das Eisen, das Wasser und das
Quecksilber, dann sah ich unsere verklärte Nacht, und
ich spürte, wie eine Träne mich durchbohrte, als das
Wort in mich eindrang, durch die Dornen hindurch, die
es auf meinen Lippen hatte sprießen lassen, und end-

lich habe ich die Worte ausgesprochen, er ist tot, und ich wiederholte es lauter, damit Mimi mich unten hört, er ist tot, und ich fiel vom Himmel, mit dem Gesicht in den Sand, und Mimi sprang auf, und alles wurde schwarz.

17

Aber ich blieb am Leben. Man braucht ja Verletzte, um zu bezeugen.

18

Sophie kam am späten Nachmittag.

Wir lagen uns lange in den Armen und schwiegen. Dann sah sie mich an. Mein trotz der Meeresluft kreidebleiches Gesicht. Meine Augenringe. Sie presste die Hand vor den Mund, als sie meinen abgemagerten Körper sah, meine Brüste, die schwer gewesen und plötzlich so leicht waren, sie griff zitternd nach meiner Hand, sie versuchte zu lächeln, und Tränen schossen ihr in die Augen.

Da sagte ich ihr, dass Alexandre einen Monat zuvor gestorben war, und sie schrie auf.

Mimi kam herbeigerannt und Herr Boghossian, er dachte, wir würden uns prügeln oder so und schimpfte. »*Dzer darikin!* In Ihrem Alter!« Mimi nahm die unangezündete Zigarette aus dem Mund. »Ihr dürft mir nicht so einen Schreck einjagen, Kinder, hier sind Babys und ein Rentner aus Saint-Omer, frisch verwitwet, ein ganz

Sensibler. Bei eurem Geschrei kriegt er Albträume.« Sophie entschuldigte sich. Mimi setzte ihr Kinolächeln auf, furchteinflößende Zärtlichkeit: »Sie sind also die Freundin, die absolute Freundin, herzlich willkommen, Apéro in einer Stunde, man muss das Wiedersehen feiern, man weiß nie, wie lange es währt.«

Mit dezenter Eleganz, wie die Herzogin in *Aristocats*, nahm sie den Arm von Herrn Boghossian, und sie gingen davon.

Eines Abends hatte sie mir gebeichtet, dass sie ihn in gewissen Nächten, den Nächten mit großem Kummer, unter ihrer Decke empfing, dass sie ihn glücklich sein, sich begeistern ließ. Sie ließ ihn von den Vulkanen seines Landes erzählen, während er die Geographie ihres Körpers entdeckte, sie lachte über seine Ungeduld, seine Anmut. »*Anouchig'ig!* Du bist schön!« Sie ließ ihn lügen, hatte sie mir erzählt, *anouchig'ig!*, und ich hatte geantwortet, dass ich sie auch schön fand, und sie hatte geseufzt. »Nein, bei den Männern ist es nicht dasselbe, ich erinnere sie an jemanden, mehr ist es nicht, aber sie wissen nicht an wen.« Sie hatte gelacht. »Vielleicht an ihre Mutter! Ihre alte Mutter.«

Sophie trocknete ihre Augen, sah mich an, fragte, wie. »Ein Bus. An der Grand-Place.«

»Das war er! Ich erinnere mich. Wie entsetzlich! Was für eine tragische Entsetzlichkeit. Komm mit zurück, Emma. Du musst wieder nach Hause, du kannst nicht hier bleiben, in einem Wohnwagen, einem Plastikhaus, du musst zurückkehren, es ihnen sagen, sie werden es verstehen, sie werden verzeihen.«

»Ich liebe ihn noch, Sophie. Ich liebe ihn immer noch.«

Meine absolute Freundin nahm mich in ihre Arme, ihr

Schluchzen wurde sofort von einem Lachen gebremst. Der Schrecken erzeugt merkwürdige Mischungen.

»Heute Abend trinken wir. Ich habe Wein mitgebracht. Und morgen kommst du mit zurück.«

19

»Hallo?«
»Louis, hier ist Maman.«
Klack.

20

Der Apéro.

Mimi kam zu uns, ihre unangezündete Zigarette mit einem langen Mundstück – »Audrey Hepburn hatte das Gleiche«, versicherte sie – in einer Hand, eine Flasche Marie Brizard und Chips, Käse und Paprika, in der anderen. »Das tröstet ein bisschen«, sagte sie mit glänzendem Blick. Dazu Bergamottbonbons aus Nancy, die ihr ein Gast geschenkt hatte. Wir stießen zu dritt an, sie mit ihrem Anislikör, wir mit Château Roubine, einer der Flaschen, die Sophie mitgebracht hatte, mit Aromen von Gewürzen und Gariguesträuchern, ein Wein, der an der Weinstraße des Dracenois wächst, östlich von Lorgues, der Weinstraße, die Olivier und ich gemeinsam erkunden wollten, damals, als er versprach, mich jeden Tag in Erstaunen zu versetzen.

Wir redeten über alles und über nichts, wir sangen alberne Liedchen, wir lachten wegen Unsinn, wegen des

Alkohols, wegen eines Nachtfalters, der um die Lampe kreiste. »Wie der Armenier, der immer um mich herumschwirrt und versucht, mein Territorium zu erobern.« Wir lachten, weil uns zwei vorbeikommende Männer eine Runde Pétanque vorschlugen und weil Sophie, albern, schon angetrunken, ihnen antwortete. »Vier Schweinchen für drei schöne Frauen wie uns, was heißt schön?, überwältigend, ja, davon könnt ihr nicht mal träumen.« Aber wir boten ihnen ein Glas Wein an. »Schließlich sind wir Damen«, sagte Mimi, »wir haben Stil«, und Sophie ließ sich umarmen, oh, ein schneller freundlicher Kuss, eine flüchtige Zunge, eine kühne Hand am Hals, eine andere an der Brust. »Du bist mir ja einer!« Sie schob ihn sanft zurück, und die beiden zogen glücklich ab. Die Chips waren alle, und auch das fanden wir lustig.

Sophie redete über die Männer. »Sie kommen angerannt und rennen genauso schnell wieder fort.«

»Merkwürdig«, unterbrach sie Mimi, »bei Ihrem süßen Kätzchengesicht, dem Hals, der für Ketten und kostbare Geschenke wie geschaffen ist, und Ihrem kleinen charmanten, anmutigen Körper müssten die Männer doch angekrochen kommen, meine Liebe, angekrochen!« Zweite Flasche. Ein Saint-Martin. Dunkle Farbe, rubinartiger Schimmer, Hauch von Kakao und Lakritze. Er schmeckt nach Fell, kommentierte ich sehr professionell, aber das kam nicht an.

»Ich war dreimal verheiratet«, erzählte Sophie kichernd, »und ich weiß immer noch nicht, wie man die Männer festhält. Meine Mutter sagte, sie kommen wegen der Liebe und bleiben wegen der Küche.«

Mimi schenkte sich Likör nach. Ihre wunderbaren hellen Augen glänzten wie zwei traurige, ferne Sterne.

»Am meisten lieben sie es, andere Frauen zu entdecken und zu vernaschen«, erwiderte sie. »Das können sie sich nicht verkneifen. Das Neue zieht sie an. Die unbekannte Gischt. Die fremde Haut. Die verlockenden Gassen. Sie sind wie Kinder im Süßwarenladen. Wollen alles kosten. Ihre Finger in alle Gläser stecken. Sie hatten köstliches Naschwerk zu Hause und kamen trotzdem, um meine Töchter zu verschlingen.«

Wir lachten alle drei, aber hinter der vermeintlichen Leichtigkeit spürten wir auch düstere Noten. Der Wein versuchte, mich lustig zu machen. »Bei mir sterben die Männer lieber, um sicher zu sein, dass sie nicht zurückkommen«, sagte ich. Das war überhaupt nicht komisch. Das wirkte eher wie eine große Salzwasserwelle. Allgemeine Ernüchterung. Mimi füllte ihr Gläschen noch einmal, leerte es auf ex und knallte es auf den Tisch, es war wie ein Faustschlag. »Du kannst nicht hier bleiben und trinken und nichts tun, Kleines, das macht runzelig und hässlich.« Sophie nickte mit idiotischer Miene, wie die Hunde auf der Hutablage in den Autos meiner Kindheit. »Du kannst auch nicht mehr nach Bondues zurückkehren«, sagte sie mit erhobenem Zeigefinger, »das ist jetzt heikel.« Ich unterbrach sie. »Caroline, ich weiß.« »Wer ist denn Caroline?«, fragte Mimi. »Ein scharfer Bonbon«, antwortete Sophie mit schrillem Lachen. Ich stellte mein Glas ab und sah Mimi in die hellen Augen: »Als ich klein war, erzählte mir mein Vater abends von Ferien, von Aufbrüchen, er machte sogar mit dem Mund Geräusche von Wasser und Wind, um mir die Dinge glaubhafter darzustellen, die Besteigung der Barre des Écrins, die Bootsfahrt durch den Canal du Midi, den Zoobesuch in Antwerpen, um einen Tiger zu sehen, ein Schrecken, um mir die Angst eines Mannes zu zeigen, oder auch nur ein Nachmittag mit ihm in der mechanischen Werkstatt, in der er arbeitete. Aber wir sind nie irgendwohin gefahren. Immer gab es etwas Dringendes, immer war er verschwunden. Und als er gegangen ist, war es ohne mich, wie Alexandre.« Sophie war eingenickt.

Mimi goss den Rest der Flasche in mein Glas. »Ich stoße mit dir auf die Reise an, die du durch das Land der Flamen machen wirst, Kleines, dort entdeckt man poetische Wasserläufe, echte Männer mit kehliger Sprache und holländischem Akzent, Stiernacken, raue Burschen, die nach Seetang riechen, wilde, ungeduldige Nachfahren der Wikinger, dorthin wirst du gehen, Emma, deinen Tiger sehen, und dann wirst du sie gehen lassen, deinen Vater und Alexandre.«

Ich wollte protestieren. Mimi stand auf, führte das lange Zigarettenmundstück an ihre Lippen, wie eine Nadel, die sie zusammennähen sollte. »Weggehen ist nicht nur Feigheit, es ist auch die Hoffnung, anzukommen.«

Dann drehte sie sich mit einer so eleganten Bewegung um, dass ich hätte schwören können, sie trage ein wunderbares Ballkleid.

21

Sophie fuhr am übernächsten Tag weg, nach einem Tag und einer Nacht im Bett, einer ganzen Schachtel Doliprane 1000 und einer leichten Brühe, die sie wieder erbrach. In den Tagen darauf kamen die Feriengäste. Herr Boghossian regelte den Verkehr am Eingang des Freilufthotels, Mimi teilte jedem seinen Platz zu, gab

Anweisungen und stellte die Aktivitäten vor: Rutsch-
bahn und Schaukeln für die ganz Kleinen; Tischtennis,
Minigolf, Flipper, Darts, Boule und ein Intercamping-
Fußballturnier mit Preisverleihung. »Ich hoffe, dass Sie
das zu schätzen wissen, besonders die Herren!« Ausflü-
ge. Abendveranstaltungen: Country, Karneval, Couscous,
Karaoke.

»Steht alles am Schwarzen Brett.«

Ich blieb den ganzen Sommer.

Am Abend arbeitete ich. Ich war Madame Fritte, wie
eine Gestalt von Roger Hargreaves, dessen Geschichten
ich meinen Kindern vorgelesen hatte.

Am Tag lief ich zum Meer. Mal ging ich Richtung Norden am Strand entlang bis Le Touquet, mal Richtung
Süden, nach Merlimont, Berck, Fort-Mahon-Plage.

Ich versuchte, meinen Kummer im Sand zu vergraben,
in Löcher, die noch größer waren als ein toter Mann
– ich erinnerte mich, dass man meinem Großvater die
Beine brechen musste, weil der Sarg zu klein war –, und
manchmal kamen Kinder zu mir. »Baust du eine Burg?«
»Darf ich Ihnen helfen?« »Was machst du da?« Eines Nach-
mittags nahm ich eins dieser Kinder in die Arme. Ich
flüsterte ihm Vornamen zu, die nicht seine waren. Manon. Louis. Léa. Ich berührte seine Haut, schnupperte
an seinem Hals, leckte seine Finger ab. Es brüllte, seine
Mutter kam herbeigerannt, riss es mir aus den Armen
und beschimpfte mich als Verrückte, hatte Schaum vor
dem Mund. »Solche Schwachsinnigen muss man weg-
sperren!«

An manchen Tagen saß ich im Sand, schaute auf das
Meer und fragte mich, wie lange ich an seiner glänzenden Oberfläche bleiben würde, wenn ich ins Unendliche

schwamm. »Nicht etwa, um den Wolf zu töten, denn
Ziegen töten keine Wölfe, sondern um zu sehen, ob sie
genauso lange durchhalten würde wie Renaude.« Ein Fi-
scher, dessen Finger die Arthrose in Striegel verwandelt
hatte, gab mir die Antwort: »Bewusstlosigkeit nach einer
Stunde, manchmal zwei. Überlebenszeit zwischen einer
und sechs Stunden – sechs Stunden für einen Kerl wie
Teddy Riner, mein Fräulein, nicht für eine Krabbe wie
Sie, ha, ha.«

An manchen Tagen saß ich im Sand und weinte.

Dann rannte ich ins Meer, um meine Tränen zu ertränken. Seitdem weiß ich, warum das Meer salzig ist.

22

Eine Nacht im August.

Nach dem Hite-Report von 1976 – aus der Erinnerung – ist der Unbekannte die Phantasie Nummer eins.
Aber ein wohlwollender Unbekannter.

Er kam herein, als ich gerade im Begriff war, den Imbissstand nach einem anstrengenden Samstagabend zu
schließen: fast zweihundert Portionen Pommes, ebenso
viel Bier, fünfzig Limonaden. Ich wollte ihm erklären,
dass … Aber er unterbrach mich. Mit Genießermiene
sagte er, er hätte gerne ein Dessert. Und das solle ich
sein. Das Dessert. Ich lächelte. Ich sah ihn nicht an. »Ich
schließe, dann öffne ich mich für Sie.« (Drei Premieren:
ein Unbekannter, die Erregung und das erbärmliche
Wortspiel.)

Es dauerte keine vier Minuten, hinter dem Stand. Er
zog sich vor dem Orgasmus zurück. Dann ging er weg.

Ich blieb einen Moment da, sein lauwarmes Sperma auf dem Bauch, und ich fing an zu lachen. Ein unkontrollierbares Lachen. In das sich Tränen mischten. Der Unbekannte hatte meine Leere nicht ausgefüllt. Er hatte sie nur neu belebt.

Und ich konnte ermessen, wie abgrundtief sie war.

23

Herzlichen Glückwunsch zum Geburtstag. Ich war vierzig Jahre alt. Hatte einen Mann, der mit einer sehr schönen Zwanzigjährigen zusammen war. Drei phantastische Kinder, die nicht mehr mit mir redeten. Ich lebte seit über drei Monaten in einem Mobilheim für zwei Personen in Cucq, einer Gemeinde von dreizehn Quadratkilometern im Pas-de-Calais. Mimi schenkte mir ein Tuch und eine Mütze, Patentmuster, aus ganz weicher Wolle. »Hier ist der Wind hinterhältig«, erklärte sie und sah zum Himmel. »Er überrascht wie eine Kränkung.« Herr Boghossian überreichte mir Muskatkuchen. »Er mag uns fett«, lachte Mimi. Und meine Mutter rief an, ich sagte es schon, sie verpasst niemals meinen Geburtstag. »Olivier ist außer sich. So ein netter Junge, und er liebt dich so sehr. Deine Kinder siechen dahin, Emmanuelle. Sogar die Damen von meinem Bridgeclub sind erschüttert. Wir reden immer noch von nichts anderem. Wir lesen, weil wir versuchen, zu verstehen. *Der scharlachrote Buchstabe. Madame Bovary. Die Schlittenfahrt.* Aber wir verstehen es nicht. Niemand versteht es, und dieses Nichtverstehen macht mich wahnsinnig. Ich hoffe, dass die Gewissensbisse dir den Schlaf rauben, dass du den

Appetit verloren hast, denn nach einer solchen Scheußlichkeit sollte niemand schlafen oder essen können. Ich
dachte kurz, es sei eine Anwandlung vor der Menopau-
se, der Wunsch, noch ein letztes Mal zu gefallen. Lach
nicht. Ich weiß, wovon ich rede. Glaubst du, mit deinem
Vater war es leicht? Du musst zurückkommen, Emmanuelle. Beende mit diesem Mann, was du zu beenden hast,
und komm zurück.«

»Maman, er ist tot. Es ist nichts passiert.«

Ich legte auf.

24

»Hallo, Manon?«

»Der von Ihnen gewünschte Teilnehmer spricht gerade, er wird über Ihren Anruf informiert.«

25

Ich glaube, wenn man die, die man liebt, verlässt, wird
man eine Unbekannte.

26

Das Feingefühl der Verlierer.

Meine Mutter hatte es ihm gesagt, vielleicht auch
Sophie. Olivier schickte mir einen kurzen, verlegenen
Brief. Sein Beileid wegen Alexandre. Kleine vorsichtige
Worte. Kurze Sätze. Er schloss mit der Aufforderung, in

die Zukunft zu sehen. »In der Gegenwart ist nichts von Dauer.«

Dabei scheint mir, dass gerade in der Gegenwart alles dauert, weil nichts beendet ist. Sie ist eine Zwischenzeit. Das Foto von etwas, dessen Ende man nicht kennt. Die Enden befinden sich in der Zukunft. In dem Satz »Maman geht weg« zum Beispiel ist Maman noch anwesend und schon abwesend. Und wenn ich schreibe »Ich sterbe«, bin ich noch nicht tot, ich bin nur zwischen zwei Abgründen. Die Vergangenheit ist das Schmerzhafte. Sie besitzt das unabänderliche Gewicht der Dinge, die man nicht auflösen kann, wie die Felsen. »Maman ist weggegangen« ist etwas Endgültiges. Ebenso wie »Ich bin tot«.

Du irrst dich, Olivier, die Gegenwart ist der Ort, wo die Dinge dauern. Ist dir aufgefallen, dass nur das Verb *lieben* anders funktioniert? Es macht uns vor, es sei von Dauer, aber wir wissen beide, dass es nur ein Versprechen ist, nur ein Versuch. Es ist ein Ziel, und niemand weiß, ob es je erreicht wird. Es ist sozusagen im Futur.

»Ich liebe dich« heißt, ich werde dich lieben.

27

»Erzähl mir von Olivier«, bat mich Mimi, die gerade einen flanellfarbenen Pulli glatt links strickte, während ich eine Flasche Wein öffnete.

Da erzählte ich ihr, dass mein Geschmack für Wein von dir kommt, dass du mich seine Sprache, die Reisen, den angenehmen Rausch, die Betäubung gelehrt hast, ich erzählte auch von unseren dunklen Seiten, die er manchmal wachruft, der traurigen Schamlosigkeit, den kannibalischen Gesten. Sie antwortete, dass viele Männer aus dem Alkohol den Mut schöpften, Sex zu haben; ich erzählte ihr von uns, davon, wie ich dich für eine Hoffnung, für eine verbotene Frucht, für das Verlangen verlassen hatte und nicht, weil ich dich nicht mehr liebte. Da nahm Mimi mit überraschender Behutsamkeit ihre unangezündete Zigarette aus den Lippen und flüsterte, das sei wahrscheinlich die grausamste Art, einen Mann zu verlassen, und ich schwieg.

28

Pomme de Pin hat am Ende des Sommers beim Intercamping-Fußballturnier nicht gesiegt. Null zu drei im Viertelfinale.

Mimi spendierte trotzdem eine Runde für alle, Weinschläuche mit Vieux Papes – »Auf einem Campingplatz wollen sie Quantität, keine Qualität, besonders am Ende der Ferien« – und Tortillas mit Guacamole im Überfluss; Bratwurst und Jakobsmuscheln mussten bezahlt werden. Das Fest ging bis in die Nacht, die Kinder und einige Mütter verschwanden in ihren Zelten, die anderen tanzten, der schwere Rotwein ließ ordinäre Wörter fliegen, wie Fausthiebe, und weckte animalische Bedürfnisse; Gestalten verschwanden im Schatten, verloren sich in kleinen Ecken mit lauwarmem Sand; man hörte ersticktes Gelächter, einen Aufschrei, den Schreck einer Frau. Mitten in der Nacht kam plötzlich heftiger, ohrenbetäubender Wind auf, er brachte den Geruch von Algen, Salz, toten Fischen und das Röcheln eines Mannes mit.

Am Morgen danach waren Äste abgerissen, Fensterscheiben zerbrochen, das Netz eines Fußballtores verschwunden und ein Zelt weggeflogen; es gab keine Verletzten bis auf einen Mann, der in einem Baum Vogel gespielt und an einer Lichterkette einen Schlag bekommen hatte.

Am Morgen danach winkten Mimi und ich in der Trostlosigkeit des leeren Campingplatzes mit müden Bewegungen den letzten Gästen; sie hatten den Sand weggepustet, der überall eingedrungen war, ihre Zelte zusammengelegt, ihre Wohnwagen an die Autos gehängt, den Wassertank ihres Campingwagens aufgefüllt und die Fahrräder auf dem Dach befestigt. Die Familien brachen auf, in Richtung Wohnung, Häuschen, Supermarkt, Schulsachenkauf, Wiederaufnahme der traurigen Worte gut, okay, also, bis heut Abend, komm nicht zu spät, erkälte dich bloß nicht, Wiedersehen mit den Kollegen vor der Kaffeemaschine, der Feststellung, dass es diesen Sommer wirklich schön war, mit glänzenden Augen, feuchten Lippen, roten Lefzen, dass es schön war, sogar sehr schön, eine Fritten-Verkäuferin.

Der September kam, und ich dachte an meine Kinder, die zum ersten Mal ohne mich ein Schuljahr begannen, an Louis, der sich eine Smartwatch wünschte, und sein Vater würde aus Bequemlichkeit zustimmen, an Manon, die ohne mich ihre Kleidung auswählen würde, an Léa, die meine Abwesenheit nutzen würde, um sich die Haare zu kurz schneiden zu lassen, wie Jean Seberg in *Außer Atem*, ich dachte an all das, was mein Verlangen mir genommen hatte, ich fühlte mich wie der letzte Dreck und brach auf, um die, die ich liebte, gehen zu lassen.

29

Einmal quer durch Frankreich.

Mehr als viereinhalb Zugstunden von Étaples nach Antwerpen. Zwei Regionalzüge. Ein TGV. Zweimal umsteigen. Einmal in Boulogne-sur-Mer. Dann in Lille. Lille, Bondues, meine Kinder, ihre Haut, ihre Stimmen, ihr Geruch, anhalten, sie wiedersehen.

Vom Campingplatz aus hatte ich Olivier angerufen. »Sie sind noch nicht bereit«, sagte er. »Es tut mir leid. Vielleicht kannst du dir nicht vorstellen, was es für ein Schock war.« »Bitte, Olivier.« »Es war das Erdbeben von Sumatra. Eine unsagbare Enttäuschung. Lass ihnen Zeit, Emma, sie brauchen Zeit. Die Großen lehnen es ab, aber Léa möchte dich gerne sehen.«

Ich war bei Meert in der Rue Esquermoise mit meiner kleinen Tochter verabredet. Sie trug einen neuen Mantel, ich erkannte den Geschmack meiner Mutter, ein marineblauer Wollmantel mit goldenen Knöpfen und eine lustige bunte Mütze aus Peru (Caroline?) – wie direkt der *Vogue Bambini* entstiegen.

Sie rannte auf mich zu, warf sich in meine Arme, und wir wären beide beinahe hingefallen. Unser Wiedersehen war zunächst wortlos, sinnlich, wie bei zwei Blinden: Ich streichelte ihre Haare, sie berührte mein Gesicht, meine Lippen kosteten ihre Wangen, ihre meine Hände, sie zuckte zusammen. »Deine Hände sind rau«, waren ihre ersten Worte, dann entdeckte sie die unzähligen blassen Schnittnarben auf meinen Handtellern. »Das kommt von den Pommes«, erklärte ich ihr, »ich bin Madame Fritte auf einem Campingplatz, ich habe viele Kartoffeln geschält, seit ich weg bin, für Millionen und

Abermillionen Pommes.« »Was, Maman, deswegen bist du weggegangen? Ich dachte …« Ich legte meine Finger auf ihre Lippen, um sie zum Schweigen zu bringen, und sie küsste sie, dann setzten wir uns. Waffel mit Johannisbeere und Veilchensirup. Heiße Schokolade für sie, Kaffee für mich, ich sagte, ein *Espresso*, wie eine Italienerin, und eine Sekunde lang war mir brennend heiß. Sie erzählte mir von einer neuen Schulfreundin, von meiner Mutter, die jeden Tag vorbeikam, von Caroline, die supernett war, von Louis, der sich zweimal am Tag den Schnurrbart rasierte, den er nicht hatte, vom Zoo und von dem Labrador, den ihnen Olivier geschenkt hatte, sie zeigte mir sogar ein Foto von ihm auf ihrem Telefon, »Du hast ein neues Telefon?«, und eins von ihrem Vater, der Caroline ansah wie ein neues Auto. Ein neues Leben, schon, nach wenigen Monaten. Die Verschwundenen werden schnell ersetzt. Wie zerbrochenes Geschirr. Ein verwelkter Strauß.

Sie fragte mich nicht, ob ich zurückkäme. Sie fragte mich nicht, ob unser Leben wieder so werden würde wie früher. Sie fragte nur, ob sie am Abend bei mir bleiben dürfe. »Bitte, Maman!« »Nicht heute Abend«, antwortete ich, »ich muss weg.« »Aber du bist schon weg«, rief sie. Wir lächelten beide ohne Freude. Sie leckte sich den Schokoladenschnurrbart ab. »Wenn du mich verlässt, nimmst du mich dann mit?« Schluchzen. Voilà. Groß werden tut weh. Man weiß es, achtet aber nie genug darauf.

Sophie kam. Sie hatte keine Zeit für einen Tee, versprach mir nur, mich bald anzurufen. »Ich muss dir etwas Verrücktes erzählen, aber ich will sicher sein, ganz sicher.« Sie ergriff die Hand meiner Tochter, Léa folgte ihr mit ihrer Pfauenanmut, und ich blieb allein.

30

Allein wie zusammengebrochen, allein wie Elend, wie Grab.

31

Natürlich verpasste ich den Zug nach Antwerpen um 16.31 Uhr.

Ich ging zur Brasserie André. Ich wollte sehen. Wiedersehen. Wiederspüren. Alles wiedererleben. Noch einmal die Sitzbank berühren, wo sich unsere Finger an jenem Tag hätten treffen und seine in mein Fieber hätten eintauchen müssen.

Ich setzte mich an die Theke und schaute in den Saal, der um diese Zeit am Nachmittag ziemlich leer war. Da, wo der Mund, der Blick, der unbeschreibliche, geradezu gewalttätige Charme von Alexandre gewesen war, saß nur die graue Banalität einer einsamen, zu stark geschminkten Frau, grüner Tee, brauner Zucker, Teller mit Keksen, einen aufgeschlagenen Roman vor sich, die Augen über den zu kleinen Buchstaben, den unendlichen schwarzen Linien zusammengekniffen.

Meine Lippen, meine Hände zitterten.

»Jetzt würde ich gerne Ihre Stimme hören. Ich bin bereit.«

»Ich heiße Alexandre.«

»Ich suche kein Abenteuer.«

»Ich suche auch kein Abenteuer.«

»Werden Sie mich tanzen lassen?«

»Ja.«

»Mich herumwirbeln?«

»Ja.«

»Werden Sie mich auffangen?«

»Ja.«

Ich bezahlte das Perrier, das ich nicht angerührt hatte, und ging hinaus. Und ich habe nie wieder Piaf oder Gréco gesungen.

Ich ging zum Bahnhof Lille-Flandres mit seiner Zugluft und seinen Nachtgespenstern: den Trinkern, dem Suff, den pickeligen Nasen, den gelben Augen tollwütiger Hunde, den messerscharfen Worten, der aggressiven Bettlerin. Kein Sturz eines Menschen ist sanft.

Einer der letzten TGV. Geschäftsleute mit müden Körpern. Übergriffige Blicke.

Endlich Antwerpen. Ankunft nachts. Ein altes Hotel im Zentrum, nur ein paar Hundert Meter vom Zoo entfernt, die Rezeption und gleich dahinter eine enge Lounge, Holzfeuer, friedlicher Geruch, am Tresen zwei Wikinger vor ihrem Whisky, verloren in ihrem Schweigen, im Duft von irischem Torf, eingetaucht in das geheimnisvolle Wasser von Connemara. Kleines, angenehmes Zimmer, knarrendes Parkett, bequemes Bett, ein Doppelbett, *King Size*, meine Hand suchte, bewegte sich und fand dich nicht, Alexandre, und mir war kalt.

32

Ich bin nicht wütend geworden.

Ich habe keinen Zorn empfunden. Meine Haut nicht mit Feuersteinen aufgerissen.

Ich habe eine entwürdigende Traurigkeit erlebt.

Ich habe viele Worte verloren.

Ich habe eine merkwürdige Trauer ohne Gegengewicht erlebt, und ich bin die Trauer selbst geworden.

33

Eine Beisetzung.

Temperatur frisch, aber blauer Himmel, der perfekte Tag für einen Zoobesuch. Zwei Schülergruppen drängelten sich auf den Wegen, rannten zu den Raubtierkäfigen, wahrscheinlich war gleich Fütterungszeit, und es ist immer beeindruckend zu sehen, wie ein Löwe, ein Tiger oder ein Panther fünfundzwanzig Kilo frischen Fleisches verschlingt, das entspricht dem Gewicht eines Neunjährigen, der Größe seines Oberkörpers, der kräftigen Farbe seiner Eingeweide. »Warum geben sie ihnen keine lebendigen Tiere«, rief ein Kind. »Das wäre noch lustiger!« Und seine kleinen Freunde lachten, erregt durch die Bilder, die in ihren Köpfen auftauchten: der Schrecken einer Ziege, das panische Rennen eines Huhns, das ängstliche Geschrei eines Frischlings.

Ich ging zum Käfig der Tiger. Es gab nur noch einen, nachdem Kharlan drei Monate zuvor, im Alter von sechzehn Jahren, die schlechte Idee gehabt hatte, zu sterben. Der Sibirische Tiger. Ungefähr zweihundert Kilo, das Männchen drei Meter sechzig lang. Ich brauchte eine Weile, bis ich den Übriggebliebenen hinter den Pflanzen entdeckte, hinter den Koniferen, Eichen und Birken, die sein natürliches Umfeld so echt wie möglich nachbildeten, ein riesiges, wunderbares Tier, ein Fell wie Feuer, ein heißes, furchteinflößendes Fauchen, das zugleich beruhigend wirkte; plötzlich war ich wieder ein kleines Mädchen, war acht oder neun Jahre alt, wie die Mädchen um mich herum, die sich fotografierten, wobei sie versuchten, das Tier hinter sich aufs Bild zu kriegen, und du hast meine Hand genommen, Papa, deine war groß und zitterte ein bisschen, aber nicht wegen der Aufregung, dem Auge-in-Auge mit Shere Khan, dem liebenswürdigen Bösewicht, wie du ihn nanntest, du hast vor Angst gezittert, Papa, vor Entsetzen, das weiß ich jetzt, es war deine Feigheit; meine Gegenwart linderte deine Männerfurcht davor, dass du dein kleines Mädchen nicht vor den Raubtieren würdest schützen können, vor den Wölfen, die es bei Tagesanbruch in Stücke reißen könnten, vor den Dreckskerlen, die es verlassen könnten, oder vor denen, die ganz einfach nicht imstande wären, ihm einen Rausch zu bescheren.

An dem Tag war ich ans Ende einer ersten Reise gekommen. Nach der Angst, nach dem Bedauern, löste sich meine Hand vorsichtig aus deiner und verschwand in meiner Manteltasche. Meine Finger schlossen sich um die Asche aus dem Kamin der Hotellounge, meine Hand kam grau heraus, meine Finger öffneten sich. Du bist davongeflogen, der leichte Wind hat dich in den Dschungel, zur Feuerkatze getragen, etwas Asche flog zu den Kindern, ein bisschen zu meinen Brüdern und Schwestern, irgendwo. Ich weinte, als ich dich verschwinden sah, dich, den geheimnisvollen verschlossenen Vater, den ungreifbaren Vater, den Erfinder von Maschinen, die das Leben der Menschen verbessern sollten und ihnen manchmal den Arm abrissen, ich weinte, als ich dir auf Wiedersehen sagte, Papa, als ich dir sagte, dass ich dich liebe. Plötzlich schubsten

mich ein paar Jungs um, der Rest Asche aus meiner
Manteltasche fiel auf die Erde, wurde zertrampelt, und
ich überlegte mir, dass jedes Kind deine Kraft, dein
Genie, deinen Kummer einatmete, du warst nun winzig,
mikroskopisch klein, du verschwandst in der Unendlichkeit, der Ewigkeit, und niemand nahm mich in die
Arme, hielt mich fest, und ich wirbelte herum wie ein
welkes Blatt.

Dann verschwanden auch die, die mir beim Aufstehen
geholfen hatten.

34

Ich würde sagen, wir bestehen mehr aus dem, was
durch uns hindurchgegangen ist, als aus dem, was uns
geblieben ist.

35

Ein Glas Griotte-Chambertin.

Ein edler Burgunder an der Bar des Antwerpener
Hotels, am Abend nach der Beisetzung. Rubinfarben,
fast schwarz. Schwindelerregende Aromen von Him-
beere, Johannisbeere, der Kern Lakritze, Kräuter, Moos
und Unterholz. Ein üppiger Körper, sinnliches Fleisch.
Die Flüssigkeit kreist im Glas, hinterlässt wunderbare
Tränen. Und am Ohr Sophies hysterische Stimme: »Jetzt
bin ich mir sicher, ganz sicher!« Sie erzählte mir von ihrer Begegnung mit Maurice bei der goldenen Hochzeit
einer früheren Arbeitskollegin, ein paar Wochen zuvor.

»Um den Abend zu beleben, hatten die Kinder des Paares einen Sänger engagiert, Maurice Carton, fünfundsechzig Jahre alt, spezialisiert auf das Repertoire von Eddy Mitchell, dessen Lieder die Jubilare liebten. Sie tanzten zu *Pourquoi m'laisses-tu pas tranquille, Lucille?* und weinten bei *Couleur menthe à l'eau,* und als er mit *Rio Grande* anfing, du weißt schon, Emma, dieses illusionslose traurige Lied mit den schönen Worten ›Le temps va s'arrêter / Pour mieux nous oublier‹, ›Die Zeit wird stehen bleiben / Um uns besser zu vergessen‹, da hat er zu mir gesehen, hat er mich angeschaut, und es war so, als würde er nur für mich singen, als wäre ich die kleine Diebin, die gehetzte Außenseiterin aus dem Lied, als wollte er mit mir entfliehen, Schluss mit dem Blues, ich sag dir, Emma, ich war hin und weg, mein Herz raste wie bei einem Backfisch, ich war heiß, es pulsierte, es tat fast weh, ich kochte, irgendwann kam er zu mir, ganz nah, er hielt mir sein Mikro hin, beinah wäre ich in Ohnmacht gefallen, sein Mikro, Emma, überleg mal, vor allen Leuten, er zeigte, dass, verstehst du, es war nicht sehr diskret, aber so schmeichelhaft, und dann haben wir im Duett die letzten Worte gesungen, ›Ça s'ra toujours le blues / Dans la Banlieue d'Mulhouse‹, ›Für immer der Blues / In der Banlieue von Mulhouse‹, die Leute klatschten, schrien, pfiffen, das war so intensiv, und ich war total aus dem Häuschen, das kannst du dir vorstellen, und er spürte es, er zwinkerte mir zu, und wir trafen uns in seiner Pause draußen, er rauchte eine Gitane, Geruch aus der Kindheit, wir haben nicht gesprochen, wir wussten es beide, er presste mich an sich, er war mächtig hart, er flüsterte mir zu, dass wir uns nicht mehr trennen würden, ich sagte ja, ich sagte, ich weiß, Maurice, aus der Nähe war er viel sanfter als von weitem, das liebe ich bei den Männern, dieses Zwiespältige, und die Augen, Emma, die Augen, ich kam mir ganz nackt vor, und drei Stunden später war ich es auch, und zum ersten Mal seit langem hatte ich keine Angst mehr vor dem Alter meines Körpers, meiner Haut, die anfängt zu hängen, was für eine Nacht, Emma, was für eine Nacht, und am Ende, nachdem wir zweimal miteinander geschlafen haben, in seinem Alter!, fast dreimal, kein Problem, habe ich gesagt, das passiert jedem, am Ende hat er mir *Imagine* ins Ohr gesungen, *Imagine*, verstehst du, das war der Wahnsinn, weil seine Stimme mich weiter erregte, Emma, ich bin verrückt, er ist der Mann meines Lebens, ich bin mir sicher, nach drei kommt vier, wir werden heiraten, das ist vorbestimmt, Madame Carton klingt allerdings nicht wirklich glamourös, ganz abgesehen von den taktlosen Wortspielen, Pappkamerad, Kartenhaus, schlechte Karten haben, na ja, und Maurice finde ich auch nur sehr mäßig, nicht besonders sexy, deswegen nenne ich ihn Meinmann, Meinmann in einem Wort, und das liebt er, o Gott, hoffentlich kommst du bald zurück, damit ich ihn dir vorstellen kann, du wirst ihn sehr mögen, ich bin so glücklich, meine Emma, ich möchte so gern, dass du auch froh bist, sag mir, dass es dir besser geht, sag es mir; und ich log und leerte mein sündhaft teures Glas Griotte-Chambertin auf ihr Wohl.

36

Was ich glaube.

In dem virtuosen Pas de deux aus *Verklärte Nacht* wirbelt der Körper der Tänzerin herum, ihr elfenbein-weißes Kleid schwebt wie ein Seufzer, zeichnet einen Abgrund, ihre Knöchel sind so zart, dass man Angst hat, sie könnten brechen; ihr zierlicher Körper stürzt sich, ja verkeilt sich geradezu in den des Mannes, die Arme des Tänzers fangen sie auf, reißen sie mit in einen wilden Tornado; beide Körper verschmelzen, heben ab, werden sich nicht mehr trennen.

Man müsste sich immer in den Körper des anderen stürzen können. Sich an ihm brechen. Wissen, dass der andere dich nie mehr loslassen wird.

Das glaube ich. Und ich hätte gewollt, dass Alexandre es weiß, damit er sich an dem Tag, an dem ich mit ihm verschmolzen, in ihm zerflossen wäre, nicht erschro-cken hätte.

37

Ich verließ Antwerpen, seinen überlebenden Tiger, die Asche meines Vaters, und kehrte nach Étaples zurück. Ich kehrte zurück zu Mimi, Herrn Boghossian, dem fast völlig verlassenen Campingplatz, dem geschlossenen Imbissstand. Ich kehrte zurück zum Wind, der Kälte und dem Sand, der herumfliegt, in unseren Haaren hängt, unsere Haut peitscht, unsere Körper beschwert, und vor mir lag der Anfang meines Winters.

38

Wenn ich die Augen schließe, sehe ich dich.

39

Wenn man das Ende kennt, tut alles noch mehr weh. Man sieht sich selbst in der Vergangenheit, und man hasst sich.

40

Im Tenniszentrum Pierre-de-Coubertin fand der dreitägige Salon du livre von Le Touquet statt.

Dort traf ich mich mit Sophie, allein, denn Maurice sang bei einer Messinghochzeit in Longueau, hundertfünfzig Kilometer weit weg; man hatte bei ihm alte Chansons von Eddie Constantine und Henri Salvador bestellt; Übernachtung vor Ort wegen des zu erwartenden Alkoholkonsums, der Müdigkeit, des möglichen Glatteises: eine Rutschpartie, ein hundertjähriger Baum, eine schwierige Bergung, ein zerstörter Körper.

»Meinmann will ich nämlich noch lange und unversehrt behalten«, schnurrte sie.

Sie brachte mir Neuigkeiten über meine Kinder. »Gesundheit okay. Noten okay. Aufgeräumte Zimmer okay. Manon hat einen Freund, aber ich glaube nicht, dass sie schon miteinander geschlafen haben.« »Danke, Sophie.« »Léa hat eine kurze Erzählung geschrieben und dafür einen Preis bekommen. Louis wurde wegen einer Prügelei verwarnt, ein bisschen Schulterschubsen, ein paar Männerwörter, das Gift der Beleidigung, eine Faust, das Krachen eines brechenden Knochens. Seitdem hat er sich beruhigt. Dein Mann hat mit ihm gesprochen. Caroline auch.« »Die! Lässt sich wahrscheinlich stöhnend die Muschi lecken, *Olivier, Olivier, noch nie hat man mir das so gut gemacht, oh, hör nicht auf, ich bin im siebten Himmel, nimm mich, nimm mich.*« »Emma, hör auf!« »Verzeihung, Sophie.« Ich versinke. Meine Gewissensbisse. Mein Schuldgefühl.

Beim Rundgang zwischen den Ständen des Salon du livre und bei der Begegnung mit den Autoren genossen wir endlich wieder die gleiche Begeisterung wie so oft, wenn wir zu zweit nach Paris gefahren waren.

Später ging ich hinaus, um Luft zu schnappen, weil es im Salon zu heiß wurde; ein freundlicher Mann, Kaffeebecher in einer Hand, Zigarette in der anderen, sprach mich an.

»Sind Sie Autorin?«

Ich lächelte über seine Frage.

»Nein. Ich begleite meinen Mann. Alexandre Prouvost. Er stellt seinen ersten Roman vor, *Brasserie André.*«

»Glückwunsch.«

»Ich habe keinen großen Anteil daran.«

Jetzt lächelte er.

»Ich glaube Ihnen nicht. Es gibt immer einen anderen im Schweigen eines Schriftstellers. Wovon handelt sein Buch?«

»Eine Frau und ein Mann lernen sich in einer Brasserie kennen. Kurz entschlossen verlassen beide den Gatten, die Gattin, die Kinder, die Arbeit, um zusammen zu leben.«

»Gefährlich.«

»Ja. Aber die Ungewissheit ist der eigentliche Ursprung des Verlangens.«

»Ein Punkt für Sie. Gehen sie zusammen weg?«

»Er kommt nicht.«

»Ach ja, die Feigheit der Männer.«

»Nein. Er wird überfahren, genau in dem Moment, in dem er zu ihr kommen wollte.«

»Das ist ja entsetzlich!«

»Nein. Das ist das Leben.«

Ich entfernte mich und sagte etwas lauter: »Genau das ist mir gerade passiert.«

Er ging einige Schritte auf mich zu, gleichermaßen bestürzt und angezogen, aber ich gab ihm zu verstehen, er solle stehen bleiben, mir nicht folgen. Bitte.

Ich war mir sicher, dass der Mann dich jetzt an den Ständen suchen würde, dass er fragen würde, wo du sitzt, dass er dein Buch lesen und das Ende erfahren wollte – genauso wie ich; inzwischen ging ich die Rue Saint-Jean zum Meer hinunter, trotz des Windes, der die Plakate des Salons abriss und die Kippen wie die Glut eines großen Feuers wirbeln ließ, trotz dieses Strudels und meiner großen Verwirrung.

Siehst du, Alexandre, du bist noch am Leben, weil ich es will! Ich lebe mit dir, ich koste von dem, was uns verheißen war, und ich bekomme nicht genug davon.

Ich lag lange nackt in dem Mobilheim für zwei Personen, wie ich es für dich gewesen wäre – weil du mir gesagt hattest, dass in meinem Vornamen »elle Emma nu« (sie Emma nackt) enthalten war und weil du mich entblößt hattest.

41

Ich könnte mir für uns noch tausend weitere Leben ausdenken und den fatalen 20. April in der Brasserie Les Trois Brasseurs ausradieren.

Ich könnte meine Lügen-Wahrheit schreiben, bis ich mir die Finger wundgeschrieben hätte, und jede Pore deiner Haut mit einer Silbe festhalten. Wenn man ihnen Lebensläufe erfindet, verliert man die, die man liebt, nicht mehr. Man genießt.

Ich könnte in jedem dieser Schicksale mit dir tanzen.

Natürlich wären wir immer zusammengeblieben, ineinander verkeilt wie die Tänzer der *Verklärten Nacht*, oder nur hundert Tage oder zehn Tage, vielleicht hätte uns auch eine einzige Nacht zerrissen, ein einziger Tagesanbruch verraten.

Unser Blatt ist weiß, die Farbe aller Möglichkeiten, das Maß der Unendlichkeit.

Jetzt weiß ich, dass diese Unentschlossenheit die Wurzel meiner Tragödie ist.

Jetzt weiß ich, dass man mehrere Loyalitäten haben kann.

Als wir zum ersten Mal miteinander sprachen, fragte ich dich, ob man die Dinge leben solle, wo es doch ebenso schön sei, sie nur zu träumen. Du hast nicht geantwortet. Hast Pasolini zitiert.

Ich bin zum Ort meiner Schwachstellen zurückgekehrt, Alexandre, um zu verstehen. Ich habe den abstoßenden Mund meines Mannes auf meinem Geschlecht gestanden. Habe die unerfüllten Versprechen meines Vaters und seinen Mangel an aufrichtiger Liebe akzeptiert, ich habe sogar Asche in einen Tigerkäfig geworfen, die ich für ihn in einem Hotelkamin gestohlen hatte, damit er das Universum erreicht, damit er sich in jedem von uns auflöst. Ich habe versucht, meine Mutter zu lieben, in allem, was ich nicht an ihr liebte. Ich habe die Unvollkommenheit meines vollkommenen Lebens, den dumpfen Zorn meines Sohnes Louis und die junge Geliebte meines Mannes akzeptiert. Ich habe dir meinen Hunger gezeigt. Habe dir meine Sehnsüchte offenbart. Und jetzt möchte ich mich wiederfinden, es ist Zeit; ich möchte nicht mehr durch mein Verlangen irren, nicht mehr Tränen und Wasser sein, nicht mehr tausend Wörter sein, deren Tinte nicht trocknet, nicht mehr durch mein Inneres reisen, nicht mehr Gestrandete sein und verlorene Frau; streichle mich, Alexandre, wo du auch bist, erlöse mich.

Später traf ich Sophie auf dem Campingplatz, sie hatte ein Glas Wein in der Hand und las. Mimi strickte eine Weste, das rechte halbe Vorderteil, in elegantem Perlmuster. Herr Boghossian hatte gekocht, *spitak lobi aghts'an* (Weiße-Bohnen-Salat) und *larmadjoun* (Fleischpizza).

»Ourdegh hats ayndegh en'danik«, sagte er. »Da, wo Brot ist, gibt es eine Familie.«

42

»Blanquette wusste, dass sie verloren war. Die Geschichte der alten Renaude fiel ihr ein, die die ganze Nacht gekämpft hatte und am Morgen gefressen worden war, und sie fragte sich kurz, ob es vielleicht besser sei, sich sofort fressen zu lassen. Dann besann sie sich und ging in Angriffsstellung, den Kopf gesenkt, die Hörner vorgestreckt, wie es sich für eine tapfere Ziege von Monsieur Seguin gehörte.«

43

»Man muss zum Leben zurückkehren, Kleines, wie man zum Tag zurückkehrt. Die Liebe hat dich umgeworfen, jetzt musst du dich an der Liebe aufrichten, sonst bleibst du zehn Jahre in deinem Schmerz gefangen. Alexandre kommt nicht zurück, die Männer kommen nur vorbei, hinterlassen ihren Abdruck in unseren Betten, lassen manchmal ein paar Worte, einen Duft, eine Zärtlichkeit zurück, aber sie bleiben nicht. Lass ihn gehen, deinem Vater folgen, in den Fußstapfen eines Tigers, der Unendlichkeit. Komm, halt mal den Hals hin, ich muss die Kragenweite überprüfen.«

»Morgen gehe ich mit Ihnen in die Oper, Michèle.«

44

Einmal hatte ich die Namen auf den Grabsteinen eines kleinen Friedhofs gelesen und besonders auf die Daten geachtet. Kein Paar war am selben Tag gestorben. Immer überlebte der andere, manchmal sogar dreißig oder vierzig Jahre.

Von diesem Verrat muss man schreiben.

45

Alexandres Worte, in Endlosschleife, bis zur Betäubung.

»Eines Tages glaubt man, man sei angekommen, man stellt seine Koffer ab, man baut ein Haus, und wenn man in der Abenddämmerung mit seiner Frau und einem Glas Wein auf der Terrasse sitzt und zum Horizont schaut, die letzten Möwen und den feuerroten Himmel betrachtet, sagt man sich, dass nichts besser sein könnte, nichts perfekter sein könnte. Aber dann, eines Abends, waren Sie in diesem Strahlen, Emmanuelle, und nichts war mehr wahr.«

46

Der Liebestrank.

Als die Nacht schwarz und gefährlich hereingebrochen war, als die Ebbe das dumpfe Tosen der Wellen fortgetragen hatte, verließen wir den Campingplatz, und obwohl ich sie nur drei Kilometer weiter an den finsteren Strand mitnahm, zog Mimi ihre schönsten Sachen an: ein altrosa Tweedkostüm von Chanel, ein Seidentuch und hochhackige Schuhe, die sie bald verfluchen würde. Eine Erscheinung wie Geneviève de Fontenay. Sie schmückte ihren Hals mit einer zweireihigen Perlenkette. »Echte Perlen, Kleines, gefischt im Indischen Ozean, auf dem offenen Meer vor der Insel Dirk Hartog. Ein arabischer Prinz hat sie mir in Deauville geschenkt, beim Verkauf von Jährlingen, als Dank für die französische Eleganz meiner Töchter und ihr Benehmen.« Und als ich ihr erklärte, der Opernsaal würden nur wir beide vor dem Meer sein, sie müsse sich nicht so schön machen, sah sie mich sehr ernst mit ihren hellen Augen an und sagte: »Oper ist kein Kino, Kleines, wo man irgendwie hingeht. Es ist wie ein Rendezvous. Und für ein Rendezvous wirft man sich in Schale. Punktum.«

Ich stellte zwei Liegestühle im Windschutz der Kabinen am Strand von Le Touquet und eine große Lautsprecherbox mit Akkus auf, die ich im Gemeinschaftsraum des Campingplatzes aufgetrieben hatte, außerdem hatte ich eine Fackel, zwei Flaschen ausgezeichneten Weins und Dutzende Mini-Böreks mitgebracht, die Herr Boghossian liebevoll gebacken hatte.

Wir setzten uns nebeneinander, eine warme Decke umhüllte uns beide, und nachdem wir unsere Gläser mit einem Barolo Riserva Monprivato Cà d'Morissio 2004 gefüllt hatten, granatrot mit orangem Schimmer, komplexes Aroma, sehr fruchtig, würzig – »ja«, flüsterte Mimi, nachdem sie einen Schluck davon genossen hatte, »ja, da höre ich schon die Engel singen« –, startete ich die Donizetti-Oper.

Hörner und Saiteninstrumente erfüllten den unendlichen Raum um uns herum, die Töne der Flöten, Oboen und Klarinetten stiegen zu den Sternen auf, und als der Chor gewaltig und fröhlich zu singen begann, liefen uns Schauer über den Rücken, und Mimi drückte meine Hand. Dann hörten wir die Sopranstimme der Adina, die den Bauern *Tristan und Isolde* vorlas, und die des Tenors Nemorino als glühender Liebender der Vorleserin: »Quanto è bella! Più la vedo, e più mi piace«, »Welche Schönheit, welche Reize, die Adina hold umschweben«! Dann kam Belcore, Bariton, Unteroffizier im Regiment, von sich überzeugter Charmeur, »Son galante, son sergente, non v'ha bella que resiste alla vista d'un cimiero«, »Ein Sergeant voll Stolz und Ehre! Leis' erbebt das Herz der Frauen, Lässt ein blanker Helm sich schauen«. »Der klingt wie ein Mann, der leiden wird«, flüsterte Mimi. Der Rahmen war abgesteckt. Eine Frau, zwei Verehrer, die Basis aller Tragödien. »Wenn du wüsstest, Kleines, wie viele Ehedramen und Zerrüttungen meine Töchter eigentlich vermieden haben.«

Eine Gestalt, noch etwa dreißig Meter entfernt, kam mit ganz kleinen Schritten auf uns zu, wie in einem Opernsaal, wenn man zu spät ist, eine zarte Männergestalt, wie ein Giacometti, gebeugt, zugleich weich und steif, der man viele Lebensjahre ansah. Er setzte sich auf die Stufen, die vom Deich zum Strand führen, und tauchte ebenfalls in die schmachtende Liebe des Bauern für die schöne Gutsherrin ein, ließ sich durch die fröhliche und traurige Musik betören, die die Geräusche des Windes, des Meeres und der seltenen Autos in der Ferne übertönte.

Die siebte Szene des zweiten Akts kam näher.

Die kürzeste Szene. Die schönste und zweifellos die traurigste. Die, in der Nemorino allein ist und von seiner Liebe singt, von Adinas flüchtiger Träne, davon, dass er ihren Herzschlag spürt, und der Text sagt, dass man sterben kann, wenn man den Herzschlag der geliebten Person auch nur für einen Moment gespürt hat. »Hören Sie zu, jetzt kommt es.« »Si può morir, di più non chiedo«, »Mag dann der Tod mir drohn, mir ward der schönste Lohn!«

»Red keinen Unsinn, Kleines, man muss leben.«

»Aber Leben heißt, am Rand des Abgrunds zu tanzen und nicht, stundenlang zu stricken.«

152

Mimi lächelte erschütternd und traurig.

»Ich stricke nicht, Emma, ich warte.«

»Sie könnten lesen. Opern hören.«

Sie füllte ihr Glas nach.

»Es gab eine Zeit, in der die Dinge für mich schlecht liefen. Ein unzufriedener Abgeordneter. Sittenpolizei. Finanzamt. Man gab meinen kleinen Jungen in eine *ehrbare* Familie. Ich habe ihn nie wiedergesehen. Seitdem stricke ich Pullover in allen Größen, für den Tag, an dem er mich wiederfindet.«

Ich wollte mich entschuldigen, aber sie legte den Finger auf die Lippen.

»Damit es wenigstens einen gibt, der ihm passt, wenn er da ist.«

Wir stießen schweigend an, während sich der Chor der Dorfbewohner dem Finale näherte. Der Mann stand auf, der Wind trug ein »Danke« zu uns; er schien sich auf das eisige Meer zuzubewegen, fast so, also wollte er eintauchen, aber Wein und Tränen trübten meinen Blick, vielleicht waren es die Felsen, die das Wasser verschluckte.

»Glauben Sie, dass ich für meine Sünden büße, Mimi?«

»Weil du mit einem Mann glücklich sein wolltest?«

»Weil ich meine Kinder verlassen habe. Und meinen Mann verletzt.«

»Ich weiß nicht, ob man für seine Sünden büßt, Kleines. Man lebt mit ihnen, das ist schon schlimm genug. Ich hatte ein schönes und tragisches Leben, ich habe Glanz und Leere erlebt und führe schon viel zu lange einen Campingplatz, aber ich glaube, solange nicht Schluss ist, kann noch ein Wunder passieren. Ich glaube an Wunder, an die Gunst des Schicksals. Mein kleiner

Junge wird zurückkommen. Für seine Sünden büßen heißt, dass man ihnen das letzte Wort überlässt. Die Böreks schmecken gut, koste mal.«

Der Chor sang vom Glück von Adina und Nemorino, es war ein ohrenbetäubendes Finale.

Die beiden Flaschen waren leer, Mimi schaute lächelnd auf das tintenfarbene Meer, winzige Schneeflocken schwebten über uns, über dem Strand, lachend versuchte sie, eine zu fangen, ich schwankte, als ich von dem feuchten Liegestuhl aufstand, Mimi zog ihre Absatzschuhe aus, ich tat dasselbe mit meinen, wir gingen barfuß zurück und lachten. Als wir am Campingplatz ankamen, wurden die Flocken dicker, und Herr Boghossian empfing uns mitten in der Nacht mit heißem Tee für mich und Marie Brizard für sie. Ich weiß noch, wie ich danach auf das Bett im Mobilheim fiel, ohne mich auszuziehen oder zu waschen, mit teigigem Mund. Noch später wurde ich vom Vibrieren meines Telefons geweckt, ein ganz leises Sägegeräusch, das mir den Schädel öffnete, und ich hörte die verzweifelte Stimme meiner Tochter Léa.

»Papa!«, schrie sie in den Hörer. »Die Krankheit ist wieder da.«

Dritter Teil

Die Weinstraße

47

Akute myeloische Leukämie (AML) ist eine akute oder subakute klonale Zellvermehrung, die sich ausgehend von den hämatopoetischen Vorläuferzellen (Blasten) der myeloischen, erythroblastischen oder megakaryozytären Reihen entwickelt, und zwar in allen Stadien der Reifung dieser Vorläufer. Die Krankheit entwickelt sich im Allgemeinen im Knochenmark: Sie beeinträchtigt die normale Hämatopoese und führt zu einer medullären Insuffizienz, die durch Zytopenien (Anämie, Neutropenie, Thrombopenie) charakterisiert ist, deren klinische Folgen den Hauptmodus für die Erkennung der Krankheit bilden.

Die Krankheit kann sich mit dem Auftreten von zirkulierenden Blasten auch auf das Blut oder auf andere hämatopoetische (Milz, Lymphknoten, Leber) oder nicht-hämatopoetische (Haut, Zahnfleisch, zentrales Nervensystem) Organe ausdehnen, die das Tumorsyndrom verursachen, das jedoch bei den akuten lymphatischen Leukämien (ALL) häufiger auftritt.

48

Drei Jahre hatte Olivier Ruhe gehabt.

Dann waren die Blutungen wiedergekommen. Zuerst am Zahnfleisch. Dann Nasenbluten. Blutergüsse. Blässe. Herzrasen. Eine böse Angina. Schmerzhafte Schwellung der Lymphknoten.

Die Krankheit kommt immer stärker zurück.

Ich versuche meine Tochter am Telefon zu beruhigen, aber eine Stimme umarmt nicht, Worte streicheln nicht. Léa weint, weil ihre Poesie diese Hoffnungslosigkeit spürt, die Heftigkeit ahnt, die dich dir selbst entreißt und für immer verändert.

»Caroline ist weg«, fügt sie hinzu. »Sie ist weggegangen, als Papa ihr gesagt hat, dass er unheilbar krank ist. Dass er nicht gewinnen kann. Dass er nicht kämpfen wird. Warum liebt er das Leben nicht mehr, Maman?«

Die Schmetterlinge leben nicht sehr lange, dachte ich. Ein paar Tage bis ein paar Wochen. Dieser hier hat für die Dauer eines Ausflugs im Geländewagen zu den Schlössern der Loire, der Verkostung eines sündhaft teuren Weins gelebt. Für die zu kurze Zeit des Lachens eines Mannes. Als die Krankheit Oliviers Freude endgültig verschlang, hat sich Caroline davongemacht.

Ich hatte mich auch davongemacht. Hatte meinen Mann und meine drei Kinder verlassen, für den Mund eines Mannes und für tausend Hoffnungen.

Monatelang war ich in meiner Versuchung umhergeirrt, auf seiner Abwesenheit geschwommen. Und hatte mich in der Leere verloren.

Später in jener Nacht erinnerte ich mich, wie er mir zum ersten Mal von der Krankheit erzählt hatte.

Er sagte: »Es ist das erste Mal, dass das Wort Krebs ein Teil von mir ist.«

Er sagte: »Das Wort tut mehr weh als die Krankheit selbst.«

Er sagt: »Ich bin ruhig, ich habe keine Angst, noch keine Angst. Ich habe Zeit. Ich habe noch Zeit.«

Er sagte: »Es tut mir leid, Emma. Ich bitte dich um Verzeihung.«

Da weinte ich. Und er bat mich, nicht zu weinen: »Dafür wirst du noch genug Nächte haben.«

An dem Abend, wo der Krebs ein Teil von ihm wurde, an dem er im Begriff war, den Lauf unserer Leben zu ändern, hatten wir die Kinder bei meiner Mutter gelassen und waren zu L'Huîtrière in der Rue des Chats-Bossus gegangen, wo wir uns an Austern satt aßen, er liebte die Fines de Barrau Nr. 2, ich die Guillardeau, ebenfalls Nr. 2, wir tranken zwei Flaschen vom Gut Cahaupé, einen trockenen und vollmundigen Jurancon, und wir waren nicht betrunken – manchmal halten Verzweiflung und Angst die Trunkenheit zurück, wie ein Deich die tobenden Wellen.

An jenem Abend sprachen wir über unsere Kinder, über die beste Art, ihnen beizubringen, dass wir nicht unsterblich sind, dass Liebe immer Kummer erzeugt, eine kleine schmerzhafte Leere. Am Ende sagte Olivier: »Letztendlich muss man ihnen wehtun, ohne sie zu verletzen.« Ach, die Ironie der Dinge. Die Musik der Worte, wie eine traurige Melodie von Sibelius. Überwältigender Kummer. Plötzlich verengte Kehlen. Unsere Augen glänzten, aber unsere Tränen flossen nicht. Er sagte: »Es ist merkwürdig, einen Schmerz zu haben, den man nicht spürt.« Er wusste noch nichts von der Brutalität der Pferdekur, die man ihm wenige Tage später zumuten würde. Von der extremen Müdigkeit. Dem schwindenden Appetit. Den sechs Wochen Krankenhaus. Den Blutungen. Der Verstopfung. Der Übelkeit. Den Hautblutungen. Der Haut, die man sich abreißen möchte. »Häutet mich«, würde er schreien, »Erbarmen, häutet mich!«

Als er nach Hause kam, zitterten seine Beine, die Kinder versuchten, bei seinem Anblick nicht zusammenzubrechen, und Léa malte Haare auf seinen Schädel, eins nach dem anderen, mit schwarzem, grauem und braunem Filzstift, um die Farbe nachzuahmen, die sie zuvor hatten, Pfeffer und Salz, und er lachte.

Er lachte wieder, wie ein Herz, das wieder in Gang kommt.

An jenem Abend fuhren wir von L'Huître nicht nach Bondues zurück. Wir liefen lange, ein wenig schwankend, und an der Place Louise-de-Bettignies, in der Altstadt von Lille, zog er mich wie ein leichtes Mädchen ins Hôtel de la Treille, er bat um ein Zimmer, in dem er mich, ohne Licht anzumachen, ohne die Tür richtig zu schließen, an sich presste, sich gegen mich warf, wie man es immer tun sollte, sich gegen den Körper des anderen werfen, mit ihm verschmelzen, gegeneinander schlagen, wie in der *Verklärten Nacht*, er ließ mich wirbeln, und mein Rausch war prickelnd und anmutig, und dann schlief er mit mir, unsagbar zärtlich, wie beim ersten Mal und sicher auch beim letzten.

Am nächsten Morgen hatten wir müde und blasse Gesichter, und ich fand ihn sehr schön. Ich führte ihn zur Grand-Place, in einen Sonnenstrahl, wo wir ein üppiges Frühstück zu uns nahmen. Er wollte nicht, dass ich seine Toasts mit Butter bestreiche, er sagte »Ich bin nicht krank«, und wir lächelten. Wir sprachen von nachher, wenn wir nach Hause kämen. Von Dingen, die man vorhersehen musste. Dem Schaden, den man den anderen unbeabsichtigt antut.

Er nahm meine Hand, sagte »Komm!«, und wir gingen nach Hause.

49

»Mais qu'est-ce que j'aurais bien aimé / Encore une fois traîner mes os / Jusqu'au soleil jusqu'à l'été / Jusqu'à demain jusqu'au printemps«. »Wie gern hätte ich / Noch einmal meine Knochen geschleppt / Bis zur Sonne, bis zum Sommer / Bis morgen, bis zum Frühling«.

50

Er hatte meine Hand genommen, hatte »Komm!« gesagt, und wir waren nach Hause gegangen.

Danach war er drei Jahre gesund gewesen, und ich hatte ihn verlassen.

51

Léa hat gerade aufgelegt.

Sie ist das Kind am Ende dieses ziemlich gruseligen Films, den sich unser Sohn wochenlang angesehen hatte, das am Rande der Wüste den Sturm, eine andere Welt ankündigt.

Das den Treppensturz ankündigt. Das Törtchen mit dem Rattengift.

Ich bin in Cucq, auf dem Campingplatz Pomme de Pin, und seitdem meine Tochter aufgelegt hat, kann ich nicht wieder einschlafen. Ich liege auf dem Bett des Mobilheims für zwei Personen, in dem ich allein bin und darauf warte, dass meine Migräne sich legt.

Ich lasse die Worte meiner Tochter in mich eindringen und den Schmerz auslösen, brutal, zuckend wie eine Flipperkugel. Diese Worte zerstören plötzlich viele Dinge, zertrümmern zahlreiche Gewissheiten.

Ich gehe durch die verstörte und traurige Nacht, wenige Stunden nach dem Leuchten von Nemorino und Adina am Strand, in Gesellschaft von Mimi, ein paar Schneeflocken und dem Preis unserer Sünden.

Ich weine nicht, ich glaube, ich werde meine Tränen später brauchen.

Ich erinnere mich an Oliviers ersten Kuss, an seinen trockenen Mund, seine zitternden Lippen, an seine Hand auf meiner Hüfte, an mein Erschauern. Ich erinnere mich an die Wärme unserer Haut, später, an andere Schauer. Damals stellte ich mir das gemeinsame Leben als einen geraden Weg vor, als Einbahnstraße, ohne Gegenverkehr, eine glückliche Reise; ich war zwanzig Jahre alt, es war vor den Wolfslefzen, bevor ich verstand, dass der Augenblick die einzig mögliche Gewissheit ist und dass wir uns in ihm vollenden müssen, es war vor der ewigen Kälte, vor den Kindern, bevor das Lächeln meines Mannes den Heißhunger anderer Frauen weckte und das Herz von einer erwärmte – einer kleinen Ziege, die er ganz jung nahm.

Der Tag bricht an, und es ist schönes Wetter.

Der Wind hat die Wolken Richtung Land vertrieben, der Schnee fällt nicht mehr, er war heute Nacht nur ein Tanz von Schwanendaunen für Mimi und für mich, ein Opernfinale.

Ich bleibe liegen. Das Trommeln in meinem Kopf lässt nach.

Unser Treiben auf Erden ist so kurz, von so vernichtender Kürze, dass es nicht verdient, durch falsche Liebe, Wutausbrüche oder Schrecken zusätzlich verkürzt zu werden: Weil man keine Zeit hat, muss man lieben, so sehr man kann.

Und man muss vergeben und Vergebung erfahren, wenn man leben will.

52

Ich stehe auf. Ich wasche mich. Eine Dusche, heiß, lange, endlos, bis das warme Wasser alle ist. Man hat keine Vorstellung, wie schnell uns der Körper verrät, wie die weiche Haut klebrig, das Körperhaar fettig, der Geruch streng werden kann; wie kriminell das alles ist.

Danach kündige ich Mimi an, dass ich nach Hause muss. Dass der Krebs beim Vater meiner Kinder zurückgekommen ist, boshaft, hasserfüllt, ausgehungert.

Herr Boghossian – der die Kopfschmerzen seiner Valentine mit Cognac und Almogran-Tabletten behandelt – holt sofort seinen uralten verbeulten orangen Renault 5. »Sie können doch nicht allein dorthin, kleine Emma«, sagt er mit roten Wangen. »Bei dem Kummer, der da auf Sie wartet, brauchen Sie einen starken Arm, und ich habe zwei davon.« Ich beiße mir auf die Lippen, Mimi zuckt mit den Schultern und schubst mich mit ihrer Stricknadel zum Auto. »Los, los, beweg dich, Kleines, der Weg ist lang, und mein lieber Boghossian ist kein Maurice Trintignant.«

Nach dreieinhalbstündiger Fahrt sind wir bei der Domaine de la Vigne. Ich klingle. Höre Hundegebell. Dann öffnet meine Mutter. Sie ist dünner geworden. Sie hat Augenringe. Sie schaut mich an, wie man wahrscheinlich einen Bettler ansieht, jemanden, für den man sich schämt, der einen erschreckt, und diese Härte lähmt mich, ich bin zu keinem Wort, keiner Geste fähig. Sie mustert mich verächtlich, dann kommen ihre Worte hervor, kalt, kurz und bündig: »Du hast hier nichts zu suchen, Emmanuelle, weder dein Mann noch deine Kinder wollen dich, was ihnen geschieht, ist eine Geschichte ohne dich, keiner weint dir mehr nach, geh dorthin zurück, wo du herkommst.« Ich komme von dir, möchte ich sagen, aber eine feste Hand packt plötzlich die meine, zieht mich mit sich, schiebt mich in das kleine Auto, trocknet meine Wangen, und die tiefe und weise Stimme von Herrn Boghossian macht mir ein Geschenk: »Bei uns gibt es ein Sprichwort«, sagt er, »*Artsounke mi tsav e vor ke hasgana miayn na ov arden latsel e.* Die Tränen sind eine Sprache, die nur der verstehen kann, der schon geweint hat.«

Plötzlich verstehe ich den Kummer meines Vaters.

Wir fahren schweigend bis zur ersten Tankstelle auf der Autobahn. Herr Boghossian füllt reichlich Öl nach und pumpt einen der vier Reifen auf. »Dich mag ich nicht«, brummt er und verpasst ihm einen abfälligen Fußtritt. Dann essen wir ein Sandwich auf dem Parkplatz, zwischen den Lastwagen, den Fahrern, die tausend Sprachen sprechen und unbekannten Tabak rauchen. Sie tauschen ihre Töpfe aus, die ihre Geschichte, ihre Reisen erzählen, zeigen sich Fotos und klopfen sich kräftig auf den Rücken oder die Schulter, bevor sie wieder in ihre Kabinen steigen und sich noch weiter von denen entfernen, die auf sie warten.

»Ich bin einer von diesen Männern«, sagt Herr Boghossian. »Mich erfüllt der gleiche Schmerz: Es ist schwierig, heimzukehren, weil unsere Familien in unserer Abwesenheit entdeckt haben, dass sie ohne uns leben können.«

Ich halte mich nicht mehr zurück.

»*Latsir, latsir, pokrig Emma.* Weine, weine, kleine Emma.«

53

Später auf der Autobahn, in dem klapprigen Wagen, der von riesigen Lastern überholt wird, während wir zum Campingplatz zurückfahren und Herr Boghossian aus voller Kehle mit der Kassette von Seda Aznavour mitsingt, frage ich dich, Alexandre, ob du nicht fortgegangen bist, damit ich nach Hause zurückkehre.

54

Der nächste Tag.

»Boghossian hat mir von deiner Mutter erzählt.«

Mimi ergreift meine Hand wie ein zu Boden gefallenes Vögelchen, führt sie zu ihrem Mund und küsst sie.

In diesem Kuss sind alle Worte enthalten, die alle kleinen Mädchen eines Tages von ihren Müttern zu hören träumen.

Vielleicht hat meine nicht laut genug gesprochen.

Vielleicht gewöhnt man sich irgendwann an den Schmerz und kann anfangen, ihn zu lieben.

Dann kommt Herr Boghossian mit Croissants, warmen Brioches und der Zeitung, er sieht Mimi errötend an, sie senkt kurz den Blick, ich lächle, als ich mir ihre Nacht vorstelle, die Vulkane Armeniens, hübsch gesagte Schmeichelworte, *anouchig'ig!* Wir lachen alle drei in der Stille des verlassenen Campingplatzes.

55

Wochen vergehen, grau und feucht.

Mimi ist im Winter des Schweigens versunken; sie strickt ununterbrochen, Jacken, Pullover mit Schalkragen, mit Reißverschluss, mit Stehkragen, mit Rollkragen, mit rundem Kragen; sie wartet. Und eines Morgens finde ich sie auf dem kalten Boden neben ihrem Klappstuhl. Erschreckt rufe ich Herrn Boghossian, der herbeieilt. »Das ist eine ihrer Kummernächte«, sagt er, »der Nächte des Marie Brizard, in denen sie lautlos schreit.« Er hilft mir, sie in ihren Wohnwagen zu tragen und aufs Bett zu legen. Er sieht sie an. »Sie ist schön«, flüstert er, »sie ist friedlich.« Er sieht sie an wie eine Heilige, wie eine Insel, und ich denke daran, wie ich den Mund von Alexandre zum ersten Mal angesehen habe, seine Lippen, sein Lächeln; er hatte mich im tiefsten Innern berührt, hatte sich dort festgesetzt, und mein Leben war nie mehr dasselbe: Ich bin stärker, schwächer, schöner, ernster, fröhlicher geworden, auf ewig erfüllt, auf ewig unerfüllt. Ja, Herr Boghossian, sie ist schön, Ihre Valentine, sie ist schön, Ihre Insel, sie ist kostbar; zu wissen, dass sie irgendwo im riesigen Ozean existiert, ist ein Grund zu leben und zu glauben. Eines Tages werde ich Ihnen von meiner Insel erzählen, von meiner Lust an manchen Abenden, in See zu stechen, die Arme auszustrecken und dem letzten Licht entgegenzuschwimmen, mich in diese Schwärze treiben zu lassen, ich werde Ihnen erzählen, dass eine Krabbe wie ich zwei, drei Stunden durchhalten kann, bevor sie verschlungen wird und im Bauch der Welt landet, wo diejenigen ruhen, die uns lieben und uns verlassen haben, bevor sie das Glück erlebten, all diese Dinge werde ich Ihnen sagen. *»Shnorhagal em, pokrig Emma, shnorhagal em,* danke, kleine Emma, danke.« Nachdem wir Mimi zugedeckt haben, kehren wir an diesem Vormittag zu unseren Verpflichtungen zurück, er zur Pflege des Campingplatzes, ich zur Gartenarbeit. Ich habe das Setzen von Stecklingen und das Anlegen von Wassergräben, die Frühkultur und das Abstützen gelernt, meine Hände arbeiten, mein Geist schweift. »Glauben Sie, dass es möglich ist, dass zwei Herzen, die sich berühren, im selben Rhythmus schlagen, Emmanuelle?« »Das glaube ich, Alexandre; ich werde Sie unseren Herzschlag hören lassen, und nur ein absolutes Gehör würde zwei Herzen erkennen.«

Jeden Abend rufe ich zu Hause an, immer geht Léa ran. »Oma will nicht, dass ich ihn im Krankenhaus besuche. Louis sagt, er sieht aus wie ein Zombie von *Doghouse.* Maman, ich habe Angst. Wann kommst du wieder?«

Und eines Abends meine Mutter.

Sie wiederholt, dass es zu früh sei, dass es nichts nützen würde, wenn ich jetzt zurückkäme. »Wir warten, Emmanuelle, wir warten alle, wenn es etwas Neues gibt, melde ich mich, versprochen.« Aber ich weiß, dass eine Annäherung begonnen hat und dass Léa dieses Wunder vollbringt.

56

So sang Cio-Cio-San.

»Oggi il mio nome è Dolore / Però, dite al babbo, scrivendogli / Che il giorno del suo ritorno Gioia / Gioia mi chiamerò«, »Heute noch heiß' ich Kummer / Doch sagt meinem Vater im Briefe / Dass ich bei seiner Rückkehr / Jubel heiße / Jubel! So heiß' ich dann«.

57

Dann kommen die Untersuchungen, MRT, PET-Scan, die Entscheidungen, die starken Schmerzmittel, Dextropropoxyphen und nach längerem Zögern Hydromorphon.

Dann kommt eine ungewisse Phase, wie vor den Erdbeben, die angehaltene Zeit, wo nichts mehr einen Wert hat. Man möchte leben, man möchte schon gehen; man bereitet die Litanei des Abschieds vor und bittet um eine Stunde, eine Nacht, möchte durchhalten bis zum Morgengrauen.

Und dann das Erdbeben. Der Augenblick, wo alles kippt. Wo nichts mehr wichtig ist. Wo man nur noch will, dass das Böse ausgerissen wird, verschwindet. Um jeden Preis. Man würde einen Arm opfern, ein Bein, eine Woche, dann das ganze Leben, damit die Qual aufhört. Gott, wie sehr ich darunter leide, fern von ihnen zu sein, fern von meinem Mann, von seinem Schmerz, wahrscheinlich von seiner Panik. Er, der das Leben so sehr liebte.

58

In diesem Moment bin ich dir böse, Alexandre. Ein paar Stunden, ein paar Tage lang hasse ich dich sogar.

Ich berühre meinen Körper nicht mehr für dich. Ich streichle nicht mehr meinen Bauch für dich.

Ich sage nicht deinen Vornamen, genieße ihn nicht, wie einen sauren Drops, ich beiße mir auch nicht auf die Lippen für dich. Ich warte nicht mehr gespannt und nackt auf dem Bett.

Ich schwimme jeden Morgen lange im eisigen Meer, um mich zu bestrafen und zu verletzen, damit die eisigen Wellen wie die Klingen eines Rasierapparats meinen Körper zerkratzen, die Erinnerung an dich herausschneiden, die Erinnerung an deine Finger, die nur flüchtig die Haut an meinem Hals berührt haben, ein paar Sekunden, die kaum meinen Rücken, durch den Stoff meiner Bluse hindurch meine Brust gestreift haben.

Ich trample auf deinen Schatten unter der Erde. Ich will nichts mehr von dir, weil ich mit dir alles verloren habe.

Und im Wasser lasse ich mich manchmal treiben, wie die grünlichen, fetten Algen. Ich drifte ab.

59

Eines Tages treibt mich die Strömung bis Fort-Mahon-Plage, und ich strande im Badeanzug, meine Sachen liegen am Strand von Cucq, ich bin allein, durchgefroren, fehl am Platz. Ich laufe barfuß, ich zittere wie eine Verrückte, eine verlorene Frau, und das bin ich, Alexandre, das ist das, was du aus mir gemacht hast. Auf dem rauen Asphalt fangen meine Fußsohlen an zu bluten.

Und als ich schon eine Weile die menschenleere, winterliche Uferstraße entlanglaufe, hält ein Wagen neben mir, darin ein älteres Paar, er sitzt am Steuer, sie dreht die Scheibe runter und fragt, ob ich überfallen wurde, ob es mir schlecht geht, ob sie mich zum Arzt fahren sollen, meine Haut ist blau, meine Lippen zittern unkontrollierbar. »Ich will nach Hause, bitte bringen Sie mich nach Hause, ich möchte meine Kinder sehen, ich vermisse sie, ich möchte meinen Mann sehen, er liegt im Sterben.« Sie bringen mich zum Campingplatz. »Sind Sie sicher, dass Sie nicht zum Arzt wollen?«

Sie bringen mich zurück in die Kälte meines Lebens, zu meinen Tränen, zu meiner Liebe zu dir, sinnlos, tot.

60

Die ersten Apriltage sind da, die ersten Knospen an den Roteichen und Erdbeerbäumen, dann die ersten Blätter, die ersten Nester, die ersten Blüten, die neuen Gäste an milden Wochenenden, neue Pommes-Tüten, neue Pulloverärmel, eng anliegend, Raglan, noch mehr Marie Brizard und Wein; und die Nachrichten von Olivier sind nicht gut.

61

Mitten im Frühling kehre ich nach Lille zurück.

Eine Stunde zwanzig Zugfahrt, die Stirn an die Scheibe gepresst, die eintönige Landschaft, ganz unterschiedliche Häuser entlang der Bahnstrecke; Wäsche, die in den Gärten hängt und nicht trocknet; ein paar fossile, verrostete Autos auf Ziegelsteinen in den Höfen, Badewannen auf den Feldern, ein weites Gefühl der Resignation.

Sophie erwartet mich am Bahnhof.

Hinter ihr steht Eddy Mitchell, etwas verlegen, die Finger knautschen das rote Tuch um seinen Hals, sehr cowboymäßig, »Guten Tag, freut mich, dich kennenzulernen, wir geben uns ein Küsschen, nicht wahr, Sophie hat mir so viel von dir erzählt, ich habe das Gefühl, wir kennen uns schon«, bla bla. Mach dir keine Sorgen, Sophie, Gainsbourg war auch nicht schön.

Bei Sophie und Maurice trinken wir Kaffee, er einen Tropfen Armagnac. Sophie ist traurig. Ich bin traurig. Wir sind alle traurig. Kummer ist ansteckend, aber wenn er ansteckt, lässt er nach. Gott sei Dank.

62

Wenn man den Namen eines Menschen nicht mehr ausspricht, verschwindet er.

Sag mir, Alexandre, sprichst du meinen manchmal aus?

63

Das Leben ist der kurze Abstand zwischen zwei Leeren.
Wir gestikulieren, um es zu füllen. Wir trödeln, um
es in die Länge zu ziehen. Wir möchten, dass es ewig
währt. Manchmal erfinden wir uns sogar Doppelleben.
Wir atmen und wir schwindeln. Wir betrachten, ohne
zu sehen. Wir möchten alles ausnutzen, und alles rinnt
uns durch die Finger. Wir lieben, und schon ist es vorbei. Wir glauben an die Zukunft, und schon ist die Vergangenheit da. Wir werden so schnell vergessen. Wir
möchten nicht verlieren, und wenn das Ende kommt,
lehnen wir es ab, die Lider zu senken. Wir lehnen die
Handvoll Erde auf unsere eisige Haut ab. Aber man
muss loslassen können.

Denken wir an Blanquette. Denken wir alle an sie.

»Ein blasses Leuchten erschien am Horizont. Das Krähen eines heiseren Hahns drang von einem Bauernhof
herauf.

›Endlich!‹, sagte die arme Ziege, die nur noch auf den
Tag gewartet hatte, um zu sterben.«

Endlich.

Wir müssen lernen, uns in die Leere zu stürzen.

64

Meine Mutter betet sehr oft.

Ich erinnere mich an diese Litanei: »Für meine Sünden
habe ich die Gnade Gottes und meine Seele verloren.«

Ich machte mich über sie lustig. Ich wusste es nicht.

65

Ich bin nicht wieder im eisigen Wasser geschwommen. Ich habe nicht versucht, dich zu ertränken. Ich habe dir deine Abwesenheit verziehen.

Ich habe mich wieder nackt hingelegt, und ich habe wieder angefangen, auf dich zu warten.

Ich habe mich erinnert, dass du gesagt hattest, du würdest mich auffressen, wenn ich tanzen würde und wenn mein Körper beim Tanzen zum Barbaren werden würde.

Ich habe mich erinnert, dass du wegen mir nicht mehr schlafen konntest, dass du wegen mir nachts gefroren hast.

Bei dir war ich das Feuer. Und ich habe es nie mehr ausgehen lassen.

Ich meine die wunderbaren Verbrennungen, die die Haut nachzeichnen.

66

Wiedersehen.

Die Domaine de la Vigne in Bondues ist ein Golfplatz, an den man vor langer Zeit ein paar hübsche Villen gebaut hat. Die meisten sind weiß. Die Grundstücke sind nicht abgezäunt, die Bäume sind klein, gepflegt, überwiegend Obstbäume oder Linden. Die Kinder spielen, ohne zu schreien. Die Hunde bellen nicht, drohen nicht. Sie sind wie dicke lebendige Plüschtiere. Die Bewohner grüßen sich morgens, lächeln sich abends zu, laden sich manchmal ein und beschließen gemeinsam einen

»Parcours«, dann sind die Söhne guter Angestellter die Caddies. Sie messen ihre Fortschritte, kommen stolz nach Hause, sprechen laut, öffnen Flaschen mit ausgezeichnetem Wein und genießen ihr Glück.

Auf den niedrigen Glastischen in den Salons stehen Hermès-Aschenbecher mit handgemalten Pferdemotiven, in denen niemand eine Zigarette ausmacht, und Kunstbände, Leonor Fini, Balthus, Fra Angelico, in denen nie jemand blättert.

Im Winter gleicht der Frost, der das Gras bedeckt, einem riesigen Schleier, den eine Braut zurückgelassen oder verloren hat. Die Bäume sehen mager aus, ihre Äste betteln. Dicke schwarz glänzende Krähen erschrecken die Hunde und die Kinder. Die Gesichter der Golfspieler in der Ferne sind von Dampfwolken verdeckt, die aus ihren Mündern entweichen, wie winzige, hüpfende Engelchen.

Im Winter riecht die Siedlung nach Kaminfeuer, und im folgenden Herbst werden Kinder geboren. Blond. Entzückend. Mit blauen Augen. Manchmal grauen.

Der Frühling ist immer fröhlich. Die Pollen zeichnen blasse Flecken auf die Gesichter der Mädchen, die Jungen fangen die ersten Schmetterlinge, die sie, schon mit einem gewissen Sinn für Grausamkeit, auf Korkplatten stecken und in die Schule bringen, stolz wie Wilderer, die die sterblichen Überreste eines Wolfs vorführen.

Der Frühling ist ein Versprechen. Ein schüchterner Walzer. Die Frauen entblößen langsam ihre Beine und zeigen sich in der milden Nachmittagssonne; die Männer legen ihre dunklen Anzüge ab und kleiden sich in Grau oder dezentes Ocker; ganz allmählich beginnt der Tanz des Begehrens.

Ich liebe diese Zeit des Erwachens, der Körper, die
aus dem Winter herauskommen, der Kinder, die wieder draußen herumrennen und deren Lachen eine un-
erschöpfliche Quelle der Freude ist.

Der Frühling ist die Zeit des Stolzes der Mütter und
des Begehrens der Frauen.

Sie erwarten mich am Eingang der Siedlung.

Manon ist nicht da. Mein Sohn ist wieder gewachsen.
Er hat einen dichten Flaum über der Oberlippe. Noch
kein Schnurrbart, mein Louis, noch nicht Tom Selleck.
Als ich ihn küsse, als ich ihm sage, dass er zum Mann
wird und seinem Vater ähnlich sieht, zuckt er zurück;
sein Lächeln ist voller Misstrauen. Léa wirft sich in
meine Arme, und das gelbe Tier, das Zoo sein muss,
macht es ihr nach, wir fallen erstaunt in das frische
Gras. Louis ruft den Hund, »Bei Fuß!«, und schnalzt.
»Bei Fuß!«, mit einer neuen kräftigen, strengen Stimme.
Wir bleiben einen Moment liegen, Zeit für Liebkosungen und ernste Worte: »Wie soll ich groß werden, wenn
ihr beide weggeht?« Ich drücke mein kleines Mädchen
an mich, um ihr Schluchzen zu ersticken. Wie nennt
man eine Mutter, die ihre Kinder verlassen hat, Léa?
Wir stehen wieder auf und gehen zu dritt zum Haus,
der Hund springt fröhlich um uns herum. Zwei Nach-
barinnen, die mich vor meiner Flucht immer grüßten,
die mich regelmäßig einluden, Tee mit ihnen zu trinken, ein Stück Karamelltarte zu essen, sind, so scheint
es, blind geworden – und hässlich. Hier, in der Siedlung der dicken Wände, der Lügen, die sich in Luft
auflösen, in der Hochburg der Moral der anderen verlässt eine Frau nicht ihre Familie, muss ihr Leid geheim
bleiben, ist ihre Verzweiflung unnütz; hier ist das Be-

gehren eine Schande, eine Krankheit, und immer siegt der Schein.

Meine Mutter öffnet die Tür, als wir ankommen, meine, blasse, plötzlich alte Mutter mit eingefallenem Gesicht, gezeichnet von Leid und Schande, eine Kartographie des Kummers.

Wir umarmen uns ohne Zärtlichkeit, und später, endlich allein in der Küche, kommen ihre Worte hervor, sprudeln kleine Rasierklingen: »Das war so abscheulich, Emmanuelle, dein Weggehen, deine Flucht, das hat ihn krank gemacht, du kannst es dir nicht vorstellen, die Männer sind schwach und ängstlich, Olivier hat dich so geliebt, er liebt dich immer noch, und du bringst ihn um, sein Rückfall kommt von deiner Abwesenheit, wenn er Blut spuckt, habe ich das Gefühl, dass du ihn erstichst, ich schäme mich, oh, wie ich mich schäme, die Schande frisst an mir wie ein Feuer, ich habe sieben Kilo verloren, seit dein Mann wieder krank ist, sieh mich an, meine Finger sind gekrümmt wie Widerhaken, ich habe keine Kraft mehr, meine Knöchel zerbröseln, ich schwanke, ich kann den Schaden, den du angerichtet hast, nicht mehr tragen, Emmanuelle, ich kann nicht mehr, dafür ist eine Mutter nicht da, sie ist für das Leben da, sie ist für die Erhabenheit da, nicht für die Katastrophen; manchmal denke ich an deinen Vater und sage mir, dass uns die Männer zwar immer allein lassen, aber uns trotzdem brauchen, du musst aufhören, an dich zu denken, Emmanuelle, deinen Egoismus zu pflegen, du darfst nicht zulassen, dass deine Schandtat uns alle vernichtet.«

Ich rechtfertige mich nicht. Ich sage ihr nichts von dem Verlangen, das mich überwältigt hat. Erfüllt hat. Ich verschweige den Rausch der Gegenwart. Ich erzähle ihr nichts von meiner brennenden Haut. Von der Euphorie, in die mich dieses Brennen versetzt. Ich gestehe ihr nicht, dass der Schrei meiner Lust die Fenster erzittern lässt, und dass es ein Toter ist, der mir diesen Orgasmus schenkt.

Ich sehe sie an, ich bin stolz, fast arrogant, ich fühle mich schön, endlich frei, mein Atem wird kräftiger, wie wenn das Hungergefühl schwindet, die Höflichkeit weicht; und die Tasse, die sie in der Hand hält, zerbricht, das Porzellan schneidet an mehreren Stellen in ihren Handteller, das Blut strömt, ein ebenso erschreckendes wie herrliches Rot; ich stürze zu ihr, meine Mutter stößt mich zurück, knotet ein Handtuch um ihre Hand, und starrt mich böse an: »Emmanuelle, du bist ein Monster.«

Ich gehe zu Olivier.

Er sitzt im Wohnzimmer, die nackten Füße auf dem niedrigen Glastisch, neben den Kunstbänden und dem Hermès-Aschenbecher mit den Pferdemotiven. Er ist blass. Seine Wangen sind vom Kortison aufgequollen. Seine Augen liegen tief im Gesicht, sein verschwommener Blick hat die Lebensfreude verloren, die mich am Anfang, vor den Kindern, begeistert hatte, als er mir dreißig Beweise geben wollte, um mich zu überzeugen, dass ich die Frau seines Lebens war.

Sein Blick beginnt zu erlöschen, sein Herz wird schon langsamer.

Mein Mann sieht mich an, fordert mich auf, mich neben ihn zu setzen, unsere Finger verschränken sich, wärmen sich, dann lächelt er und fragt mich in einem müden Atemzug: »Wie ist es so weit gekommen?«

67

Gekommen ist die Zeit, die Zeit, die alles schleift. Gekommen ist das Zerbröseln des Verlangens und der Raureif auf meiner Haut.

Gekommen ist die Kälte.

Gekommen ist der Mund von Alexandre, die animalische Sanftmut eines Mannes, das Brüllen eines Sibirischen Tigers.

Gekommen ist das Leid, das ich schließlich geliebt habe. Der Schmerz, dem ich treu geblieben bin.

Gekommen ist das Wort einer Frau anstelle ihres Schweigens.

68

Natürlich ist es eine romantische Illusion, der Traum eines Gesunden, die verbleibende Zeit im Bewusstsein der Zeit an sich zu leben, sie in jeder Sekunde als Gunst der Gegenwart zu genießen, die Sicherheit verschafft, sich die Zeit zu nehmen, auch wenn sie begrenzt ist, Zeit, um Dinge zu erledigen, die richtigen Worte auszusprechen, den Abschied vorzubereiten, *schon*, Zeit, um Spuren zu hinterlassen, Furchen zu ziehen, zu heilen oder zu verletzen, zu leben, wenn es kein Leben mehr gibt.

Der Körper ist nicht einverstanden.

Die Überlegung, nicht zu kämpfen, ist selbst ein Kampf. Der Körper erschöpft sich in der verbleibenden Zeit. Er verliert Gewicht, er verliert den Appetit, er verliert allmählich den Verstand. Die Muskeln verflüssigen sich. Man möchte brüllen vor Kopfschmerzen, aber die Kraft zum Brüllen ist schon von Bord gegangen. Hundert Schritte strengen an. Dann zehn. Dann ein einzelner. Die Atemlosigkeit erstickt. Die Lust auf geliebte Dinge verändert sich, wird Unlust.

Der Körper wird Tragödie, Kummer, Abfalleimer.

Natürlich rät ihm der Arzt von dieser letzten Freiheit ab. Doktor Haytayan, Onkologe, ehemaliger Klinikleiter des CHRU Lille. »Sie werden im Krankenhaus besser überwacht«, sagt er mit sanfter Stimme. »Besser umsorgt. Man hält sich immer für stärker, als man ist. Man glaubt zu wissen, was für einen das Beste ist. Wissen Sie was? Vor zwei Jahren hatte ich eine Patientin, die es so machen wollte wie Sie, nicht mehr kämpfen, die Zeit nutzen, die ihr blieb. Nach drei Tagen kam sie zurück. Tränenüberströmt. Sie wollte nicht sterben. Sie wollte mehr Zeit. Und es gelang uns, ihr welche zu geben. Wenn Sie beschließen aufzugeben, wird Ihnen die Zeit kurz, entsetzlich kurz vorkommen. Es ist ein von vornherein verlorener Kampf, aber ich werde Ihre Entscheidung respektieren. Wir werden Ihre Medikamente festlegen, aber es wird hart. Denken Sie nicht, dass ein Schmerzmittel ausreicht, damit Sie in der verbleibenden Zeit herumspringen können.« Olivier hebt die Hand, um die Worte des Arztes einzudämmen. »Lassen Sie mich über mein Ende entscheiden.« Es folgt ein langes Schweigen. Mein Mann legt die Hand auf meine. Haytayan tut, als lese er in der Akte. »Helfen Sie mir. Bitte.«

Da lächelt der ehemalige Klinikchef. Ein trauriges Lächeln. Das Lächeln eines Besiegten. »Ich werde Ihnen beiden sagen, was ab jetzt passieren wird.«

69

Alexandre, wenn eine Welt uns nun trennt, so verbindet sie uns auch.

Komm.

Mein Mann hat beschlossen, nicht zu leben, und ich bin voller Panik.

Wir werden die verbleibende Zeit gemeinsam verbringen. Vielleicht fünf Wochen, meint Doktor Haytayan. Vielleicht zwei Monate, vielleicht mehr. Keiner weiß es.

Komm zurück.

Hilf mir.

70

Hör auch noch dies, Alexandre, und zweifle nie an mir.

Fosca ist hässlich, und Guido ist schön. Sie liebt ihn mit einer Liebe, die verwirrt und den Atem raubt; fasziniert von dieser Leidenschaft, selbst nun verzehrt, schwindet sein Widerstand, er kapituliert, kommt zu ihr für eine einzige Nacht, eine fatale Nacht. Aber über diese Nacht hinaus werden sie sich weiter lieben – sie im Reich der Toten, er in der Welt der Sterblichen.

Diese Liebenden hätten unsere Vornamen tragen können.

71

Manon ist in London.

Meine Mutter sagt, sie habe sich zu der Reise entschlossen, als sie von meiner Rückkehr erfuhr.

»Da siehst du, welchen Schaden du angerichtet hast, Emmanuelle.«

72

Olivier.

Nach dem Gespräch bei Doktor Haytayan willst du nicht sofort nach Bondues zurückkehren, mit den Fragen meiner Mutter, ihrem Redestrom, dem Entsetzen unserer Kinder konfrontiert werden.

Wir gehen ins Hôtel de la Treille, in der Altstadt von Lille, wie an dem Abend vor vier Jahren, als das Wort Krebs Teil deines Wortschatzes wurde.

Zimmer 14 ist frei. Dort hast du an dem Abend nach dem Wein in L'Huître mit mir geschlafen wie mit einem leichten Mädchen, einer Bordsteinschwalbe.

Wir gehen ins Zimmer, legen uns aufs Bett, diesmal fast in Zeitlupe. Wir schweigen lange. Dann spüre ich, dass du weinst. Meine Finger suchen deine. Ich führe sie an meinen Mund und küsse sie. Ich schmiege mich an dich. Ich verschmelze mit dir. Mir ist, als wären wir nur noch ein einziger Leib.

»Emma, ich habe Angst! Ich habe Angst vor dem Sterben und noch mehr davor, zu leiden. Ich bin traurig und wütend. Das ist so ungerecht. Ich werde unsere Kinder niemals als Erwachsene erleben. Nicht wissen, ob sie

glücklich werden. Ich werde nie erfahren, ob du zurückgekommen wärst. Ich träumte davon, dass wir zusammen
alt werden, Emma, dass wir zusammen Greise werden.
Weiße Haare, sanftes Lächeln. Ich werde nicht die Weine
des nächsten Jahres kosten. Ich werde nicht erfahren, ob
Elektroautos eines Tages mehr als fünfhundert Kilometer
bewältigen. Die Welt wird ohne mich weitergehen. Bald
werde ich nicht mehr den Regen riechen. Das warme
Fell von Zoo. Den Vanilleduft am Hals von Manon. Ich
will verbrannt werden, Emma. Ich möchte davonfliegen.«

Du hast Schluckauf. Über dein Kinn fließt etwas Blut.
Aber du fängst an zu lachen.

»Ich werde nie das Ende von *Breaking Bad* kennen.
Ich werde nie erfahren, ob Schumacher weiter dahinve-
getiert oder ob er sich erholt.«

All diese Dinge sind lächerlich, wenn man sie nicht
kennt.

Ich streichle deine Stirn, deine feuchten Wangen, deinen Mund. Deine Haut glüht. Deine Lippen zittern. Ich
habe keine Worte – nur meinen an dich geschmiegten,
mit deinem verschmolzenen Körper.

Unsere *Verklärte Nacht.*

Du schläfst zwei Stunden, ich bewache deinen unru-
higen Körper.

Das Leiden und die Angst haben dieselbe Wirkung.

Als du die Augen wieder öffnest, bist du ruhig. Du
bedankst dich bei mir, und das erschüttert mich. Wir
möchten Wein trinken, aber das Hotel bietet keinen
Zimmerservice an. Ich gehe runter auf den Platz, gehe
in das nächste Restaurant. Milano. Der beste Wein ist
ein Montevetrano – zu einem unverschämten Preis. Ich
lächle nur.

Dir gefällt seine intensive Rubinfarbe, sein Duft nach Holz mit einem Hauch Veilchen, Brombeere und Kirsche, später ein Anflug von Zimt und Tabak. Belustigt verweise ich auf eine Note von Schotter und Holzschuh. Du lächelst und ergänzt belehrend: »Eine Note von Leder.«

»Von Ziegenfell.«

»Von einer Spur Schweiß am Oberschenkel.«

»Von Haut, die die Panik packt.«

»Von aufsteigendem Verlangen.«

»Ein Aroma von Bauch.«

»Der Hauch eines fallenden Kleides.«

»Die Leidenschaft einer Hand.«

»Die Sanftheit eines Mundes.«

Dein Lächeln verschwindet, als du hinzufügst: »Emma, du hast mir so gefehlt. Ich habe gar nicht gemerkt, was ich da verlor.«

»Ich dachte, du hast es entfliehen lassen.«

Dann füllst du unsere Gläser wieder. Du sagst, dass die Dinge noch besser sind, wenn sie auf ihr Ende zugehen. Du sagst, dass man nur die ersten und die letzten Male wirklich schätzt. Du bist nicht zynisch, nur wehmütig. Du findest mich schön, und ich küsse dich. Es ist ein schneller Kuss. Eine Erinnerung. Und ich bitte dich, mit mir wegzufahren. Endlich das Versprechen aus der Zeit nach unserer Hochzeit vor über neunzehn Jahren einzulösen, gemeinsam die Weinstraße entlangzufahren, nur ein paar Kilometer, ein paar Weingüter, die Weinberge bei den ersten Bodenarbeiten, beim ersten Aufbrechen, ein paar Wochen zusammen sein, so lange bis.

Du lässt mich den Satz nicht zu Ende sprechen.

»Ja.«

73

Kann man sich vorstellen, wie die letzten Gerüche aus einem verlassenen Körper entweichen, das Fenster öffnen und eine unveränderliche Freude entdecken? Einen neuen Morgen auf Erden, strahlend und sonnendurchflutet, hier und da ein paar Spritzer von Morgentau; kann man dem torkelnden Flug eines bunten Schmetterlings folgen, beobachten, wie Schattenblüten sich langsam öffnen, die fröhlichen Pfiffe der Ammern und Sperlinge vernehmen, und dann einen Schrei aus seinem leeren Bauch entstehen lassen, ihn wie eine Flamme bis zu seinem vertrockneten Mund auflodern lassen?

»Ein Mann ist tot, und ich habe ihn geliebt.«

74

Ich erinnere mich an die Trauerfeier von Thérèse Delattre, einer alten Freundin der Familie.

In der Kirche war eins ihrer Kinder auf die Kanzel gestiegen und hatte uns die letzten Worte der Mutter übermittelt: »Sorgt euch nicht, ich weiß, wohin ich gehe.«

75

Ich meine, dass der Schmerz unnütz ist – man weiß es.

Ich meine auch, dass die Freude zurückkommt – manchmal.

76

Dieser Satz von ihm, verloren im Schatten der Alten Börse.

»Unsere Begegnung in der Brasserie André, Emmanuelle. Es war nicht nur die Sekunde, in der unsere Blicke uns ja sagten, es ist jede Sekunde seitdem.«

Da hatte ich ihn zum ersten Mal geküsst, und seine Finger hatten meine Haut berührt.

77

Seit meiner Rückkehr aus Cucq wohne ich bei Sophie. In ihrer großen Wohnung in der Altstadt von Lille, mit Balkendecke, knarrendem Parkett und Wasser, das in den Rohren gluckert wie in den Eingeweiden eines Tieres.

Das Gästezimmer in Bondues besetzt meine Mutter; tagsüber ist eine Krankenschwester da, nachts ist eine andere wenige Kilometer entfernt in Bereitschaft, falls es nötig ist.

Olivier will Zeit mit den Kindern verbringen, vor unserer Reise in den Süden, der versprochenen Weinstraße, diesem letzten Moment zu zweit – einem seltsamen Moment. »Fangt ihr dann wieder neu an?«, fragte Léa. »Nein, wir werden gemeinsam zu Ende bringen, was wir einmal begonnen haben.« Und sie weinte, die kleine Fee, deren Arme zu kurz sind, um uns alle zusammenzuhalten und unserer Geschichte ein hübsches Ende zu schreiben.

Zweimal in der Woche kommt eine Psychologin nach Bondues – wir versammeln uns um sie im Wohnzimmer, manchmal ist es sehr lange still, sind die Worte emp-

findlich wie Luftblasen, manchmal gibt es Lachen und
Versprechungen, einen riesigen Kummer und vor allem
die Angst, die jeder bewältigen muss.

Später wird die Psychologin versuchen, die Mauer
der Gleichgültigkeit unseres Sohnes zu durchdringen,
zu verstehen, warum es ihn so reizt, seinen Groll auf
die Haut seiner Unterarme tätowieren zu lassen. Einen
Schädel. Oder einen Dolch.

Der Schmerz ist eine unbekannte Sprache, alles muss
man lernen.

Olivier will Zeit mit ihnen haben. Weil eine Abreise
immer mehr Zeit verlangt als eine Ankunft: Man über-
prüft zehnmal, hundertmal, ob man nichts vergessen
hat. Weil Abschiedsworte schwierig sind und mühsam
zu finden. Weil es die Tränen, das Entsetzen und die
Schwüre gibt, die man dem, der fortgeht, mitgeben
muss, damit er in Frieden gehen kann. Weil der Zorn
nur langsam entweicht, gefährlich, wie Gas aus einer
undichten Stelle. Weil er ihnen sagen will, dass er bei
ihnen sein wird, auch wenn er fort ist.

Manon kommt wenige Tage später zurück und wei-
gert sich immer noch, mich zu sehen. Eines Abends sagt
ihr Olivier, dass er mich liebt und dass ich ihn liebe, er
sagt ihr, dass unsere Liebe schön ist, dass es Lachen und
Zärtlichkeit gab, Leidenschaft und große Opern – doch,
doch, auch wenn er sie nicht so sehr liebt wie ich – und
drei herrliche Kinder, die aus dieser Liebe, aus unserem
Blut geboren sind, er sagt ihr, dass ich ihre Mutter bin,
was auch geschieht, und dass wir sie über alles lieben,
egal, was geschieht und wo wir sein mögen, er und ich,
ihr Vater und ihre Mutter, Staub oder Fleisch.

Dann ist Olivier bereit. Und wir brechen auf.

78

Alexandre, du sollst wissen, dass ich ohne dich unvollständig bin.

Dass ich ohne dich den Regen auf meiner Haut nicht mehr mag, dass ohne dich bestimmte Opernmelodien armselig und pathetisch klingen und dass ohne dich ein anbrechender Tag keine Verheißung mehr ist.

79

Sie sitzt hinter einem Schreibtisch zwischen herrlichen, mächtigen Fahrzeugen in glänzenden Farben, tiefschwarz mit einem Stich ins Blaue oder Aubergine. Ledergeruch. Sie ist reizend und zwanzig Jahre alt, was sie noch reizender macht. Sie scheint zu arbeiten, aber als ich näher trete, sehe ich, dass sie in einer Zeitschrift blättert. Sie schaut auf, wendet mir das Gesicht zu, eine Bambi-Bewegung, eine Beugung des Halses, die die Männer in den Wahnsinn treibt, wenn sie kommen, um ein Auto für den Preis eines Häuschens zu kaufen, erst allein, dann mit ihrer Frau; auch ihr muss sie einen Kaffee anbieten, etwas Sanftes, Elegantes, Caramelito oder Vanilio, und für die Männer Kazaar oder Dharkan, Aromen mit wahnsinniger Intensität, weil sie weiß, dass sie Lust haben, dass sie Mädchen in ihrem Alter mit wahnsinniger Intensität und unaussprechlicher Verzweiflung ansehen, darum das mächtige Auto, um schnellstens der Mittelmäßigkeit zu entfliehen, zu der sie ihr Verlangen führt.

Ich weiß nicht, ob sie mich erkennt – ich war selten hier, stelle mir aber vor, dass sie zu Hause Fotos von mir gesehen hat, im Wohnzimmer, im Treppenhaus, in unserem Schlafzimmer, wo sie geschlafen hat, wo mein Mann sich in sie vergraben hat, dort, wo sie noch nach Milch, nach Seife, nach frischem Fleisch riecht, wo er sich lachend auf die Seite hat fallen lassen und gesagt hat, dass er sie liebe, dass sie das Schönste, das Irrsinnigste, das Erregendste sei, was er je erlebt habe, auch das Traurigste, glaube ich, aber das hat er ihr wohl nicht gesagt, die Männer haben so schnell genug. Sie schaut auf, wendet mir das Gesicht zu, immer noch Bambi, und bevor sie Zeit hat, mich zu erkennen, gebe ich ihr eine Ohrfeige, eine kräftige, wütende Ohrfeige, aus dem Bauch heraus, aus meinem Kummer, dass sie ihn verlassen hat, weil er krank ist, kleine Hure, aus dem Schmerz von Olivier, aus allem Schlechten, was wir eines Tages angerichtet haben und was sich gegen jemanden wendet, und ihr hübscher Kopf scheint sich von ihrem hübschen Hals zu lösen, es reißt ihn nach hinten, mit dem hübschen Gesicht, den hübschen Lippen; der Stuhl kippt um, der Körper des Mädchens fällt, der Kopf knallt auf die Fliesen, es dröhnt entsetzlich, ein roter Fleck erscheint in Höhe der Augenbraue, Blut fließt über die Wange, ein Verkäufer kommt angerannt, ich sehe ihn an, er erkennt mich und hält sofort inne, er scheint den Rückwärtsgang einzulegen, auf Glatteis zu rutschen, es ist geradezu komisch, Caroline richtet sich langsam auf, die Bambi-Grazie ist verschwunden, ihre Schönheit ist plötzlich blass und gewöhnlich, ihre Hände stützen sich auf den Schreibtisch, ihr vollkommener Körper richtet sich auf, ich habe kein passendes Wort gefunden, nur diese heftige, mörderische Ohrfeige, sie sieht mich an, sie ist gerade zwanzig, sie hat das Alter der Verheißung, sie weiß noch nichts von der Heftigkeit und der Ewigkeit der Gegenwart, sie bemüht sich um ein ehrliches Lächeln, und das ist ihr Wort, dieses Lächeln, wie meine Ohrfeige, und ich nehme dieses Wort in mich auf, es erleichtert mich und es erleichtert sie, und dann ist Schluss.

80

Weder meiner Mutter noch Sophie war es gelungen, die Gefühle von Louis zu ergründen.

Wenn sie ihn fragen, wie er sich fühlt, was er empfindet, wie er die Dinge sieht, ob er wütend ist, ob er Fragen zur Krankheit seines Vaters hat, zu seinem Entschluss, nicht zu kämpfen, antwortet er: »Ich krieg das hin.« Ich krieg das hin – als wenn ein Zimmer aufzuräumen oder ein Schulbrot für seine Schwestern zu schmieren wäre.

Mit mir, die ich jetzt mehr Zeit in Bondues zubringe, spricht er immer noch nicht. Nur praktische Hinweise. Er hält mich für das neue Hausmädchen. »Ich habe kein Shampoo mehr.« »Meine Jeans müssen gewaschen werden.« »Ich brauche fünf Euro fürs Schwimmbad und noch zwanzig für den Klassenausflug.« »Was gibt es gegen meine Akne?« »Was gibt es zu essen?« Herrgott, wie viel lieber wäre es mir, er würde schreien, brüllen, alles um sich herum zerschlagen, mich beschimpfen, weil ich weggegangen bin, weil ich sie verlassen habe, weil ich seinen Vater getötet habe, wie mir meine Mutter genüsslich erklärt, er würde mir sonst etwas sagen, aber mit mir reden, mir die Chance geben, ihm etwas zu erklären, die Stille zu brechen; und ihn dann zu umarmen und ihm zu sagen, dass auch ich Angst habe.

»Ich schlafe heute Abend bei einem Kumpel.«

Ende des Gesprächs.

Manon fährt mit ihrer Freundin Aurélie wieder nach London: »Hier stinkt's. Zu viel schlechte Schwingungen.«

Léa betrachtet stundenlang mit tränenfeuchten Augen die Reproduktion von *Der Leichnam Christi im Grabe* von Holbein dem Jüngeren in einem der Kunstbände auf dem niedrigen Glastisch im Wohnzimmer, in denen nie jemand blättert. Eine Leiche, wie ausgehöhlt, mit brandigen Füßen und Händen, vorspringenden Knochen, verkrampften Muskeln und darüber die wächserne Haut wie ein Leichentuch.

81

Es gibt sehr viele Weinstraßen.

Wir haben eine in der Provence ausgewählt, nicht weil es die älteste ist, weil dort die Zikaden zirpen, der Lavendel duftet, grüne Eichen, Olivenbäume und Wacholder wachsen, nicht, weil dort Gebirgsbäche mit klarem Wasser fließen, sich manchmal kleine Kanäle schlängeln, betrogene Bäcker schimpfen oder man an den Tagen des Mistrals dort Marius, Mirèio oder Bobi hören kann, sondern weil es dort Anfang Mai schon sommerlich warm ist. Olivier wollte noch einmal die Sonne auf seiner Haut spüren, noch einmal die Wärme genießen, die nach Kokosöl oder Vanille duftet, den lauen, leicht salzigen Wind im Gesicht spüren, noch einmal das Meer sehen, das am Abend mit dem Himmel verschmilzt und ein Gemälde malt, in das man sämtliche Geschichten schreiben kann, noch einmal die magische Stunde erleben, wenn die Sonne die Schatten in die Länge zieht und die Wipfel der Pinien in Brand zu stecken scheint, wie Fackeln bei einem Fest, er wollte ein letztes Mal unter einer Platane mit kahlem Stamm an einem schmiedeeisernen Tisch mit weißer gestärkter Tischdecke von schwerem Silber frühstücken, kochend heißen Kaffee und frisch gepressten Orangensaft trinken, das einfache Glück eines frischen, fast eisigen Schlucks genießen, die Lokalzeitung lesen, mit der Tinte, die die Finger färbt, den vermischten Meldungen über die anderen, den Streitigkeiten in der Nachbarschaft, dem Veranstaltungskalender, den Preisnachlässen für Bettwäsche, den Eins-gekauft-eins-umsonst-Angeboten für Katzennahrung. »Auch dafür habe ich das Leben geliebt, Emma.«

Die Straße des Dracénois.

Sie bildet ein Dreieck zwischen dem Städtchen Draguignan auf einem Kalksteinplateau dicht an den Gorges du Verdon, den Arcs-sur-Argents, die auf einer felsigen Bergspitze die Ebene überragen, durch die vor tausend Jahren wie Heuschreckenschwärme die blutrünstigen Sarazenen einfielen, und Le Cannet-des-Maures, am Rande der A 8.

Wir verließen Bondues in einem PS-starken BMW, den zu fahren mich etwas ängstlich machte. Olivier war schon schwach. Die Rückenlehne des Beifahrersitzes war nach unten geklappt, sodass er liegen konnte. Kopfkissen, Decke, Mütze auf den zu kurzen, schütteren Haaren, zwischen denen man kleine Hautstellen sah. Sein Körper war schon sehr abgemagert; er glich einem zu schnell gewachsenen Halbwüchsigen, einer jungen, schiefen Birke mit verbogenen Ästen. Stummes Leid.

Doktor Haytayan hatte ein Morphinsulfat gegen den Schmerz verschrieben, eine Gelkapsel Actiskenan alle vier Stunden – »Das wird Kopfschmerzen und Müdigkeit nicht verhindern« –, außerdem ein Antibrechmittel, wegen der Verstopfung, die zu erwarten war; er hatte verlangt, dass wir bei jeder Station sofort einen Arzt aufsuchen, mit der Krankenakte, die er uns mitgab. Er hatte uns mit dem finsteren Blick eines Kriegsherrn verabschiedet, der seinen Soldaten auf dem Weg zur unvermeidlichen Niederlage folgt.

In der Stille des Wagens hörten wir Verdis *Othello*, und als Desdemona ihr erschütterndes »Ave Maria« sang, »Prega per chi sotto l'oltraggio piega / La fronte e sotto la malvagia sorte / Per noi, per noi tu prega, prega / Sempre e nell'ora della morte nostra / Prega per noi, prega per noi, prega«, »Bitte für den, der vom Unrecht gebeugt ist / Und vom grausamen Schicksal / Bitte für uns, bitte für uns / Immer und in der Stunde unseres Todes / Bitte für uns, bitte für uns, bitte!«, legte Olivier die Hand auf mein Bein – sie kam mir plötzlich so leicht, ja, gewichtslos vor – und fragte mit ernster Stimme: »Glaubst du, dass es danach etwas gibt, Emma?«

Etappe 1. Domaine Rabiega.

82

Manchmal spüre ich, wie meine Finger steif werden, wenn sie die Geographie meiner Lust abtasten.

Ich spüre meine Eingeweide, die grollen und rufen.

Ich spüre ein Geschwür und den Schmerz eines Dorns an den Spitzen meiner Brüste.

Warst du nicht verschwunden?

83

Das Weingut wurde 1975 von Christine Rabiega gegründet, einer ehemaligen Sprecherin von Télé-Lille und Autorin von Reportagen für das *Magazine du mineur*. Einige Jahre später verkaufte sie es an ein paar Schweden weiter, die es einem Liebhaber der Provence und des Weins überließen, dem es immer noch gehört.

Wir kommen am späten Nachmittag an. Der Himmel ist marshmallowrosa, und die vereinzelten pummeligen Wolken sind mit Gold gesäumt.

Olivier hat im Wagen viel geschlummert. Ich habe alle vier Stunden angehalten, um ihm seine Actiskenan-Kapsel zu geben. Er schluckte sie mit einer lustigen Kindergrimasse, und ich dankte ihm, dass er versuchte, mich zum Lächeln zu bringen, dann machten wir ein paar Schritte auf dem Autobahnparkplatz, bis sein Schwindelgefühl verflog.

In Draguignan lasse ich eine Platte mit Wurst und Käse und zwei Flaschen Clos Dière 2011, purpurfarben, intensiv, mit einem Duft von kandierten, würzigen schwarzen Früchten in das extrem provenzalische Zimmer bringen. Olivier lobt den Wein, seinen »lakritzartigen« Abgang, er sagt, dass man die Weine der Provence zu wenig schätze, dabei seien sie es wert; dann stößt er auf uns und unsere drei wunderbaren Kinder an, seine Hand zittert, und ich denke, dass ihm das Glas aus den Fingern gleiten und der Wein die Bettlaken blutig machen wird; wir erinnern uns gerührt an die Geburt jedes Einzelnen. Léa wäre beinahe im Wagen geboren, so eilig hatte sie es, die Welt zu sehen. Dann wird sein Gesicht wieder ernst, und er fragt mich, ob ich mit »diesem Kerl« glücklich war, in der Zeit, die wir nicht hatten, in dieser Hypothese, die unsere Leben ruiniert hat, und was er hatte, »dieser Kerl«, »Er heißt Alexandre, Olivier«, »Was hatte er, dieser Kerl«, »Olivier, er hat einen Namen«. »Welche Einzigartigkeit, welche Versprechungen hat er dir gemacht, die ich nicht hätte halten können? An welche Orte brachte er dich, zu denen ich dich nicht hätte fahren können? Welche Worte sagte er, die ich nicht kannte?« Ich senke den Blick, meine Wangen sind heiß, mein Blut kocht schmerzhaft in meinen Adern, ich versuche, ihm von meinen Sehnsüchten zu erzählen, die die eigentliche Quelle meines Verlangens waren, und die mich zuerst gequält hatten. »Hast du durch mich gelitten, Emma?« »Nein, aber meine Sehnsüchte schon. Sie verletzten mich.« »Warst du nicht glücklich mit mir?« »Du hast mich glücklich gemacht, aber ich bin unvollständig geblieben, Olivier. Das Verlangen ist nicht das Glück, ist nicht die Ruhe.« Dann hat er einen Moment lang Mühe beim Atmen, ich gerate in Panik, aber er beruhigt mich mit einer müden Geste. Als seine Brust zur Ruhe gekommen ist, setzt er fort: »Aber das Verlangen ist unendlich, Emma, es nährt sich aus der Unzufriedenheit. Wenn es satt, vollgestopft, befriedigt ist, verschwindet es, und ohne Verlangen gibt es nichts mehr, gar nichts. Hattest du kein Verlangen mehr nach mir?« Ich öffne die zweite Weinflasche. Wir trinken zu viel, gefährlich, ohne Rausch. »Ich hatte Verlangen jenseits von dir. Ich

war nicht satt, nicht vollgestopft. Ich war nicht überwältigt.« »Das ist abscheulich.« »Ich weiß, Olivier, es ist
abscheulich. Sogar mit Alexandre liebte ich dich. Ich
liebe dich immer noch. Liebe kann man nicht teilen. Sie
vervielfacht sich.« »Wie meine weißen Blutkörperchen?«
Ich leere mein Glas in einem Zug. »Ich möchte, dass du
verstehst, Olivier.« »Was verstehen, dass du einen Mann
begehrt hast? Vielleicht nur sein Verlangen nach dir
begehrt hast?« »Nein. Das Verlangen, eine Frau zu sein.
Nicht mehr Stille zu sein.« Ich fülle unsere Gläser wieder.
»Alexandre ist tot, Olivier. Wir hatten nicht mal Zeit, miteinander zu schlafen. Ich kenne den Geruch seiner Haut
nicht. Ebenso wenig wie die Sanftheit oder die Rauheit
seiner Fingerkuppen. Ein Mal, ein einziges Mal, hat er
mich im Innenhof der Alten Börse umarmt, sind seine
Finger über meinen Hals getanzt – so kurz, dass ich
mich kaum daran erinnere.« »Aber du hast ihn begehrt.«
»Nein, Olivier, ich sage es noch einmal, ich habe mich
selbst begehrt. Ich hatte Lust, neu erfunden zu werden.
Neu entdeckt. Und wahrscheinlich erneut verlassen.«

Ich umklammere das Glas in meiner Hand und
schweige.

Wir sehen uns lange an. Unsere Augen glänzen. Der
Wein enthält Rubinsplitter, die im Licht tanzen und ro-
sige Flecken auf unsere Haut malen, wie eine winzige
Discokugel.

Unser Schweigen scheint mir schön.

Später wächst ein Lächeln. Auch ein Bedauern.

Und ein untröstlicher Kummer.

»Das einzige Verlangen, das mir jetzt noch bleibt, Emma,
ist, mich zu verlieren, mich in der Welt aufzulösen, ein
Teil davon zu werden. In allem zu sein. In dir zu sein.«

Schließlich stellt er erschöpft sein Weinglas ab und
sagt: »Ich habe nicht genug auf dich geachtet.«

Er bittet mich um Verzeihung.

Und unsere Schmerzen übermannen uns.

84

Ich höre noch seine Stimme.

»Ein Wort haben Sie heute in mir verschwinden lassen,
Emmanuelle. Schamhaftigkeit.«

Ich gebe zu, dass ich errötete.

85

Einige Erinnerungen an Olivier und mich.

Im Cinéac gab es eine Bob-Fosse-Retrospektive, und
wir sahen dort *Lenny*. Im Saal waren nur wir beide, und
Olivier setzte mich auf sich. Ich habe noch nie beim Sex
so viel gelacht. Und es war noch nie so unbequem.

Der erste Ring, den er mir geschenkt hat. Die Metall-
öse einer Schweppesdose. Der Diamant kommt später,
sagte er, und ich war sehr glücklich.

Das erste Mal, als meine Regel verspätet kam. Er
brachte mir Blumen, Champagner, ein riesiges Obst-
paket, das Schwangerschaftsbuch von Laurence Per-
noud, und meine Regel kam wieder.

Wir hatten uns fest vorgenommen, niemals einen
Hund zu haben. Einander nie zu betrügen. Uns niemals
zu trennen.

Unsere Begeisterung, als wir einen Corton Closrognet

2004 aus Méo-Camuzet verkostet hatten, mehr als zweihundert Euro pro Flasche, und er vierundzwanzig Flaschen davon bestellte.

Unser Lachen an dem Abend, als er einen winzigen
Diamanten mitbrachte, um ihn auf den Dosenverschluss
zu montieren. Ich war ehrlich, als ich ja sagte, ehrlich,
als ich dachte, es würde ewig halten.

Der erste Schmerz, der später mein Unbefriedigtsein
ankündigen würde, ich bin zwanzig, er verschlingt mein
Geschlecht, aber er ist nicht bei mir.

Zwanzig.

»Schon!«, hatte die kleine Ziege gesagt.

86

»Sie lauschte auf die Glöckchen einer Herde, die man
nach Hause trieb, und sie wurde sehr traurig. Ein Gerfalke, auf dem Weg zu seinem Nest, streifte sie mit seinen Flügeln. Sie erschauerte.«

Etappe 2. Château de Berne.

87

Der Arzt ist reizend. Der provenzalische Tonfall verleiht
den harten Worten die Leichtigkeit eines Gesangs. Er
studiert Oliviers Akte, telefoniert mit Doktor Haytayan und passt nach einer Blutuntersuchung und einer
neuen Computertomographie die Morphiumdosis an,
verordnet Physiotherapie und einen Termin beim Ernährungsberater, weil sich Oliviers Geschmack inzwi-

schen ständig ändert. Heute verträgt er keinen Käse, kein Fleisch, keine Eier oder Kompott, gestern waren es Milchprodukte, Brot, Kaffee. Und natürlich ist der Arzt gegen meine Idee, einen kleinen Motorroller zu mieten, aber ich mache es trotzdem.

Ein altes Vorhaben, das Olivier und ich damals geplant hatten, als wir glaubten, wir hätten Zeit, ein Italienausflug mit Vespa, Monteriggioni, Colle di Val d'Elsa, Volterra, ein Duft von *Roman Holidays* in der Toskana, aber die Jahre vergingen, die Vorhaben verflüchtigten sich und die Leben sind vorbei.

Es ist schön.

Wir haben uns mit zwei langen Wollschals aneinandergebunden, weil es ihm schwer fällt, sich an mir festzuhalten. Seine Arme haben keine Kraft mehr.

Auf dem Sattel des knatternden Motorrollers sind unsere Körper vereint, erbärmlich, plump, weit entfernt von der virtuosen Eleganz der leichten Körper im Ballett der *Verklärten Nacht*; wir fahren die lange chaotische Straße entlang, die zwischen eingezäunten Weinbergen, Schirmpinien, Eichen und Zypressen zum Château de Berne führt; die Sonne lässt die zartgrünen Blätter glänzen, Vögel fliegen vor uns auf, Fasane fliehen, Füchse verschwinden, und Olivier, an meinem Rücken festgezurrt, neigt sich gefährlich in den Kurven, also fahre ich langsamer und schreie: »Wir sind in Italien! Olivier, wir sind angekommen! Sieh, da hinten liegt Siena! Und dort Monteriggioni!« Ich schreie laut, damit man meinen Kummer nicht hört. »Ich bin glücklich mit dir!« »Ich mag es, dich in meinem Rücken zu spüren!« »Wir fliegen gleich los!« »Ich liebe dich!« Dann verschwindet das Vorderrad des Motorrollers plötzlich in einem Schlagloch, und wir fallen zu Boden, die Maschine fährt noch ein paar Meter allein weiter, wir bleiben aneinandergefesselt unbeweglich am erdigen Straßenrand liegen. Plötzlich habe ich große Angst, aber nach ein paar Schrecksekunden fängst du an zu lachen, und dein Lachen steckt mich an, und das, Olivier, ist eine der schönsten Erinnerungen, die ich an uns habe, und dafür danke ich dir.

88

Das Château de Berne am Ortsausgang von Lorgues, Richtung Salernes, steht seit dem achtzehnten Jahrhundert im Herzen von fünf Hektar Natur, umgeben von Eichen und einem außergewöhnlichen Pinienwald, der die Weinberge vor Wind, Hagel und Frost schützt. Es ist ein verlorener Ort, an dem wir versuchen, uns wiederzufinden.

Von unserem Zimmer mit zwei großen Betten, weißen Wänden, grauem Parkett und Möbeln mit Patina blickt man auf den Wald, und wir fühlen uns wie in einer Kabine der Molly Aida, die im Herzen des peruanischen Urwalds zum Stillstand gekommen ist, wo Fitzcarraldo davon geträumt hat, Enrico Caruso Verdi singen zu lassen.

Als der Physiotherapeut weg ist, gehen wir nach unten und setzen uns in der milden Wärme des Abends an einen Tisch auf der Terrasse. Wir folgen dem Rat des Kellners, kosten den Rosé des Châteaus, elegante Lachsfarbe, glänzend, mit funkelnden Reflexen. Olivier schmeckt intensive Aromen von gelbfleischigen Früchten und Spuren von Zitrusfrüchten; damit die Mischung perfekt wird, bestellt er einen Teller mit stachligen Artischocken mit Basilikum und gegrillter Rotbarbe.

Heute Abend fühlt er sich gut, er ruft die Kinder an, hat wieder etwas Appetit. Die Sonne vergoldet seine Haut, er ist schön. Wenn man ihn lachen sieht und reden hört, könnte sich niemand vorstellen, welche Verheerungen, was für ein Massaker der Krebs schon in ihm angerichtet hat, und vermuten, dass er gerade jetzt, mit einem Glas Rosé in der Hand, seine letzten Stunden, letzten Tage durchlebt.

Später am Abend lernen wir Jacques kennen.

89

Ich lasse Olivier allein, um mir eine Jacke aus dem Zimmer zu holen, aber vor allem, um dort einen Anflug von Traurigkeit zu unterdrücken, denn wenn ich ihn lachen und trinken und von der Zukunft sprechen sehe, von einem Abstecher, den er von den Weinen der Provence hin zu einem Saint-Julien machen will, muss ich daran denken, dass es sein letzter Frühling ist, dass er seinen Geburtstag im Hochsommer wahrscheinlich nicht mehr feiern wird; um mein unbeherrschbares Zittern zu überwinden, weil ein verkürztes Leben so ungerecht ist und wir absolut unfähig, ohnmächtig sind, jemanden zurückzuhalten, der stirbt: Uns fehlt diese Kraft, keine Liebe kann einen Sturz verhindern.

Das Schweigen besiegt das Lachen.

Der Nebel löst die Bilder auf.

Die Trauer übermannt die Zurückbleibenden.

Und irgendwann hat man genug von der Trauer.

Irgendwann überlebt man.

Etwas beschämt.

Aber sogar die Scham löst sich am Ende auf.

90

Ich werde sagen, dass ich die riesige Freude gekannt habe, auf Erden gewesen zu sein, getanzt, gelebt, das Leuchten der Sterne gesehen zu haben, den Regen, den Kitzel, den Taumel gekostet zu haben, glücklich gewesen zu sein, absolut, vorbehaltlos, trotz der heftigen Schläge, der kurzen Wirbel, trotz des Verrats, der Schattenflecken und allem, was uns eines Tages verlässt und isoliert. Und trotz all dem werde ich sagen, dass das Schönste noch kommt.

91

Eseleien für dumme Puten.

Jacques sitzt bei Olivier, an dem Tisch, von dem ich eben aufgestanden bin. Sie haben eine neue Flasche Wein bestellt, diesmal Roten – eine Note von Himbeeren, Johannisbeeren, Kirschen, getrockneten Früchten und, wenn man ihnen glaubt, ein angenehmer Abgang von Kaffee, Backpflaumenkonfitüre und Schokolade –, perfekt mit dem kräftigen Käse, den sie sich teilen.

Ich bringe ihm einen dicken Pullover, der Abend ist kühl, etwas feucht.

Er stellt mir Jacques vor, um die sechzig, weiße Haare und Bart, ein schönes, behutsames Lächeln.

Jacques hat in der Werbung Karriere gemacht, er war ein brillanter Redakteur. Er hat Preise gewonnen. Wurde ziemlich schnell Kreativdirektor, das heißt unter anderem, wie er grinsend erklärt, ein fettes Gehalt, ein fettes Auto und eine schlanke Assistentin. Andere Werbekampagnen, andere Preise, eine Scheidung. Und dann Langeweile. Lust auf etwas anderes. Lust, sich selbst näher zu kommen. Endlosen Meetings zu entfliehen. Auch den Kompromissen. Er erzählt von Fotos von Sharon Stone oder Jane Fonda, die so stark retuschiert waren, dass er auf den Anzeigen ihre Namen erwähnen musste, damit das Publikum sie erkennt. Er ist mit ziemlich viel Geld weggegangen, hat versucht, ein Buch zu schreiben. Einen Roman über das alles. Etwas, was wichtig sein sollte. Nützlich. Endgültig. »Aber zwischen den fünf Zeilen einer *Bodycopy* über ein Antifaltenserum und den dreihundert Seiten eines Lebens klafft ein Abgrund, und in den bin ich gestürzt.« Er hat Paris verlassen und sich im Süden niedergelassen. In einer winzigen Kunstgalerie in Le Thoronet verkauft er den Touristen Bretter aus lokalem Holz (Korkeiche, Kastanie, Zeder), die mit Aphorismen beschriftet sind, zu denen ihn »das Leben« inspiriert. *Die Wahrheit steckt in dir. Steh auf und verändere die Welt. Der andere ist ein Weg. Jeder Morgen ist der Anfang eines Lebens. Die Liebe ist der umweltfreundlichste Motor.* Variationen auf T-Shirts. Auf Bechern. Schiebermützen und Filzhausschuhe auf Bestellung. Dann kam die Lust zurück, längere Sätze zu schreiben. Deshalb hat er sich eine Woche hier, im Château de Berne, geleistet, um wieder anzufangen. In Ruhe. Im Herzen des Pinienwaldes. Inmitten der Schönheit.

»Und?«, frage ich.

»Der erste Satz ist der schwierigste«, antwortet Jacques. Wir lachen. Ich bin glücklich, dich lachen zu sehen. Du erzählst Jacques von deiner Krankheit, erst ist er verstört, dann spricht er von Hoffnung. »Die Hoffnung ist das stärkste Gefühl, das man empfinden kann, stärker als Hass, als Liebe, stärker als Terror oder Gewalt.« »Verschone mich mit deinen Holzbrettsprüchen«, rufst du fröhlich. Aber Jacques lacht nicht mehr. Er hat Angst um dich. Er fragt, ob du dir deiner Entscheidung sicher bist. »Du könntest an die Wissenschaft glauben«, sagt er, »könntest hoffen, gerettet zu werden, das gab es schon, Leute, die man aufgegeben hatte, es gibt Heiler, Magnetiseure, sanfte Medizin, Homöopathen, es gibt Gott, es gibt afrikanische Medien, Buddhisten, es gibt tausend Möglichkeiten, um dich zu retten, du könntest deine Kinder aufwachsen sehen und all die schönen Dinge, auf die du Lust hast, ich weiß nicht was, Bhutan, Venedig.« »Ich habe das alles in den letzten Wochen gesehen«, antwortest du, »vielleicht nicht Bhutan oder Venedig, aber ich habe unvergessliche Stunden mit Emma verbracht, zweifellos die allerschönsten, und in ein paar Tagen werden unsere Kinder, unsere Freunde, ich hoffe auch du, werdet ihr alle da sein, wir werden einander sagen, dass wir uns lieben, und das wird wahr sein.« »Aber«, unterbricht ihn Jacques, »das alles kannst du tun, ohne«, er zögert bei dem Wort, »ohne dich aufzugeben.« »Ja, aber das haben wir nie getan. Man tut nie das, was man tun müsste, in dem Moment, wo man es tun müsste. Die, die man liebt, kommen immer als Letztes.« Du fängst an zu husten, weil die Wörter deinen Hals verstopfen, du bestellst eine weitere Flasche, ich möchte sagen, wir haben genug getrunken, aber ich halte mich zurück.

Wir bleiben lange draußen am Tisch sitzen. Es ist kühler geworden, und das Personal hat uns Decken gebracht.

Jacques erzählt von seinen Werbekampagnen für Mercedes, du findest, dass deren neuen Modelle wie Opel aussehen, du sprichst von BMW, von Design, von *Wastegate*, von Dingen, die ich nicht verstehe. Ich sehe euch beide an, vor drei Stunden habt ihr euch noch nicht gekannt. Ihr seid wie zwei alte Freunde, zwei junge Burschen, die von Karren und Mädchen reden, aber im Grunde nur von ihren Ängsten und ihren Hoffnungen. Ich bin gerührt. Ich finde euch schön. Ihr seid so lebendig.

Dann gehen wir hinauf in die Grande Suite, damit du deine Dosis Actiskenan einnimmst und dich beim Knistern des Kaminfeuers endlich ausruhst.

Als ich das Licht ausschalte, sagst du mit trockener Stimme: »Ich will in der Zeit, die mir bleibt, lieber tanzen, als mich ausruhen.«

Im Dunkeln siehst du nicht, dass ich weine.

Später, als ich nicht einschlafen kann, gehe ich allein wieder nach unten. Ich habe Lust auf ein letztes Glas, dann auf ein weiteres, das Bedürfnis, dem traurigen Wein das letzte Wort zu überlassen: Wut, Blues, Hass, egal; und der Kellner des Bistros bringt mir einen Grande Récolte, 2012, frische schwarze Früchte, Vanille und Sauerkirschen, nicht mehr Holzschuh, Ziegenfell oder sanfte Lippen, heute Nacht will ich trinken, sogar den Rachenputzer, den Mimi manchmal auf dem Campingplatz ausschenkte, trinken, weiter nichts, weil ich nicht schreien, nicht alles um mich herum zerschlagen kann, trinken, bis ich umfalle, weil das Fortgehen der Männer, die ich liebe, in mir eine ungekannte Wut auslöst.

»Ich werde mich mit dir betrinken.«

Ich zucke zusammen, hebe den Kopf.

Jacques lächelt mich an. Im Bademantel, mit zerzausten Haaren.

»Ich stand gerade am Fenster meines Zimmers und habe geraucht, da habe ich dich gesehen, und stell dir vor, ich habe gemerkt, dass ich auch noch Durst habe.«

Ich erwidere sein Lächeln und leere mein Glas, fülle es wieder und strecke es ihm hin, er trinkt es aus. Zwei effiziente kleine Trunkenbolde. »Ich versuche, dich einzuholen«, sagt er. Also gieße ich ihm noch mal ein und noch mal, der Kellner bringt uns eine neue Flasche und ein zweites Glas.

Jacques umfasst meine zitternden Hände.

»Ich weiß, dass ich auf meinen Holzbrettern viel Unsinn schreibe, aber was soll ich machen, die Leute lieben das. Einmal hat mich eine alte Frau sogar gefragt, ob ich etwas über Hunde hätte, ich hatte nichts und habe gesagt, sie soll am nächsten Tag wiederkommen. Dann gravierte ich in ein Holzstück, das von einer Hundehütte stammte, auf eine Seite: *Treue Hunde heilen jede Wunde*, und auf die Rückseite: *Es gibt nur einen, der mich mag und von dem ich niemals klag: mein Hund.* Sie war überglücklich, und um sich bei mir zu bedanken, hat sie ihre ganzen Freundinnen zu mir geschickt: So habe ich angefangen, Tierisches zu schreiben, über Katzen, Buchfinken, Hamster und sogar eine Pute.«

Er hält immer noch meine Hände fest, mein Zittern beruhigt sich langsam.

»Du denkst, ich kann nur Unsinn schreiben, aber ich sage dir, Emma, weil du die Dinge unterscheiden kannst, weil du Antworten suchst: Du darfst nicht versuchen zu verstehen, warum Dinge geschehen, warum Oliviers Krebs wiedergekommen ist, warum ihm das widerfährt. Manche Menschen glauben, wenn sie verstehen, warum eine Krankheit gekommen ist, werden sie wieder gesund. Sie weigern sich, das Geheimnis hinzunehmen. Es gibt ein Geheimnis des Lebens und ein Geheimnis des Todes, Emma, ein Geheimnis unseres verletzlichen Menschseins. Wir müssen akzeptieren, dass es Dinge gibt, die größer sind als wir, auf die wir keinen Einfluss haben. Nur so erkennen wir unsere Größe im Universum.«

Etappe 3. Château de Saint-Martin.

92

An den folgenden Tagen hören wir ununterbrochen *Tabula Rasa II*, von Arvo Pärt, und das *Ave Maria* von Caccini.

Wir essen Rochers von Suchard, was wir aus belanglosen ästhetischen Gründen nie gewagt hatten, besonders ich.

Wir sehen deinen Lieblingsfilm und meinen (während wir Rochers von Suchard essen, besonders ich).

Wir skypen mit Léa. Sie fragt, wie sie dich erreichen kann, wenn du fort bist. Ob du an Gespenster glaubst. Ob du eins sein wirst. Sie fragt, ob du Angst hast, und ihre großen Augen verdüstern sich.

»Wirst du wissen, was aus mir wird, Papa? Wirst du mich sehen?«

Am Strand von Saint-Raphaël trinken wir einen Léoville Poyferré 2009, während wir der Sonne zusehen, die ins Wasser eintaucht, wie eine Apfelsine, die rollt, fällt und unter einem Möbelstück verschwindet.

In einer Straße von Taradeau sagst du einem Fremden, dass du gerade stirbst, er senkt den Kopf und beschleunigt seinen Schritt.

Eines Nachts gerate ich in Panik, weil wir die Actiskenan-Kapseln nicht finden und ich zur Rettungsstelle des Krankenhauses fahren muss, um dir neue zu holen. Panik. Herzrhythmusstörung. Unglaubliche Freundlichkeit der Krankenpfleger.

Du sagst einem anderen Passanten, dass du stirbst, und diesmal fragt dich der Mann, ob er dir einen Traum erfüllen kann. Du lächelst ihn an und schweigst.

Vor der Touristeninformation versuchst du, den großen BMW zu verschenken, aber die Leute lachen und vermuten eine Sendung mit der *Versteckten Kamera*. Du schwörst, dass es nicht so ist, dass du ihn verschenken willst, weil du ihn nicht mehr brauchst, weil du bald weit weg sein wirst, und ein Mann fragt dich, wie du weit weg sein kannst, wenn du kein Auto hast; du antwortest, dass du Krebs hast, dass du ihn nicht mitnehmen wirst, daraufhin fragt dich der Mann nach dem Kilometerstand, der Leistung, dem Zubehör, dem Verbrauch und wie viel du dafür willst. »Ich schenke ihn Ihnen«, wiederholst du. Da beschimpft er dich als Betrüger und Dieb. »Wenn die Reichen anfangen zu betrügen, steht die Welt kopf.«

Wir brauchen eine Stunde, um die Nummer eines gewissen Frédéric Jeanmart zu finden, ich kenne ihn nicht, ein Freund aus deiner Kindheit. Du rufst ihn an. Er erinnert sich nicht gleich. Du erwähnst einen Schulhof. Eine Vespermahlzeit. Eine Nachbarin. Dann entschuldigst du dich bei ihm. Ich werde nie erfahren wofür. Und ich sehe, wie dein Gesicht sich beruhigt, trotz der Schmerzen, die wieder anfangen, des Blutspuckens, winzige Tropfen.

Wir erzählen uns Sachen, die wir nie auszusprechen gewagt haben. Dass du gerne Sex mit einer langbeinigen Schwarzen gehabt hättest. Dass du Caroline sehr gerne hast, weil sie deine dunklen Seiten akzeptiert. Sie erhellt. Dass ich dich gehasst habe an dem Tag, wo du mich – ich finde nicht die Worte – am Tag meiner ersten Tränen mit dir. Das macht dich wütend. Ich sage dir, dass wir keine Zeit mehr für Wut haben. Dass ich bei dir nur selten einen Orgasmus hatte. Aber dass ich deine Lust genossen habe.

Dass ich deinen Durst mochte.

Du stolperst auf dem Holzsteg, der zum Jardin Romantique im Château de Saint-Martin führt, und ich habe nicht die Kraft, dir aufzuhelfen. Ich rufe. Leute kommen angerannt. Sie tragen dich wie einen König in unser Zimmer. Der Arzt erhöht die Dosis der Opioide, und deine Augen scheinen zu erlöschen, wie die Glut im Kamin, wenn das Feuer der Kälte den Platz überlässt.

Es gelingt uns, Kontakt zur Filmautorin Alexandra Clert aufzunehmen, damit sie uns die nächste Staffel der Serie *Engrenages* erzählt, die du so magst. Sie stimmt zu, natürlich unter der Bedingung, dass wir niemandem etwas verraten. »Nicht einmal dort, wo ich hingehe?«, fragst du, und das Lachen von Alexandra Clert im Hörer ist warm und freundlich.

An einem Nachmittag, dem Tag, bevor alle kommen, liegen wir nebeneinander auf dem großen Baldachinbett von Lady Chatterley. Der Bettrahmen quietscht.

Das Fenster ist einen Spalt geöffnet. Die Vorhänge rascheln. Du atmest laut. Bedrohlich. Wir liegen lange still und schweigen. Aus Aberglauben. Dann, als der Abend kommt, als der Himmel sich rot färbt, suchen sich unsere Finger. Berühren sich. Dann unsere Hände. Unsere Arme. Mein Mund legt sich auf deine Schulter. Streift deinen Oberkörper. Spürt die verlorene Wärme. Das Salz. Kostet das Eisen deines Blutes. Findet das verbogene Gitter deiner Rippen. Deine Finger entdecken meine Brüste neu. Meine kühle, zitternde Haut. Meinen Rücken. Meine Hüften. Jede Bewegung ist sehr sanft und unser Verlangen voller Müdigkeit. Später nehme ich deinen Penis in den Mund, weil du es so gern hast und obwohl ich es nie mochte. Dein Glied ist allzu entkräftet, schwillt kaum an. Du stößt nur einen langen Seufzer aus. Die Traurigkeit der Saiten in einem Quartett von Dvořák.

Später lege ich den Kopf an deinen Hals. Finde ein letztes Mal meine Mulde.

Unsere Körper verabschieden sich voneinander.

Sie trennen sich, wie am Ende die Tänzer in der *Verklärten Nacht*, weil es nichts auf dieser Welt gibt, das nicht entsteht und in einem Schmerz zu Ende geht.

Heute Abend ist es vorbei mit unseren Ländern. Ist es vorbei mit unseren Inseln.

93

Ich möchte dich einen ganzen Tag lang bei mir behalten, wenn du gegangen bist.

94

»›Du Unglückliche! Weißt du denn nicht, dass in den Bergen der Wolf wartet? Was machst du, wenn er kommt?‹«

95

Alexandre, ich will dir sagen, dass Oliviers und mein Körper sich voneinander verabschiedet haben.

Ich will dir sagen, dass es ernst war und wehtat, aber traurig war es nicht. Seine Haut war kalt und sein Penis tot in meinem Mund.

Ich werde dir zuhören, wenn du mir antwortest, dass du es wusstest, dass man nur das letzte Mal mit Gewissheit erkennt, und du wirst mir zum ersten Mal sagen, dass du mich liebst, du wirst mir sagen, dass die Gegenwart unermesslich ist.

Dass sie von nun an meine Welt ist.

Ich werde dich bitten, dich mit mir darin niederzulassen. Und das wird ein Ja sein, wie bei einer Heirat.

Wie für einen Ball.

Einen Rausch.

96

Es ist das schönste der drei.

Ein Schloss, das mehr einem imposanten und komfortablen Familienhaus gleicht als einer Festung. Wände mit Patina, italienische Farben, hier und da abgeplatzt, bröckelnd, wie Tränen aus Stein. Wohlwollende Milde der Laubkronen riesiger Eichen, deren sprießende Blätter Schattenspatzen auf die Mauern, auf das Himmelblau der Eisentische, die Holzbänke und in die Beete mit gelben und weißen Blumen zeichnen. Dahinter der Jardin Romantique, den man über eine kleine Brücke erreicht: mit fröhlicher Unbekümmertheit geschnittene Hecken, hier und da versteckt kleine Steinstatuetten, die aussehen, als würden sie uns auslachen, und über unseren Köpfen Bambuskäfige mit unechten Vögeln, als wollten sie uns daran erinnern, dass man die echten nicht einsperrt. Das erinnert mich an Colettes dichterisch wirren Garten in La Treille Muscate, über den sie schrieb: »Sollte ich hier das erreicht haben, was man nicht zum zweiten Mal beginnt?«

Unser Zimmer, das Chambre Juigné, liegt in der ersten Etage, hier wurden, Gipfel der Ironie, Szenen von *Lady Chatterley* gedreht. Die Fenster gehen zum Park hinaus. Ganz hinten sieht man das steinerne Schwimmbecken. Das Zimmer ist kühl dank der rostbraunen Bodenplatten, die in jeder Jahreszeit kalt bleiben. Geblümte, köstlich altmodische Tapeten, provenzalische Louis-XVI-Möbel, ein kleiner runder Tisch, an dem ich schreibe, wenn Olivier schläft. Und dann das Himmelbett, die dicke, weiche Matratze, in die der leichte Körper meines Mannes nicht einmal mehr einsinkt. Dieses Bett ähnelt einer letzten Insel.

Das Château de Saint-Martin. Es ist das schönste der drei. Es ist das letzte.

Gelobtes Land. Sophie und Maurice kommen am Nachmittag, mit ihnen im Wagen eine wunderbare Überraschung für mich: Mimi, besser Michèle, in ihrem eleganten Damenkostüm. »Mach dich nicht lustig, Kleines, das ist ein Rendezvous. Ein Fest.«

Meine Mutter, Louis und Léa kommen im Zug, mieten am Bahnhof von Draguignan ein Auto und sind am frühen Abend bei uns.

Manon hat einen Flug London-Nizza gefunden, Jacques holt sie vom Flughafen ab und bringt sie her. Bei seiner Ankunft überreicht er mir ein Geschenk, ein Andenken an die bittere Trunkenheit im Château de Berne, eine wunderbare Boje, ein Palisanderbrett aus Brasilien, in das er vor dem Lackieren graviert hat: *Wenn dir die Vernunft keine Antwort gibt, suche sie in der Poesie.*

Auch die vier anderen Gästezimmer des Schlosses sind für uns reserviert. Sie tragen köstlich kitschige Namen: Marquise, Marquis, Empire und Meursault (zum Gedenken an Anna de Meursault, Tochter des Schlossbesitzers von Meursault im Burgund und Urgroßmutter der Comtesse de Gasquet, Thérèse, die hier lebt und uns jeden Tag begrüßt). Mimi kann nicht im Schloss schlafen, sie wird von Jacques aufgenommen, der nur ein paar Kilometer entfernt wohnt und mit dem sie in der ersten Nacht Kirschbrandy in kleinen, heimtückischen Schlucken verkostet. Der Schnaps verschafft ihnen unerwartete Kurzweil, sie trocknen ein paar Lachtränen, auch Tränen des Bedauerns, und zwischen ihr, die man in ihrer Glanzzeit Madame nannte, und dem Dichter, der *Die Liebe ist eine Rose ohne Dorn* in das Holz graviert, entsteht plötzlich eine Verbundenheit, eine echte Begegnung, eine Geschichte von Worten, die sich vereinen. »Sie sind schön, Sie sind verwirrend.« »Und Sie, Sie sind Eiche und Pappel zugleich, das mag ich sehr.«

»Ein Scheingefecht«, wird mir Michèle später gestehen, schön wie ein Geständnis, mit roten Wangen und warmen Händen, »ein letzter Liebesblitz, Kleines, eine letzte Gnade, wo ich nicht mehr an Glöckchen und die Nachsicht der Männer geglaubt hatte.«

Es gibt keine völlig vergrabene Schönheit.

97

Bevor alle da sind, bevor wir alle versammelt sind, bevor der endlose Abschied kommt, zieht mich Olivier in die kleine Chapelle Saint-François in Lorgues: fünfzig Stühle, ein kalkgeweißtes Gewölbe mit Rundbogen, und hinter der Kanzel, aus Marmor und Gold, in einer Nische, die Statue des Heiligsten Herzens Jesu, links von ihm der heilige Joseph und rechts der heilige Franz von Assisi.

Zum letzten Mal zusammen.

Er setzt sich in die erste Reihe, und ich sitze neben ihm.

Er atmet tief aus, als bemühe er sich, Leere in sich zu schaffen. Er sieht sich etwas verloren um. Reibt sich die Hände, da es kühl ist, fast kalt. Er hustet, und das Echo seines Hustens überrascht ihn.

Er lässt die Augen lange geschlossen.

Bevor er sie wieder öffnet, reibt er sie, und sie sind gerötet. Er nimmt meine Hand, seine ist eiskalt und zittert. Er sieht mich nicht an. Er flüstert. Er flüstert so leise, dass ich mit dem Ohr ganz dicht an seinen Mund gehen muss. Er sagt Worte, die ich von ihm nicht kenne. Die einem Gebet gleichen. Er fragt, ob er noch bleiben darf. Ein paar Monate. »Bitte! Obwohl ich gesagt habe, dass ich nicht kämpfen werde. Obwohl wir unsere Versprechen halten müssen und gehen, wenn die Zeit gekommen ist.« Er wendet mir sein Gesicht zu, und es ist sein Kindergesicht. Weiß. Glatt. Das ich nur von Fotos kenne. Sein Gesicht vor der Gewalt. Er lächelt mich an. Er sagt: »Vielleicht ist das alles wahr, Emma, dass wir gerettet werden, dass wir alle zusammenbleiben können, jetzt oder später, ich meine, eines Tages sind wir vielleicht alle wieder vereint.« Ich weiß es nicht. Heute Abend will ich es nicht ausschließen, will ich nicht glauben, dass das alles war. Dass wir nur das haben. Diese Kürze.

Ich sehe ihn an. Ich weine nicht. Aus Tränen ist noch nie etwas gewachsen.

Und als seine Nase wieder blutet, fange ich das Blut mit den Fingern auf und trinke es; ich weiß, es ist nun auf ewig in mir.

98

Du hast mir nie von Gott erzählt, Alexandre. Wir hatten keine Zeit.

Glaubst du, dass es vor uns etwas gab? Dass es nach uns etwas geben wird? Nach dir und mir?

Oder glaubst du, dass von der Liebe nur Asche bleibt?

Glaubst du, dass wir gesündigt haben?

Weil wir so furchtbar menschlich waren?

99

Während Olivier in der Kapelle mit geschlossenen Augen, gefalteten Händen und verknoteten Fingern vielleicht versucht, eine andere Anwesenheit als meine zu spüren, überlege ich mir, dass wir uns hier über das Leben nach dem Tod Gedanken machen, wo es doch viel Wichtigeres gibt, als das Leben nach dem Tod.

Das Leben vor dem Tod.

Diese winzige wunderbare Umlaufbahn.

100

Draußen ist die Nacht schwarz, still und tief.

Es bläst kein Wind. Die Grillen zirpen nicht. Eine furchterregende Stille. Beängstigend.

101

Während das Sevredol in der finstersten Stunde Oliviers Schmerzen noch für ein paar Augenblicke erstickt und sein Körper hochschreckt, als die Pein sich zu entfernen scheint, denke ich an den zu kurzen Weg mit Alexandre, an die winzigen Furchen des Verlangens, die wir gezogen haben und in denen der Samen keine Zeit zum Keimen hatte, an meine Erregung trotz des so überraschenden, so intensiven Verlustgefühls, die mir gezeigt hat, dass die Lust nicht nur die Sprache der Schreie, der Tränen oder des Lachens kennt, sondern auch die unendlich komplexe, beinahe religiöse Schönheit der Stille.

Ich sehe Oliviers vom Schmerz beherrschten Körper, diesen Körper, der am Ende selbst den Schmerz bewohnt, die ruhige Gestalt, wie ein Almosen der Nacht, eine Pietà aus Schatten, und unwillkürlich denke ich an den Körper meines Vaters, der in einem Krankenhausbett endete, mit einer Sauerstoffmaske auf dem Gesicht und mehreren Infusionsnadeln wie Unheilbringer im Handrücken und in der Brust. Ich denke an seine weißen Haare, die stellenweise violette Haut, die Leberflecke, die ich zuvor nie bemerkt hatte, an seinen entblößten, verkümmerten Körper, der mich seit der Kindheit und den Versprechungen von Tigern, Amerika und den mechanischen Werkstätten an einem Mittwochnachmittag nicht mehr umarmt hatte. Ich erinnere mich, dass ich ihm beim Schlafen zugesehen habe, es war das erste Mal, dass ich ihn schlafen sah, normalerweise wachen die Väter über die Kinder, bemühen sich die Väter, bewahren sie die Kinder vor dem Bösen und der Brutalität des Verlangens. Damals ahnte ich den Schmerz der Väter, ihre entsetzliche Ohnmacht, und ergriff seine kalte und blaue Hand. Mit meiner kleinen Hand konnte ich nur drei Finger drücken, ich drückte sie, so fest ich konnte, aber sie blieben steinern, er brummte kaum. Ich nutzte dieses winzige Lebenszeichen, um ihn zu fragen, ob er Angst habe, ob er in Frieden lebe, ob er an Engel glaube, an die Vergebung der Sünden, an das, was man uns am Sonntag beim Gottesdienst versprach. »Ich bin die Auferstehung und das Leben: Wer an mich glaubt, der wird leben, ob er gleich stürbe.« Um ihn zu fragen, ob er froh gewesen sei, dass ich seine Tochter war, und er brummte, die Kehle trocken wie Sandpapier, und er hob mit seiner

216

freien Hand die Atemmaske und flüsterte: »Drück mich aus.«

Ich drückte ihn ganz fest. Ich hatte das letzte Wort nicht gehört.

Sein Tod ließ mich ohne Antwort, ich wuchs in dieser Kälte auf, und drei Jahrzehnte später hat mich das geflammte Fell eines wilden Tieres gewärmt, ich habe endlich gewusst, dass ich ihn immer geliebt habe, und erkannt, dass ich es ihm nie gesagt habe.

Die Worte, die man nie ausspricht, sind die, die am meisten wehtun.

102

Alexandre war ein Brandstifter, und ich hatte Lust, entzündet zu werden.

Er war ein Kartograph, der meine weißen Flecken entdeckt hatte.

Ein Mann, der meine Grammatik erraten hatte.

103

»Kinder, schaut die runden Ebenen / Die Blüten, von Bienen umschwirrt / Schaut den Teich, die Felder, schaut sie vor der Liebe / Denn nachher sieht man nichts mehr von der Welt«.

Ich möchte, dass wir lachen.

Es ist ein strahlender Tag, Postkartenhimmel. Wir sind allein im Schloss, allein im Jardin Romantique, wo ein großer Tisch gedeckt ist, weiße Tischdecke, weiße Teller, Silberbesteck, Wein von hier, Grande Réserve, dunkle Farbe mit rubinfarbenem Schimmer, Geruch fruchtig, Kirsche und Erdbeere, Gaumen mit feinen Taninen, ein fröhlicher Wein, der in Strömen fließt. Und die Frühlingsmahlzeit hat ein virtuoser Koch aus Vidauban zubereitet, weil das Schloss kein Restaurant hat.

Ein milder, angenehmer Tagesanbruch. Olivier hat schlecht geschlafen. Ist mit Atemnot und heftiger Migräne aufgewacht. Verwirrt. Die Sprache durch Klagen überlagert. Erbrechen. Nach einer Stunde Heilgymnastik geht es ihm besser. Seit zwei Tagen erhöht der Arzt die Schmerzmittel stark. Er hat mich beiseite genommen: »Genau alle zwei Stunden, verpassen Sie keine Dosis, sein Körper hängt nur an einem Faden. Innerlich versagt alles, es ist ein Sturm der Stärke 9, ohne Medikament wäre der Schmerz unvorstellbar, sogar der Medizin fehlen die Worte dafür. Stellen Sie sich ein Klavier auf Ihrer Brust vor, so stark wäre der Schmerz. Ein kleines Klavier, hundertvierzig Kilo. Ein unmenschlicher Schmerz. Er hätte nicht einmal genug Kraft, um zu schreien.« Ich habe mich nicht getraut zu fragen, wie viel Zeit ihm noch bleibt. Zum Abschied sagte der Arzt: »Es ist gut, dass die Familie bei ihm ist.« Das war die Antwort.

Olivier sinkt in den Schlaf wie ein Stein. Ich gehe hinunter in den Garten, treffe dort niemanden. In dem

Anbau, wo sich der Laden und der Raum für die Wein-
verkostung befinden, riecht es nach Alkohol, feuchtem
Holz und Pilzen. Dort treffe ich den Praktikanten, den
man uns am Vortag vorgestellt hat, neunzehn oder
zwanzig, groß, helle Haut, kräftige Hände, ich winke ihn
heran, und kaum ist er bei mir, packe ich ihn am Arm,
ziehe ihn in einer Walzerbewegung in den kleinen Flur,
wo sich eine Treppe und ein Waschbecken verbergen.
Ich drücke ihn gegen die Wand, die Überraschung lässt
ihn einen Moment erstarren. Meine Wangen röten sich
vor Dreistigkeit, mein Atem wird schneller, ich packe
seine großen Hände, lege sie auf meine Brüste, streichle
sie, zerdrücke sie, führe eine Hand zu meinem Bauch.
»Berühre mich, bitte, berühre mich, mein Mann stirbt,
ich muss mich lebendig fühlen.« Die steifen Finger des
Jungen fangen an, sich zu bewegen, er schließt die Augen, ich presse mich an ihn, flüstere ihm ins Ohr. »Gut
so, gut so, danke, mach weiter, stärker, du tust mir nicht
weh.« Sein hechelnder Atem ist warm und säuerlich an
meinem Hals. Seine Lippen suchen meinen Mund, aber
ich wende das Gesicht ab, ich will keinen Kuss, nicht
von ihm, nicht diese tragische Intimität, nur seine ungeschickten übereifrigen Finger. Plötzlich lässt uns das
Geräusch von Schritten auf der Treppe erstarren, ich
erkenne das Schnalzen der Finger, die rhythmisch auf
den Stufen stampfenden Schuhe, ich höre die heisere,
freundliche Stimme, die »Pas de boogie woogie avant
de faire vos prières du soir«, »Kein Boogie-Woogie vor
dem Abendgebet« singt. Ich drehe mich zu Maurice um,
plötzlich glücklich, ohne zu wissen warum, ich öffne
die Arme, der Junge entschwindet wie ein verängstigtes
Tier, das man aus einer Falle befreit, und wir brechen

beide in Gelächter aus, der Sänger fremder Worte und die verlorene Frau, ein wildes Lachen.

Gestern waren die Kinder erschüttert, als sie ihren Vater gesehen haben. Léa streichelte sein blasses Gesicht, küsste seine erloschenen Augen. Sie berührte seine Haare, sagte, dass die, die sie damals mit Filzstift gemalt hatte, viel schöner waren. Louis blieb auf Abstand, Olivier winkte ihn zu sich. Er flüsterte ihm lange ins Ohr, und unser Sohn fing an zu weinen, bevor er seinen Vater umarmte. Manon hatte seit ihrer Ankunft nicht mit mir gesprochen, sie wollte mit ihm allein sein, und ich weiß nicht, was sie gesagt haben.

Später am Abend bat Louis Maurice, Brel zu singen, *Le Moribond.* »Je veux qu'on rie / Je veux qu'on danse / Je veux qu'on s'amuse comme des fous«, »Ich will, dass man lacht / Ich will, dass man tanzt / Ich will, dass man sich königlich amüsiert«. Maurice zögerte, sein Adamsapfel spielte verrückt, Brel, hier, jetzt, dieses Lied, das ist ernst, das ist wie Bach in der Kirche. Aber er war trotzdem schwankend aufgestanden und hatte gesungen, und da kamen meine Kinder endlich auch zu mir und griffen nach meinen Händen, sie sangen, weinten und lachten, weil ihr Vater weinte und lachte, sie waren schön in ihrem Kummer darüber, so brutal die Sanftmut der Kindheit zu verlassen. Für die Zeit eines Liedes fanden wir uns wieder, waren unsere Körper wieder beisammen, umhüllt von unseren einstigen Düften, Milch am Hals von Manon, Benco-Kakao auf den Lippen von Louis, geschnittenes Gras in den Haaren von Léa; später am Abend, als jeder verstand, dass wir die, die wir lieben, gehen lassen müssen, dass wir lernen müssen, sie in uns fließen zu lassen, gab es einen letzten Moment der Gnade; und plötzlich frischte der Wind auf, der Berg färbte sich violett, und ich erinnerte mich an das *schon* der Ziege von Monsieur Seguin, ich dachte an alles, was so schnell geschieht, an alles, für das man nicht die Zeit hatte, es bis zur Neige zu genießen, an alles, was man nicht genug getragen, nicht genug geprägt, nicht genug verschlungen hat, an all das, was man in dem Moment verliert, in dem es geschieht.

Als Olivier einschlief, blieb ich mit den Kindern draußen in der feuchten Nacht, und wir sprachen von ihm; Mimi brachte Decken und Wein, und Manon bat sie, bei uns zu bleiben. Louis begrüßte sie mit einem höflichen »Ahuava«, über das wir alle lächeln mussten (er meint »Salut, ça va?«). Später kamen Jacques, meine Mutter, Sophie und ihr Sänger, und wir waren ein einziger Körper, ein einziger Atem. Wir sprachen leise, um die bösen Geister der Nacht nicht aufzuwecken. Wir tranken auf Olivier. Wir tranken auf unser Leben und auf alles, was uns verbindet. Léa brachte einen Toast auf die Schönheit der Sterne aus, »weil jeder Stern jemand gewesen ist«, sagte sie, sie trank das erste Glas Wein ihres Lebens, einen leichten Rosé, ihre Wangen wurden angeknipst wie zwei Glühbirnen, sie verlangte ein zweites, bekam es, und wir amüsierten uns alle. Später kam der Praktikant und bot uns an, ein Feuer zu machen, die Kinder schrien »Ja! Ja!«, sie gingen mit ihm in den Jardin Romantique und sammelten tote Äste auf, das trockene Holz brannte schnell, und die Flammen stiegen hoch in die Dunkelheit, sie ließen unsere Augen glänzen, wärmten unsere Körper, malten tanzende, fröhliche Schatten auf unsere Gesichter. Meine Mutter ging als Erste in ihr

Zimmer, weil ihr trotz Wein, trotz Feuer kalt war, dann Maurice, den der Alkohol erschöpft hatte; Mimi unterhielt die fasziniert lauschenden Kinder lange mit ihren Campingplatzgeschichten, ein Neugeborenes, das eines Tages im Duschraum vergessen wurde, eine Großmutter, die ihr Gebiss suchte und die keiner verstand, eine rote Perücke, die bei den Boule-Kugeln wiedergefunden wurde, und Unterhosen, mein Gott, Dutzende Pantys, was macht man damit? Taschentücher, schlug Louis vor. Puppenkleider, sagte Léa. Mützen für Glatzköpfe, überbot sie Louis und zeigte auf das Fenster von Maurice' Zimmer. Ihre Albernheiten machten uns glücklich.

Meine Mutter hat ihr Haar kurz geschnitten. Ich erinnere mich, dass sie es auch kurz geschnitten hatte, als mein Vater starb. Dadurch wirkt ihr Gesicht kindlicher, etwas verloren, und verloren ist sie auch. »Ich ertrinke, der Kummer ist ein Strudel, ein gefährlicher Fluss, er schneidet die Finger an der Wasseroberfläche ab, und man sieht unsre Schreie nicht«, hat sie gestern Abend gesagt. Heute sitzt sie am Tisch neben Olivier. Wenn sie ihn ansieht, beginnt sie zu weinen, wenn sie ihn nicht ansieht, weint sie auch. Er versucht sie mit Jacques' Sentenzen abzulenken, diesmal auf Kastanienholz, *Der Tod ist eine Geburt, Die Freude fließt in uns wie Blut, öffnen wir unsere Adern,* aber das amüsiert sie überhaupt nicht. »Wie kannst du über all das lachen, Olivier, über so ein Grauen, so eine Tragödie.« Aber Oliviers Lachen, obwohl es größere Mühe hat, in seinem zerstörten Körper zu lavieren, ist noch schön und großzügig.

Olivier nimmt meine Hand und küsst sie. Der Wein macht ihn heiter, scheint ihn zu erleichtern. »Ich danke

dir für das alles, Emma, die Mahlzeit, das Fest, ach, könnte es bloß noch etwas weitergehen, ein ganzes Leben,
warum mussten wir bis jetzt darauf warten? Los, trinken
wir, trinken wir mehr, dieser Wein ist gut, er ist leicht,
ich bin dem Kerl nicht mehr böse, der dich verrückt
gemacht hat, Emma, der dich schön gemacht hat, du
warst schön mit ihm, schön, wie ich es mir nie hätte vorstellen können.« Olivier lacht, er ist betrunken. »Wenn
ich ihn dort oben treffe, werden wir über dich reden,
und nachher werde ich mit Maurice singen.« Mit leiser
Stimme fragt er: »Findest du nicht, dass er ziemlich hässlich ist? Liebe macht blind.« Am anderen Ende des Tisches hebt Maurice sein Glas in unsere Richtung. Sophie
ist wahnsinnig verliebt. »Er gibt mir Gesangsunterricht«,
vertraut sie mir ganz aufgeregt an, »wir werden Duette
singen, wie Johnny und Sylvie in der Glanzzeit von *J'ai
un problème*, ach, Emma, ich bin so glücklich, schade,
dass ich ihn so spät kennenlerne, und er raucht so viel,
das macht mir Sorgen, nicht wegen seiner Stimme, nein,
du weißt schon, was ich meine, oh, entschuldige, das ist
nicht der richtige Moment, es tut mir so leid um Olivier.
Wenn du wüsstest. Meine Freundin. Meine Schwester.«

Am Tisch, gegenüber den Sängern, trinkt Mimi behutsam Wein, und Jacques trinkt ihre Worte. »Der Mann ist
ein Herz oder er ist nichts«, verkündet er. Ihre Worte
gestern Abend waren wie eine Verlobung, die ultimative
Elektrizität zwischen ihnen, die Brandungswelle hat ihr
ganzes Elend fortgetragen. Heute halten sie sich an der
Hand.

Gestern sind Mimi und ich uns um den Hals gefallen,
ihr Kommen war ein Geschenk, wie ein mütterliches
Erbarmen. »Für dich wäre ich barfuß durch den Schnee

gekommen, Kleines. Schön ist das, was du machst. Du klebst tausend Stücke von Leben zusammen für eine unendliche Erinnerung. Das berührt mich, Emma, du hast eine einzigartige Zärtlichkeit, das ist dein Diamant. Ich habe den Botschafter von einem dieser Männer-Länder getroffen, der für diesen Diamanten sein Vermögen gegeben hätte.« Ich habe gelächelt. »Bei diesen ganzen Gefühlen kriege ich Lust, zu rauchen, und weißt du was, Kleines, das mache ich. Ja, das mache ich.« Und Mimi hatte ihre Zigarette angezündet. Nach zehnjähriger Pause. Sofort fand sie die Eleganz der Bewegung wieder, der Ellbogen gebeugt, der Unterarm nach oben gestreckt, das Handgelenk geknickt, ein Newton-Foto. Sie zog gierig, wie der Atemzug eines Neugeborenen, die Hitze verteilte sich in ihrer Kehle, ihrer Brust, der Schwindel verdrehte ihre hellen Augen, die weiß wurden, sie schüttelte sich, dann blies sie den Rauch durch Nase und Mund aus und lachte wie eine glückliche Frau, eine betrunkene Frau. »Ach, Kleines, o mein Gott, das ist so gut, fast unanständig, was für ein wunderbarer Gedanke, dass diese kleine Dosis Tabak auch meine überflüssigen, belastenden Pfunde schmelzen, meine Linie wieder zum Vorschein bringen kann. Früher hat mir so mancher Rüpel nachgepfiffen. Jacques hat die richtigen Hände für Rundungen, trotzdem ziehen die Männer zierliche Körper vor, sie geben ihnen das Gefühl, Beschützer zu sein. Es gibt Worte, die ich niemals hatte, so wie Blumen, die man mir niemals geschenkt hat, Worte, die einen an Dinge glauben lassen, die man verloren wähnte. Ein paar davon hat er mir gestern Abend um den Hals gelegt, wie eine Perlenkette.« Und plötzlich wurde mir kalt, weil ich an Alexandre dachte, an die

Worte, die seine Augen auf meinen Rücken geschrieben hatten, in Lille, Brasserie André, an alle Worte, die wir aus unseren Leben vertrieben hatten, weil sie klein, schmutzig und misstrauisch waren. Weil ich an die maßlose Leere dachte, die er in mir geschaffen hatte, um sich darin einzurichten, und weil er nicht gekommen war.

Wir sind heute nicht beisammen, weil Olivier sterben wird, sondern weil er lebt.

Wir reden über Gott, wir reden über die Engel und über unsere Väter, wir reden über Musik, über Wein, über Wind und über Gewitter, wir reden über die Hässlichkeit der Autos von heute, über elegante Damen in einem Delahaye oder einem Thunderbird, die Hüte mit Federn trugen, wir reden über die Schandtaten der Politiker, wir reden über die Sterne und über die Unendlichkeit, darüber, dass wir in allem sind, im Wind, im Laub der Bäume, im Wasser der Flüsse, in den Steinen der Wälder, in den Federn der Vögel. »Und in den Kuhfladen«, ergänzt Léa kichernd, »wegen des Kreislaufs der Erde, dem Regen, dem wiedergekäuten Gras«; wir reden darüber, dass man niemals ganz verschwindet, immer weiterlebt, bis zum unendlich Kleinen.

Mimi hat sich mit der Comtesse de Saint-Martin eingelassen, einem Weißwein von 2013, »ein kleines Gedicht«, sagt sie, und Jacques, verliebt, beschwipst, flüstert ihr ins Ohr: »Ich habe deine Schönheit gesehen, du bist das Gedicht, du bist ein Rondeau, meine Mimi.« Sie lacht und streichelt die Wange des Dichters auf Holz. »Gravier mir ein Rondeau auf ein Rundholz.« Vor dem Dessert bringt Louis uns mit seinen Fragen an Maurice zum Lachen. »Warum hast du nicht lieber Goldman gesungen? Oder Renaud?« »Ich weiß nicht, das fiel mir so ein. Eine

Offenbarung unter der Dusche.« »Ist dir Sankt Eddy erschienen? Weißt du, dass Eddy Mitchell über den Beaujolais gesagt hat, dass die guten Jahrgänge die Fliesen reinigen und die schlechten sie zerkratzen.« »Ach ja? Nein, das wusste ich nicht. Ich mag Beaujolais gerne.« »Du solltest aber doch mal eine kleine Perücke mit einer Schmalzlocke vorn probieren.« »Louis!« Gelächter, ohne Bosheit.

Der Wein aus einem umkippenden Glas malt einen purpurroten Fleck auf die Tischdecke, eine Pareidolie, die mich an eine vom Sand aufgesogene Welle, ein Verschwinden erinnert. Der Wind frischt auf.

Schaut euch die violetten Berge an, die Stiefmütterchen, die sich sanft schließen, wie Sonnenplisseeröcke, schaut euch die zerfransten Spitzen aus rosa Wolken an und die Pinien, die in den Schatten gleiten, die Kirchtürme, die im Wind verschwinden, die Schmetterlinge, die zu Boden sinken; schaut sie vor der Liebe, denn nachher sieht man nichts mehr von der Welt.

Meine Mutter hat Angst und geht in ihr Zimmer.

Im Jardin Romantique, unter den Käfigen, die jetzt von kleinen Strahlern beleuchtet werden, tanzen Mimi und Jacques, Sophie und Maurice und meine Kinder unter den belustigten, spöttischen Blicken der Statuen, ein kleiner Frühlingsball, zu Liedern von den Counting Crows, Adele, Anthony & The Johnsons. Ich bleibe bei Olivier. Wir halten uns an den Händen, sehen uns an, und die hübschen Dinge wie die hässlichen tauchen wieder auf. Er sagt, »Es tut mir leid«, und ich wiederhole, »Es tut mir leid«. Die Nachtlampions entblößen sein letztes Gesicht, tiefliegende Augen, vorstehende Backenknochen, der Adamsapfel wie eine kleine Granate. Eine

Kränkung. Der Tod liebt es, die Schönheit zu entstellen, als würde er das Bedauern nicht ertragen. Olivier trinkt weiter, und ich trinke, um seinen Rausch, seine Verzweiflung zu teilen, ich trinke, um das beredte Schweigen zu erreichen, mit ihm hinabzusteigen, um seine Hand nicht loszulassen, und außerdem, weil wir gerne zusammen trinken; und als der Wein über sein Kinn rinnt, wie aus einem Leck, weil sein Körper am Ende ist, als er seinen Hemdkragen durchnässt, als er sein Glas wieder abstellt und mir tief in die Augen sieht, sagt er, »Ich habe immer gedacht, dass man vor dem Sterben sensationelle Erklärungen abgibt, ein Vermächtnis hinterlässt, wichtige Worte, ich habe wohl zu viele Filme gesehen, Emma, zu viel Blödsinn; was ich dir sagen will, was ich dir noch sagen muss, ist, dass es mich ankotzt, zu krepieren, es kotzt mich an, diese Scheiße zu werden, ich kann nicht mehr stehen, ich bin froh, dass es aufhört, und dennoch würde ich alles, was ich habe, dafür hergeben, noch ein bisschen zu bleiben, ohne Schmerzen zu gehen, mit dir am Arm, zu atmen, die Luft zu verschlingen, es ist so hart, aufzuhören, das raubt so viel Zeit. Sag mir, Emma, hast du mich geliebt?« »Ja.«

105

Emma *aima* (liebte).

106

Soeben habe ich verstanden, warum meine Mutter mich niemals Emma genannt hat.

Wegen der Vergangenheitsform von *lieben*.

Sie hat immer Emmanuelle vorgezogen, weil es etwas Denunzierendes hat: die Endsilbe *elle* (sie); *sie* war es, *sie* hat mir Mutterschaften vorenthalten, *sie* hat einen Mann verlassen, der sie liebte, und ihre drei wunderbaren Kinder, *sie* hat sich einem Unbekannten an den Hals geworfen, *sie* ist abgehauen, wie der letzte Dreck, auf einen Campingplatz, zu einer alten Prostituierten, einer Zuhälterin sogar, *sie*, die weder die Geduld noch den Glauben hatte, *sie* hüpft jetzt zerfressen von Gewissensbissen um ihren Mann herum, der im Sterben liegt, der arme Mann, *sie*, was für eine Schandtat ist ihr Leben.

Aber ich kann mich irren. Kompliziert war es immer für *sie*.

Meine Mutter.

107

Olivier schläft sehr unruhig. Kleine Blutblasen platzen auf seinen Lippen, wie die Blasen der Fische an der Wasseroberfläche, wie kleine Granatapfelkerne. Er stöhnt, und sein Leiden macht mich schwach.

Später wecke ich ihn, um ihm vier Tabletten Moscontin zu verabreichen. Die Pupillenverengung macht seine Augen zu denen eines gehetzten Tieres. Wächserne Haut. Kalter Schweiß. Unruhe. Ich bleibe neben ihm auf dem Bett sitzen und streichle sein Gesicht. Ich habe keine Tränen.

Wir sind Träume geworden.

Ich bin ein Stein am Ufer, aber ich kenne die unsichtbare Tiefe der Flüsse.

Wenn einer mich aufhebt, hebt er auch meine Geschichte auf.

Wenn er meine Worte verschlingt, verschlingt er auch mich.

Nach diesen beiden Tagen bei Olivier will meine Mutter mit den Kindern nach Bondues zurückzufahren.

Bevor sie aufbrechen, besuchen sie ihren Vater, er liegt reglos im Bett von Lady Chatterley, ein Körper mit unklaren Umrissen; sie verabschieden sich von ihm, Léa weint und küsst seine Hände, sie sagen ihm, dass sie ihn lieben, dass sie traurig sind, dass sie sich wiedersehen werden, danach. Niemand traut sich zu fragen wonach.

Wir frühstücken zum letzten Mal alle zusammen, eine große Runde im Schatten einer grünen Eiche. Ich erinnere mich, dass Olivier einmal gesagt hat, er liebe das Leben auch wegen der Frische eines gepressten Orangensaftes, und Manon wischt die Träne ab, die meine Wange hinabfließt, und da weiß ich, dass wir uns wiedergefunden haben. Dann reden wir über alles, außer darüber. Über die nächsten Sommerferien. Über einen kaputten Computer zu Hause. Über Zoo, der in seiner Hundepension sicher schon verrückt wird.

»Das ist das Leben«, sagt Léa.

Am späten Vormittag fahren Mimi, Jacques, Sophie und Maurice zusammen weg. Für ein paar Tage nach Cavalaire. Menschenleere Frühlingsstrände. Das erste Bad mit viel Geschrei, weil das Wasser noch eisig ist. Das Lachen ihres neuen Glücks. Gekühlter Rosé am Abend. Ihr Verlangen als Paare, die Träume mit dem anderen, von dem man diesmal hofft, dass es der Letzte sein wird.

Jacques hat beschlossen, alles zu verkaufen und sich in Cucq niederzulassen, auf Mimis Campingplatz, Pardon, Madame, in Mimis Freilufthotel; er wird dort ein Atelier für Holzschnitt, eine Schreibwerkstatt für Aphorismen und für die begabtesten Schüler einen Kurs für Haikus anbieten. Einen hat er für Mimi gedichtet:

Sie sah mich an
Während die schwarzen
Amseln vom Himmel fielen.

Maurice und Sophie werden im Duett auf Hochzeiten singen, sie werden die Lieder von Bruel und Matisyahu lernen, um die einträglicheren Bar-Mizwas zu beleben, und er wird weiter mit ihr schlafen, immer zweimal.

Und ich, allein geblieben in diesem Zimmer, wo ich darauf warte, bereit zu sein, wo ich mir den Mantel der Gewissensbisse vom Körper reiße und versuche, einen unmöglichen Mut aufzubringen, ich sehe manchmal Alexandre draußen, sein eleganter Körper irrt durch die Gärten, verschwindet dann und wann hinter einer Hecke, sein Mund verschmilzt mit den Blumen. Er setzt sich oft auf eine Bank, schlägt lässig die Beine übereinander, dann habe ich den Eindruck, er warte auf mich, und während der Physiotherapeut sich um Olivier kümmert oder der Ernährungsberater seine Menüs entwirft, gehe ich zu ihm hinunter, setze mich wenige Meter von ihm entfernt auf eine Bank und beobachte, ohne dass er mich sieht, seine Lippen, sein Lächeln, das Grübchen, die langen schwarzen Wimpern, diesen Zauber, ich stelle mir die Worte vor, die er mir sagen könnte, und jedes Mal spüre ich eine elektrische Entladung im Unterleib. Meine Wangen röten sich wie am ersten Tag, und ich fühle mich wieder nackt. Manchmal treffen sich unsere Blicke, lebhaft, instinktiv, sie scheinen zu spielen, zu hüpfen, irgendwo zu landen, wie ein springender Gummiball, auf einem Ohrläppchen, dem Rand eines Nasenflügels, *Almásys Bosporus*, und schließlich auf unseren Seufzern, und immer habe ich Lust, in diese Frucht zu beißen, das Blut zu trinken, Lust auf Spritzer, auf Flecken und Narben, Lust, seinen Mund zu küssen, noch nicht ihn, nicht schon den Mann, nur seine Lippen zu verschlingen, und er lächelt, und ich weiß, dass ich eine begehrte Frau bin.

Du hast recht, Alexandre, die Gegenwart ist gewaltig, dahin muss man gehen.

108

Aus dem Gedächtnis.

Am Ende des Stückes von Kleist tritt Penthesilea aus der Höhle, Mund, Hände, Arme sind blutig. Die Königin der Amazonen spottet über die anderen: »Es gibt so viele Frauen, die sich ihren Liebhabern an den Hals hängen und ihnen zuflüstern, ich liebe dich so, ich liebe dich so sehr, dass ich dich auffressen könnte, und kaum denken sie daran, sind sie entsetzt; also ich habe es getan.«

Liebe kennt keine Grenzen.

109

Wenn Olivier schläft, gehe ich manchmal hinunter in den Jardin Romantique. Spaziere dort umher.

Meine Finger streifen die Rinde der Bäume, die Blätter der Liguster und der Platanen, sie bohren sich in die Erde, aus der die Veilchen, die großen blauen Glockenblumen, der purpurrote Fingerhut mit langen Kelchen wachsen; meine Finger liebkosen die laue Luft, versuchen, die Partikel von Alexandre einzufangen, die wie die Fallschirmchen einer Pusteblume um mich, um uns alle herumschwirren und ernüchtert die Welt zeichnen, die hätte sein sollen.

110

Gegen Ende bin ich abends lange wachgeblieben, um mich an ein bestimmtes Wort von ihm zu erinnern, an einen Geruch, um wieder sein Schweigen zu hören, das so beredt war wie Seufzer.

Und die Müdigkeit hat meine Haut grau werden lassen, meine Augen ausgelöscht, meinen Schritt schwer gemacht.

Ich würde so gern der Banalität unseres Lebens Dank sagen, an das Fieber rühren, das Ungreifbare greifen.

So gern wäre ich in ihm zerschellt, hätte mich in ihm aufgelöst, hätte die winzige Grenze zwischen den Dingen, die sensiblen tektonischen Platten in uns berührt, die das Gefühl erschüttern und mikroskopische Risse verursachen, die manchmal in den Abgrund führen und manchmal zum Glück.

Weder meine Verzweiflung noch sein zerquetschter Körper, den ich in mir trage, haben mich vom Weg abgebracht.

Ich bin treu geblieben. Ich glaube immer noch an die Leidenschaft.

Ich glaube noch immer an das Feuer, das das Leben unermesslich macht.

111

Die finstere Stunde ist da.

Die Stunde des Rattengifts, des Treppensturzes.

Die Stunde der Freude und der Scham, keine Hoffnung mehr zu haben.

Die Stunde des Unwetters von weither, aus uralten Zeiten, das alles, Moral und Kummer, mitnimmt und bei Tagesanbruch die Gnade der hellen, ruhigen und endlosen Landschaften mit sich bringt.

Ich habe Angst und ich bin bereit.

Hindert mich nicht daran. Versprecht mir nicht die Seligkeit derer, die ein Wunder erwarten. Zeigt mir nicht mit dem Finger die Betenden.

Ich rede von Liebe.

Ich rede von dem, was man aus Liebe tun kann und was man noch nicht weiß.

112

»Dann drang vom Berg ein Heulen an ihr Ohr.«

113

Ich bin früher nachts oft durch die Straßen eines Dorfes oder einer Stadt gelaufen, auch durch die Domaine de la Vigne in Bondues, und habe mich immer gewundert, dass man niemals Frauen stöhnen, Männer schreien hört, niemals die Häuser wackeln sieht, weder Lachen noch Seufzer nach der Liebe vernimmt, nicht hinter dunklen Fenstern die Flamme eines Feuerzeugs, das glimmende Ende einer Zigarette, das Porzellanweiß eines Frauengesichtes erblickt, das die Wangen an einer Fensterscheibe kühlt.

Ich habe auf die Nacht gewartet, weil sie die Umrisse verwischt, die Gesichter verschwimmen lässt und die Blicke starr macht. Weil man in ihr verschwindet.

Ich gehöre nicht zu denen, die als Kinder Angst vor ihr hatten. Die Nacht war ein weiter, warmer Mantel, ich hörte die Stimme meines Vaters oder die meiner Mutter, die mir vom traurigen Schicksal von Lily Bart, der verborgenen Liebe Consuelos, der mörderischen Eifersucht von Anne de Guilleroy oder die Tragödie der kleinen Ziege von Daudet vorlasen; und seit Blanquette und dem Wolf, seit dem Blut ist die Nacht für mich das geblieben, was die Sterne tanzen lässt und den Weg zum Morgen vorzeichnet, zum blassen Leuchten am Horizont, zum Krähen des heiseren Hahns, das von einem Bauernhof heraufdringt, wie der Rauch eines Feuers auf nassem Holz; die Nacht ist für mich zur Hoffnung geworden, bis zum Morgen durchzuhalten, die Schmerzen fortfliegen zu sehen, bevor man verschwindet.

Ich warte auf das Herz der Nacht. Auf den Moment, in dem die Finsternis umgeht und die Welt einhüllt.

Jetzt.

Sein erschöpfter Körper kämpft mit einem Albtraum.

Ich lege die Hand auf seine Schulter. Ich schüttele ihn sanft, wie ich es tat, um unsere Kinder an den Wintermorgen zu wecken, wenn es noch dunkel war und man trotzdem aufstehen, die zu heiße Milch trinken, sich anziehen, das Haus verlassen und im Licht der Straßenlaternen zur Schule gehen musste.

Er knurrt.

Ich sage: »Tut mir leid, es ist Zeit für die Medizin.«

Ich sage ihm, dass ich ihn liebe.

Seine Augen bleiben geschlossen. Seine Lippen lächeln. Er versucht, sich auszuziehen. Er möchte nackt sterben.

Und meine Finger tanzen. Vor Entsetzen.

Ich stecke ihm eine erste Tablette in den Mund. Eine zweite. Eine dritte. Gebe ihm einen Schluck Wasser. Er schluckt. Dann weitere Tabletten. Zehn. Elf. Zwölf. Alle aus der Schachtel, die ich angeblich verloren hatte. Ich sage ihm auf Wiedersehen. Er schluckt alle. Ohne das Gesicht zu verziehen. Ohne zu leiden.

Sein Lächeln.

Dann fällt sein Kopf zur Seite, versinkt im Kopfkissen. Er hat die Schönheit, die man sich für den Schläfer von Rimbaud erträumte.

Draußen ist es Nacht, schlafend und finster.

Es ist windstill. Die Grillen zirpen nicht mehr.

Um uns herrscht eine furchterregende, unmenschliche Stille, als die Glut seines Atems vor dem Erlöschen steht.

114

In dieser entsetzlichen Stille ertönt plötzlich die Stimme von Alexandre.

Ich höre seine Worte, die mich empfangen hatten.

Ich höre, woran er glaubte, woran ich nunmehr glaube und was die Vorstellung des Glücks ins Wanken bringt: Die Gegenwart ist die einzige Gewissheit, die einzig mögliche Insel in der Leere.

In ihr müssen wir alle leben.

Da werde ich zum Schrei.

115

Ich stürze zu Olivier.

Ich öffne seinen Mund. Ich stecke zwei Finger in seinen Hals, aber nichts passiert. Ich schiebe Zeige- und Mittelfinger tiefer. Ich brülle seinen Vornamen. Dann kommt ein erster Krampf. Ein zweiter. Und aus seinen flüssigen und warmen Eingeweiden quellen die Tabletten hervor, die zum Atemstillstand, zum Ende führen sollten.

Er erbricht eine durchsichtige Flüssigkeit, ich nehme die Finger aus seinem Mund, und er erbricht weiter, und wie bei Manon und Louis, wie bei Léa mündet dieser Schmerz in einem Schrei, einem geflügelten Schrecken; meine verrosteten Tränen mischen sich mit meinem Lachen und mein Lachen mit meinen ersten Worten: »Du stirbst nicht, Olivier, du bist hier, ich bin hier, die Gegenwart ist das Leben, und du bist noch da, man lebt jede Sekunde.« Im Flur geht ein Licht an, ich höre Schritte und schnelle, heftige Schläge gegen meine Zimmertür, eine panische Stimme fragt: »Ist alles in Ordnung? Sollen wir jemanden rufen?« Und ich brülle mit der Stimme einer Wahnsinnigen, die kurz vor dem Ersticken aus der Tiefe an die Oberfläche zurückkehrt: »Rufen Sie einen Krankenwagen, mein Mann lebt, mein Mann lebt!«

Sein Kopf liegt auf meinen Knien, ich streichle seine heiße Stirn, er zittert am ganzen Körper.

Der Schmerz liegt zu unseren Füßen.

Ich flüstere ihm Worte zu, die nur uns gehört haben.

Ich singe ihm leise die Worte des *Miserere* von Leonora ins Ohr, »Tu vedrai che amore in terra / Mai del mio no fu più forte«, »Du wirst sehen, dass keine Liebe auf Erden / größer war als meine«.

Ich lasse ihn langsam wieder zum Licht aufsteigen.

Ich erinnere mich auch an dieses Sprichwort: »Man liebt zu sehr, wenn man daran stirbt.«

Ich bin mit ihm in einer nicht körperlichen Liebe verbunden, wie Penthesilea, Cio-Cio-San, Leonora, Fosca und so viele andere.

Rettungssanitäter kommen ins Zimmer, und das Ballett beginnt: Kräftige Arme heben seinen Körper hoch, legen ihn auf eine Trage und binden ihn fest, Hände stechen Nadeln in seinen Arm und schließen eine Transfusion an, sein Mund wird von einer Sauerstoffmaske bedeckt, sein Körper von einer leichten isothermischen Decke. Jemand trennt unsere Finger, löst unsere Körper voneinander, und Olivier verschwindet im Herzen der dunklen Choreographie; eine sanfte Stimme bittet mich zu wiederholen, was passiert ist, die zwölf Moscontin-Kapseln, der Rotwein, das herbeigeführte Erbrechen. Dann sagt die sanfte und warme Stimme, dass sie ihn nach Draguignan, in die Poliklinik Notre-Dame bringen, dass sie seine Akte mitnehmen, dass ich hinterherfahren kann, wenn ich einen Wagen habe, »Aber es eilt nicht, Madame, es eilt nicht, er wird zur Intensivstation gebracht, Sie können ihn nicht sofort besuchen, nicht vor morgen Mittag«, und plötzlich ist das Zimmer leer, wie ein Kriegsschauplatz nach einer Evakuierung.

116

»Gleich darauf ertönte weit weg im Tal ein Horn.«

117

Die Blitze des Blaulichts. Faszinierender Stroboskopeffekt. Das blaue Schlagen eines Herzens. Dazwischen die elektrische Nacht. Die verhallende Sirene in der Ferne.

Der Krankenwagen, der Olivier mitnimmt, entfernt sich in höchster Eile, weil er noch lebt, weil noch eine Chance bleibt, eine minimale Aussicht auf Freude, und alle Tränen, die ich für den Tag zurückgehalten hatte, an dem ich sie wirklich brauchen würde, strömen aus meinen Augen, aus meinem Mund, aus den Wunden, die das Pommes-Messer meinen Händen wie Tätowierungen zugefügt hat. Sie überschwemmen das Zimmer, durchtränken den Teppich, durchnässen die Laken, und ich bleibe lange auf der Oberfläche dieses Salzwassers liegen, treibe, ohne zu kämpfen, gebe mich hin, endlich leicht, zum ersten Mal seit langer Zeit.

118

Ein Toter hat einen Lebenden gerettet.

119

»Es dauerte die ganze Nacht. Ab und zu sah die Ziege von Monsieur Seguin die Sterne am hellen Himmel tanzen.«

120

Die Nacht ist ein Kampf. Ein Kriegstanz.

Der Morgen lässt ihn am Leben.

In einigen Tagen wird er ins Centre Antoine Lacassagne in Nizza oder ins CHRU von Lille verlegt, das entscheiden wir noch.

Dann Polychemotherapie, vier Wochen Knochenmarksaplasie, Transfusionen von Blutplättchen und weißen Blutkörperchen, Maßnahmen zur Infektionsvorbeugung, Isolierung, in der Hoffnung, dass es nicht zu spät ist, dass sich das Knochenmark regeneriert, dass die Zahl der weißen Blutkörperchen wieder ansteigt.

Am frühen Nachmittag komme ich mit geröteten Augen, mitgenommen, hässlich in die Poliklinik. Widerlicher Kaffee aus dem Automaten. Überfüllte Wartesäle. Zerfetzte Zeitschriften der Vormonate. Gott, wie die Zeit rennt, und wie egal einem plötzlich die Schlagzeilen sind! Ich gehe jede Viertelstunde zu ihm und sehe nichts. Nur ein Gewirr von Schläuchen. Das schneeweiße Laken. Seine bleiche Stirn.

Später am Nachmittag verständige ich meine Mutter und die Kinder. Meine Mutter: »O Herr, meine Gebete waren nicht umsonst, danke! Was geschieht, ist ein Segen, Emmanuelle, eine Chance, das Übel, das du angerichtet hast, wiedergutzumachen.« Léa schluchzt, sie sagt: »Es ist gut, dass Papa seine Meinung geändert hat, dass er beschlossen hat, zu leben«, und ich pflichte ihr bei, und aus dem Schluchzen fängt sie an zu lachen, und wir lachen vor lauter Freude. Manon und Louis wollen in den nächsten Zug springen, aber ich sage ihnen, dass das sinnlos ist, dass wir in ein paar Tagen alle in Lille sein werden, und Louis dankt mir für das, was ich getan habe, ohne zu wissen, was ich wirklich getan habe, und darin sehe ich den nächsten Schritt unserer Wiederannäherung.

Ich habe weder Sophie noch Mimi angerufen. Es ist wunderbar, sie mir in Cavalaire beim Trinken, beim Tanzen, bei der Liebe vorzustellen. Um nichts in der Welt möchte ich einen Schatten auf ihr Glück werfen.

Das Juigné-Zimmer wurde gereinigt, es bleibt kein Geruch, keine Spur von den Schrecken der vergangenen Nacht, die verwelkten, verblassten Stiefmütterchen in den Vasen wurden durch weiße, fast leuchtende Tulpen ersetzt.

Meine Augen sind trocken, ich habe keine Tränen mehr, und ich habe das Gefühl, ich werde nie mehr welche haben. Ich bleibe lange auf dem Bett liegen, ich erinnere mich an die Austern und den Wein, am ersten Tag, an dem der Krebs Teil unserer Leben geworden ist, ich erinnere mich an die Haare, die Léa mit Filzstiften auf seinen Schädel gemalt hat, an unseren Sturz mit dem Motorroller, erst vor wenigen Tagen, und an seinen fröhlichen Schreck, der sein letztes Geschenk war.

Ich will sagen, das Gewicht eines Toten ist mir ins Blut übergegangen.

Später klopft die Putzfrau an die Tür, nein danke, ich brauche keine neuen Handtücher, auch kein Wasser, keine Seife, und mein Kummer ist auch noch nicht aufgebraucht, er muss auch nicht gewechselt werden.

Ich will sagen, ich suche die Leere, weil die Leere mir ähnlich ist.

Später öffne ich die Spange, die mein Haar zusammenhält, und lasse es auf meine Schultern fließen, ich knöpfe die Pyjamajacke auf, und meine blasse, stellenweise fast durchscheinende Haut, meine Brüste, meine hellen Warzenhöfe nehmen die Spektralfarbe des Mondes auf, der zwischen den Gardinen eindringt, ich schiebe meine bequeme Jogginghose nach unten, sie rutscht im Zeitlupentempo auf die Knöchel, und meine Beine schütteln sie mit einer kleinen Bewegung, die dem eleganten Schritt der Reiher gleicht, wie einen kleinen toten Körper, eine Krone ohne Königin, einen Blutspritzer von mir weg. Ich bin nackt und müde, ich lege mich an eure Körper, ich gehe in euch auf und schlafe zwischen euch ein.

121

»›Endlich!‹, sagte die arme Ziege, die nur noch auf den Tag gewartet hatte, um zu sterben; und sie streckte sich mit ihrem schönen weißen, blutbefleckten Fell auf dem Boden aus.

Da stürzte sich der Wolf auf die Ziege und fraß sie auf.«

122

Später lasse ich den letzten Kummer hinaus; ich öffne das Fenster des Juigné-Zimmers und schaue auf den sonnendurchfluteten Park, wo das Leben bei Tagesanbruch immer wiederkommt, und ich schreie: »Ein Mann lebt! Ein Mann lebt, und ich habe ihn geliebt!«

123

Vor dem halboffenen Fenster.

Der Wind ist friedlich. Er streichelt meine Haut, gleitet über meine Schultern, verliert sich in meinen Haaren. Mein Bauch ist kalt.

Es ist ein Morgen auf Erden. Unter tausend anderen. Gezackter Himmel, orangeroter, violetter und gelber Fries. Ein Hahn kräht. Ein Bauernhof. Rauch, wie ein Zopf, der gelöst wird und sich entfaltet. Stille und ein paar kleine Messerstiche in dieser Stille, wie der weit entfernte Motor eines Rollers.

Ich wache auf, der Donner ist vorbei.

Am späten Vormittag gehe ich wieder in die Poliklinik.

»Ihr Mann war gerade beim MRT und beim PET-Scan«, sagt eine Krankenschwester, »sein Zustand ist stabil, was *ermutigend* sein kann«, erklärt sie, »ich betone kann.«

Die Hoffnung eines Lebens hängt manchmal an einem Adjektiv mit zehn Buchstaben. Im Zimmer sitzt Caroline neben ihm.

124

»Das haben Sie von Ihrer Ohrfeige. Dadurch habe ich verstanden, dass Sie ihn geliebt und verloren haben, und ich habe verstanden, dass ich ihn liebe und ihn nicht verlieren möchte. Manon hat mir gesagt, dass er gerettet werden will.«

Ich nehme das reizende Mädchen, das kaum älter ist als meine Tochter, in die Arme, ich flüstere ihr deinen Vornamen ins Ohr, Alexandre, und sage ihr, dass du ihn gerettet hast, du, der mich verlassen hat.

125

Lille. Die Monate vergehen. Der Sommer vergeht.

Olivier ist zu Hause, sein Blut erzählt eine bessere Geschichte.

Wenn das Wetter mild ist, führt ihn Caroline manchmal unter unseren alten Apfelbaum, in den Schatten seiner freundlichen, niedrigen Äste, sie schaut von weitem zu den Golfspielern, wie man in die Zukunft sieht, dann schmiegt sie sich an ihn und schaudert, wenn sie erschüttert die Gnade und die Ewigkeit der Gegenwart entdeckt.

Ich habe die Wohnung von Sophie übernommen, wo mich meine Kinder oft zum Mittag oder am Abend besuchen, für eine Mahlzeit, eine Liebkosung, eine Geschichte. Für einen Kinobesuch am Samstag oder Einkäufe, für die kostbare Freude, beisammen, beruhigt zu sein. Ich begleite sie zurück nach Bondues und verbringe etwas Zeit mit Olivier. Caroline hat genug Taktgefühl, uns allein zu lassen. In der Stille finden wir uns am besten, da, wo keine Frage zu stellen ist, weil wir beide die Antwort kennen.

An einem Nachmittag, als ich grade losgehen will, sagt Olivier »Danke«, wie man um Vergebung bittet, aber im Gegensatz zu meinem Vater sagt er warum.

»Weil du unser Versprechen nicht gehalten hast.«

Das Versprechen der Zwanzigjährigen, nach dem, wenn einer von uns in einem unmenschlichen Körper enden sollte, der andere ihn vor einen Lastwagen stoßen, ihn eine Treppe hinunterwerfen oder ihm Törtchen mit Rattengift backen würde – das Einfachste für ihn.

Da endet die Straße, die uns getrennt und von neuem vereint hat.

126

Jetzt kann ich es gestehen. Ich wollte sehr oft meine Arme an den Körper legen, wie ein Vogel seine Flügel, und mich fallen lassen, auf dem Boden zerschellen, mit einem dumpfen Geräusch verstummen.

Aber dann hätte ich nicht im Wind getanzt. Wäre ich nicht das Blut eines Mannes gewesen.

127

Der letzte Akt.

Wir treffen uns alle Ende August in Mimis Freiluft-hotel wieder, »um die Schönheit des Lebens zu feiern«, wie sie verkündet hat.

Der Campingplatz Pomme de Pin, der zwei Tage lang für andere Gäste geschlossen bleibt, ist mit Tafeln aus Eiche, Ahorn oder Birke geschmückt, die an den Bäumen, der Ladentür, dem Imbissstand, den Duschräumen hängen und auf denen der Dichter unvergessliche Sprüche eingeritzt hat: *Liebe ist ein Lied, aber ich habe keine Stimme mehr, Die Hoffnung ist mächtiger als eine Atombombe, Deine Liebe tötet mich und ich bin am Leben, Aufgestanden! Das Leben hat begonnen!*

Herr Boghossian, den die Ankunft von Jacques in Mimis Leben und auf dem Campingplatz betrübt hat, bleibt stoisch. »Weißt du, kleine Emma, ich wusste es, ich habe es im Satz des Kaffees gelesen, den ich ihr im *Gezvé* zubereitet habe und den sie getrunken hat. Ich habe den Bodensatz umgerührt, wie es mich mein Vater gelehrt hatte, und die Tasse umgedreht, rechts vom Griff ist die Zukunft, und in den Gebilden des Satzes sah ich Männerhände, die nicht meine waren, da habe ich es verstanden, ich war *derdoum, derdoum,* traurig, traurig, aber ich habe nichts gesagt, ich hatte meinen Anteil Glück mit ihr, meine Vulkane.«

Er hat eine lange Banketttafel gedeckt, die aus zehn mit großen Laken bedeckten Klapptischen besteht, darauf nicht zusammenpassendes Geschirr, das die Feriengäste im Laufe der Sommer vergessen haben, und zwei anständige Weinfässchen, Roter, Grande Réserve, und Rosé vom Château Saint-Martin, wir sind schließlich keine Wilden. Am anderen Ende des Tisches sitzt neben Mimi ein Mann um die vierzig mit schönem Gesicht, regelmäßigen Gesichtszügen und hellen Augen, er trägt einen kürbisfarbenen Pullover. Fasziniert sehe ich Mimi an, ich wage es nicht zu glauben, sie lächelt mir zu und

nickt ganz leicht, ich möchte meine Freude heraus-
schreien, aber sie legt den Zeigefinger auf die Lippen,
und ich verstehe, dass es noch ihr Geheimnis ist.

Picknick-Mahlzeit, lecker, sättigend: Wurst, Pâté,
Käse, »Lasst euch nicht zu viel Zeit«, sagt jemand, »der
Ziegenkäse läuft!«, Rohkost zum Dippen, eine Aus-
wahl von Soßen, Weißkäse mit Curry, Mayonnaise mit
Schnittlauch, Joghurt mit Kumin, »Verdammt, kann mal
einer diese Wespen erschlagen!«, Landbrot für die Herren, Chips in zarten Farben für die Damen, Reigen von
Desserts, Schnaps mit armenischem Kaffee, »Finden Sie
nicht, dass er wie Teer aussieht?« Maurice verlangt Cognac, einen alten Armagnac, »und meinen Hintern als
Draufgabe?«, kontert die Wirtin mit schallendem Lachen.
»Ich, ich möchte bitte den Hintern«, flüstert Jacques. Olivier ist glücklich, und obwohl er sein Vorkriegsgewicht
noch nicht wieder erreicht hat, obwohl sein Gesicht
noch eingefallen und blass ist, lacht er mit Jacques, sie
schreiben beschwipst Aphorismen, Louis gesellt sich zu
ihnen und schlägt ihnen jüngere Wörter, angesagtere
Ausdrücke vor. »Sonst verkaufst du deine Bretter nie,
Jacquot.« »Nennst du mich jetzt Jacquot?« Caroline wacht
mit ihren reizenden Augen und ihrem Reh-Herzen über
Olivier, manchmal küsst sie ihn auf den Hals, streichelt
seine Hand, legt ihre Beine auf seins, und jedes Mal
lächelt mein Mann, beruhigt, verliebt. Später bietet Maurice an, eins der letzten Lieder von Eddy Mitchell zu
singen, *Quelque chose a changé*, wir protestieren wie
Säufer in einem Bistro an einem Fußballabend, Manon
steht lachend auf. »Du musst etwas ändern, Maurice.«
»Ändere deine Haare!«, unterbricht sie Louis. »Er ist sehr
schön, wie er ist!«, ruft Sophie, »versuch es mal mit Phar-

rell Williams«, schlägt Manon vor, und zur allgemeinen Überraschung stimmt Maurice *Happy* an, »Happy, bring me down, can't nothing«. Es ist ein wunderbarer Moment, Sophie zappelt auf ihrem Stuhl wie ein Kind, das zur Toilette muss, aber wegen dem, was passiert, keine Sekunde verschwinden kann. »Oh, Meinmann, wunderbar, wunderbar«, flüstert sie mit feuchten Lippen. »Ich bete dich an, du hast sie zum Schweigen gebracht.« Danach wird gelacht, gepfiffen, angestoßen, und Manon wirft Maurice gerührt einen Kuss zu; Herr Boghossian ist sehr bewegt, die Augen rot wie der Wein, er fragt Léa, ob sie ihn heiraten will, wenn sie groß ist, er verspricht, ihr den Aragaz und den Porak zu zeigen, zwei wunderschöne Vulkane seines Landes, sie Börek und Haschlama kosten, Dugh und Tariri trinken zu lassen, und Léa lacht ihr Kinderlachen. »Wenn ich groß bin, bist du vielleicht schon tot.« Herr Boghossian zuckt etwas enttäuscht mit den Schultern. »Sicher hast du recht, kleine Léa. *Tver, tver*, die Zahlen, die Zahlen, o weh, ich kann nicht so gut zählen.« Er gießt sich mit zitternden Händen noch ein kleines Glas Rosé aus dem Fässchen ein, und ich sehe, vielleicht als Einzige, wie seine Augen sich trüben, wie die Asche der Vulkane aus seiner Heimat seine Haut verdunkelt, ich sehe, wie sein Gesicht sich verzieht, während er mit schwerem und unsicherem Schritt zu seinem Wohnwagen geht. Wir trinken weiter, weil der Wein das Leben leichter macht und die Worte so schön fliegen lässt wie aufsteigende Luftballons. Sophie ist betrunken und schlummert eine ganze Weile in den Armen von Meinmann, dessen Gesicht durch die Alkoholmischung in einem seligen Ausdruck erstarrt ist, eine Art weicher, wächserner, merkwürdiger Doppelgänger, wie die leblosen Gesichter im Musée Grévin. Der Mann mit dem Kürbispullover flüstert Mimi etwas ins Ohr, sie streichelt seine Wange, trocknet sich die Augen. Wie schön ist die Freude, die in einem Gesicht erwacht.

Die Stumpfheit siegt. Schläfrigkeit legt sich über uns. Ein paar Wespen schwirren um die Wurstreste. Ein Schmetterling hat sich auf den Rand meines Glases gesetzt, und Léa streckt die Finger aus, Millimeter um Millimeter, aber er entfliegt, zwei blaue, glänzende Flügel mit gelbem Saum. Maurice schnarcht in der Sonne mit offenem Mund. Ein Film von Renoir.

Irgendwann fährt Mimi hoch, wie von der Tarantel gestochen, sodass ihr Stuhl und Jacques in den Sand fallen. Wir werden munter, amüsieren uns, Maurice wacht auf. »Was ist los? Wer ist da?« Mimi klatscht in die Hände und verkündet das Programm: »Nach diesem Festmahl bringt uns Emma in die Oper am Strand, los, los, aufwachen!« Meine Kinder klatschen, Olivier lächelt mir zu, ein Lächeln von früher, Caroline nimmt behutsam seinen Arm, wie für ein Pas de deux, Mimi läuft zwischen ihren beiden Männern, die Zigarette zwischen den Lippen, und die ganze Schar setzt sich in Bewegung, ein fröhlicher, schwankender Zug. Wir gehen zum größten Opernsaal der Welt, wo Herr Boghossian mit geröteten Augen auf uns wartet. Die Stühle und Luftmatratzen sind auf dem Sand verteilt, die Lautsprecher aufgestellt. Ein paar anisettefarbene Sonnenschirme strafen jeden Lügen, der behauptet, dass es hier nie lange schön sei, und nörgelt, Le Touquet nehme unter den regenreichsten Städten Frankreichs den sechsten Platz ein.

La Traviata.

Paris, 1850. Ein junger Mann aus gutem Hause verliebt sich in eine Kurtisane. Der Vater des jungen Mannes überzeugt sie, mit ihm zu brechen. Aber die Gefühle brechen nicht. Als der Verliebte zu seiner Schönen zurückkehrt, ist es zu spät, die Tuberkulose hat sie zerstört, sie stirbt in seinen Armen, nachdem sie ihre Stimme gen Himmel hat aufsteigen lassen, um ihr Elend und ihre Freude zu besingen.

Ihr letzter Abschied ist das Wort »*Gioia!*«, Freude. Das ist das Einzige, was einem bleibt, manchmal.

Als wir auf dem Deich ankommen, tragen Jacques und Maurice den Rollstuhl von Olivier, der amüsiert die Leute grüßt, wie ein Monarch, mit angewinkeltem Ellbogen und einer sparsamen Bewegung des Handgelenks. So tragen sie ihn bis ans Ufer, und Caroline hüpft vor Freude, ihre zwanzig Jahre verschönern die Welt. Dann machen es sich alle bequem. Mimi küsst die Wange von Herrn Boghossian. »Danke, Vahé, danke für alles.« So höre ich zum ersten Mal seinen Vornamen, Vahé, das heißt düsterer Mann, es ist ein Abschied, er weiß es, sie wissen es beide, er sagt, dass er *yerjanik* für sie ist, glücklich, und er errötet, wie die Schüchternen in den Trickfilmen unserer Kindheit, bevor er mit unsicherem Schritt davongeht und kopfüber in den Sand fällt. Wir lachen, ein zärtliches Lachen voll unaussprechlicher Menschlichkeit. Dann fasse ich den Inhalt von *La Traviata* in wenigen Worten zusammen. Leute kommen zu uns und fragen, ob sie bleiben und mit uns dieser traurigen Leidenschaft lauschen dürfen, in kurzer Zeit sind wir an die vierzig Personen am Strand, versammelt um eine ebenso strahlende wie dunkle Oper, eine Geschichte von Erlösung durch Liebe und durch das Schicksal, die unendlich romantische Geschichte einer verlorenen Frau, die den Schmerz der ganzen Welt trägt und deren eindringlicher Gesang und Todeskampf von unendlicher Schönheit sind und den Glanz der Vergebung besitzen.

Diese seltene Gabe.

Plötzlich ist es, als kämen die Töne der Geigen und Cellos in einem Strauß von einzigartiger, fast würdevoller Eleganz aus dem Tosen des Meeres und dem leichten Hauch des Windes; absolute Stille herrscht zwischen uns allen, die Körper rücken näher zusammen, um in dieser Rührung nicht allein zu sein. Dann verändert sich die Musik, entwickelt sich zu einer Walzermelodie, einem leichteren, fröhlicheren Moment vor dem Schlussakkord, einer Wolke, die auf den Boden sinkt, bevor der Einsatz der Blasinstrumente den des Chores ankündigt, mit seiner fast bedrohlichen Kraft, und schließlich erklingt die Sopranstimme von Violetta, der verlorenen Frau, der zerstörten Frau. Da stehe ich auf, gehe an Olivier vorbei, dessen Hand verstohlen meine streift, und gehe zum Meer. Meine Schritte versinken langsam in der Wärme des Sandes, mein Geist fliegt davon, wie die Noten von Verdi, auf einmal sind meine Kinder neben mir, wir laufen zusammen, die Füße im schaumigen Wasser, am Saum der Welt, wir gehen zu viert Richtung Norden. Louis bespritzt seine Schwestern, die kreischen, Manon droht ihm, auf Facebook zu posten, dass er, bis er sechs war, ins Bett gepinkelt und bis elf am Daumen gelutscht hat, dann beruhigen sie sich wieder; in der Ferne singt Violetta »Flora, amici, la notte che resta/ D'altre gioie qui fata brillar«, »Flora? Ihr Freunde, die Stunden, die bleiben/ Lasst uns durch andre Freuden vertreiben«. Ich weiß um ihren künftigen Schmerz, er schwingt und fließt in mir, er ist die Schwester meines Kummers, ich schaudere, und Léa fängt an: »Wie war Alexandre?« Louis: »Hast du ihm von uns erzählt?« Dann Manon: »Hätte er uns gern kennengelernt?« Dann wieder Léa: »Mochte er unsere Vornamen?« Dann alle zusammen: »Glaubst du, dass er uns geliebt hätte, ich meine, nicht wie Papa, aber geliebt? War er schön? Hat er dich geküsst? Hat er gut gerochen? Hast du dir für ihn die Haare geschnitten? Papa war traurig, als du weggegangen bist. Er sagte, du warst schöner mit Alexandre. Hättet ihr zusammen Kinder gehabt? Hätten wir bei euch wohnen können? Hattet ihr schon ein Haus ausgesucht? Was war er von Beruf? Wohin bist du gegangen, als er tot war? Was wirst du jetzt tun? Vermisst du ihn?« Ich lache, ich ersticke, aber ich weine nicht, ich weine nicht mehr, und erstickend renne ich ins Wasser, zum Horizont, mein Rock saugt sich sogleich mit Wasser voll, sein Gewicht reißt mich um, zieht mich zum Grund, aber ich wehre mich und fange an zu schwimmen, meine Kinder folgen mir jauchzend, begeistert, sich angezogen ins Wasser zu stürzen, und unsere Schwimmzüge bringen uns zurück zu unseren Freunden, die jetzt singen: »Libiamo, ne' lieti calici che la bellezza infiora«, »Auf, schlürfet, auf, schlürfet in durstigen Zügen, den Kelch, den die Schönheit kredenzet«. Zurück zu unseren Freunden, die von Lebensfreude singen, bevor Violettas Kummers ertönt, und während immer wieder Salzwasser in meinen Mund dringt, weil ich in Kleidern nicht gut schwimmen kann, sage ich zu Manon, zu Louis, zu Léa, dass Alexandre mein Leben war, wenn auch kurz, wenn auch fast nicht vorhanden. »Er war meine Freude, mein Schauder, meine Schamlosigkeit und meine Ängste, er hat mein

Leben erweitert, er war schön und mehr als das, und ich bin in Ohnmacht gefallen, als er gestorben ist, ich habe mich verloren, ich liebe ihn immer noch, er fehlt mir immer noch, und ich glaube nicht, dass ich mich davon erholen werde, aber diese Wehmut ist schön, sie ist die Erinnerung an ihn und vor allem seine Gegenwart, ich lebe in seiner Gegenwart, sie erfüllt mich, sie ist meine Freude, es erlebt zu haben, ich bin glücklich.« Léa sagt als Erste, dass sie mich lieb hat, und dann sagen Louis und Manon, dass sie mich lieb haben, und wir erreichen den Strand.

Was danach geschah, was aus mir geworden ist, wohin ich gegangen bin, für wen sich meine Arme geöffnet oder geschlossen haben, für wen ich geweint und gesungen habe, für wen meine Haut gefroren, mein Herz gerast hat, worauf ich zugegangen bin, welche Straße ich gewählt habe, welche Abgründe, welche Düfte ich an meine Halsbeuge, in meinem *Bosporus von Almásy* gelegt habe, das ist nicht wichtig.

Alles, was für mich bestimmt war, habe ich gehabt.

Die Frau, die Alexandre entdeckt hat und die ich ungeschminkt und ohne Lüge offenbart habe, die ich lieben gelernt habe, trotz ihrer Flucht, ihrer dumpfen Scham, trotz ihrer Feigheit eines Laubfroschs, die Frau, die er in mir entdeckt hat, ist wunderbar.

Sie ist alle Frauen, denn sie ist die Versuchung selbst und ihre Unmöglichkeit.

Ich bin der Kummer und die Schönheit des Kummers.

Alexandre ist das unglaubliche Verlangen meines Lebens. Ein so reines Verlangen, dass es auch reine Vergebung sein sollte. Aber Alexandre ist nicht in mein Leben gekommen. Er hat es nur gestreift, hat seine Umrisse verbrannt, er hat Feuer in meinem Bauch entfacht, das nicht schläft und das niemand mehr auslöschen wird, das weiß ich heute.

»Werden Sie mich tanzen lassen?«

»Ja.«

»Mich herumwirbeln?«

»Ja.«

»Bis mir schwindelig wird?«

»Ja.«

»Werden Sie mich auffangen?«

Alles, was ich liebte, ist hier, mein Körper, meine Sünden, meine Freuden, meine Kinder und sogar Olivier und unsere letzten gemeinsamen Wochen, die mich gelehrt haben, dass die Liebe keine Grenzen kennt, dass ich Tochter von Penthesilea und Cio-Cio-San bin und dass der Schmerz auch Wege öffnen kann.

*

Die, die uns lieben, verlassen uns, aber andere kommen.

Die Ziege des Monsieur Seguin
von Alphonse Daudet
(1866)

An Monsieur Pierre Gringoire, Dichter in Paris

*D*u wirst Dich nie ändern, mein armer Gringoire!

Wie denn? Man bietet Dir eine Stelle als Redakteur bei einer angesehenen Pariser Zeitung an, und Du bist so unverfroren, sie abzulehnen? Sieh Dich doch an, mein armer Junge! Das löchrige Wams, die ramponierten Beinkleider, Dein Gesicht eines Hungerleiders. Das alles verdankst Du der Leidenschaft für schöne Reime! So weit haben Dich zehn Jahre im Dienste des Apoll gebracht. Schämst Du Dich nicht?

Werd also Redakteur, Dummkopf. Werd Redakteur! Du wirst schöne Rosentaler verdienen, wirst bei Brébant Deinen Stammplatz haben und Dich bei Premieren mit einer neuen Feder am Barett präsentieren.

Nein? Du willst nicht? Du möchtest frei bleiben bis ans Ende Deiner Tage? Nun, dann lass Dir die Geschichte der Ziege von Monsieur Seguin erzählen. Dann wirst Du verstehen, was man gewinnt, wenn man in Freiheit leben will.

Monsieur Seguin hatte kein Glück mit seinen Ziegen.

Er verlor sie alle auf die gleiche Weise: Eines schönen Morgens zerrissen sie ihren Strick und liefen in die Berge; da oben fraß sie der Wolf. Weder die Fürsorge ihres Herrn noch die Angst vor dem Wolf hielten sie zurück. Es waren sehr unternehmungslustige Ziegen, denen die Weite und ihre Freiheit wichtiger waren als alles andere.

Der brave Monsieur Seguin verstand das Wesen seiner Tiere nicht und war ratlos. Er sagte:

»Ich habe keine Chance. Die Ziegen langweilen sich bei mir, keine einzige wird bei mir bleiben.«

Dennoch gab er nicht auf, und nachdem er sechs Ziegen verloren hatte, kaufte er sich eine siebente; diesmal allerdings eine ganz junge, damit sie sich daran gewöhnte, bei ihm zu bleiben.

Ach, Gringoire, wie hübsch die kleine Ziege von Monsieur Seguin war! Wie reizend mit ihren sanften Augen, dem Unteroffiziersbärtchen, den schwarz glänzenden Hufen, den gestreiften Hörnern und dem langen weißen Fell, das sie wie ein Mantel einhüllte. Sie war fast so entzückend wie das Zicklein von Esmeralda, erinnerst Du Dich, Gringoire? Außerdem war sie gehorsam und sanft und ließ sich melken, ohne sich von der Stelle zu rühren oder den Fuß in den Eimer zu stellen. Ein wahrer Schatz, diese Ziege.

Hinter seinem Haus hatte Monsieur Seguin eine von Weißdorn umzäunte Weide. Dorthin brachte er seine neue Kostgängerin.

Er band sie an einen Pflock am schönsten Fleck der Weide, achtete darauf, dass sie weiten Auslauf hatte, und schaute hin und wieder nach, ob es ihr gut ging. Die Ziege sah sehr glücklich aus und knabberte so eifrig am grünen Gras, dass Monsieur Seguin das Herz aufging.

»Endlich«, sagte der arme Mann, »endlich habe ich eine, der bei mir nicht langweilig sein wird!«

Monsieur Seguin täuschte sich, seiner Ziege war entsetzlich langweilig.

Eines Tages sah sie hinauf zu den Bergen und dachte: »Wie schön es da oben sein muss! Was wäre es für ein Spaß, durch das Gebüsch zu tollen, ohne den verfluchten Strick, der mir am Hals scheuert! In einer Koppel weiden nur Esel oder Ochsen! Ziegen aber brauchen die Weite.«

Von diesem Moment an schmeckte der Ziege das Gras in der Koppel fad. Die Langeweile nagte an ihr. Sie magerte ab und gab kaum noch Milch. Es brach einem das Herz, wie sie den ganzen Tag an ihrem Strick zerrte, den Kopf zu den Bergen wandte, die Nüstern blähte und traurig meckerte.

Monsieur Seguin bemerkte wohl, dass seiner Ziege etwas fehlte, aber er wusste nicht, was es war. Als er sie eines Morgens gemolken hatte, sah ihn die Ziege an und sagte in ihrer Sprache:

»Bitte, Monsieur Seguin, ich langweile mich so, lassen Sie mich in die Berge gehen.«

»Mein Gott! Nicht auch noch du!«, rief Monsieur Seguin fassungslos und ließ den Eimer fallen; dann setzte er sich ins Gras neben seine Ziege.

»Du willst mich also verlassen, Blanquette?«

Und Blanquette antwortete: »Ja, Monsieur Seguin.«

»Hast du nicht genug Gras?«

»O doch, Monsieur Seguin!«

»Bist du vielleicht zu kurz angebunden, soll ich den Strick länger machen?«

»Das ist nicht nötig, Monsieur Seguin.«

»Was brauchst du dann? Was willst du?«

»Ich möchte in die Berge laufen, Monsieur Seguin.«

»Du Unglückliche! Weißt du denn nicht, dass in den Bergen der Wolf wartet? Was machst du, wenn er kommt?«

»Ich stoße ihn mit meinen Hörnern, Monsieur Seguin.«

»Der Wolf lacht über deine Hörner. Er hat Ziegen gefressen, die ganz andere Hörner hatten. Erinnerst du dich an die arme alte Renaude, die im letzten Jahr hier war? Eine prächtige Ziege, stark und böse wie ein Bock. Die ganze Nacht hat sie mit dem Wolf gekämpft ... und am Morgen hat der Wolf sie gefressen.«

»O mein Gott! Die arme Renaude! ... Aber das ändert nichts, Monsieur Seguin, lassen Sie mich in die Berge gehen.«

»Allmächtiger!«, rief Monsieur Seguin. »Was ist nur in meine Ziegen gefahren? Noch eine, die der Wolf fressen wird ... O nein! Ich werde dich gegen deinen Willen retten, du Schlingel. Und weil ich fürchte, du könntest deinen Strick zerreißen, werde ich dich in den Stall sperren, und da bleibst du.«

Mit diesen Worten brachte Monsieur Seguin die Ziege in den dunklen Stall, dessen Tür er fest verschloss.

Leider hatte er das Fenster vergessen, und kaum hatte er sich abgewandt, machte sich die Kleine davon ... Du lachst, Gringoire? Himmelherrgott! Das glaube ich wohl; Du bist auf der Seite der Ziegen und gegen den armen Monsieur Seguin. Mal sehen, wann Dir das Lachen vergeht. Als die weiße Ziege in die Berge kam, herrschte großes Entzücken. Nie zuvor hatten die alten Tannen etwas so Hübsches gesehen. Man empfing sie wie eine kleine Königin. Die Kastanien neigten sich bis zum Boden, um sie mit den Spitzen ihrer Zweige zu liebkosen. Der goldene Ginster öffnete ihr einen Durchgang und duftete so stark er konnte. Der ganze Berg feierte sie.

Du kannst Dir vorstellen, wie glücklich unsere Ziege war, Gringoire.

Kein Strick mehr, kein Pflock, nichts, was sie daran hinderte, herumzuspringen und zu fressen, wo sie wollte. Wie hoch das Gras wuchs! Bis über die Hörner, mein Lieber! Und was das für Kräuter waren! Saftig, zart, gezahnt, tausenderlei Pflanzen. Das war etwas anderes als die Wiese in der Koppel. Und die Blumen erst! Große blaue Glockenblumen, purpurroter Fingerhut mit langen Kelchen, ein ganzer Wald aus Wildblumen, aus denen die berauschendsten Säfte quollen.

Halb trunken wälzte sich die weiße Ziege darin, streckte alle viere in die Luft und rollte über trockenes Laub und Kastanien die Hänge hinab. Dann sprang sie wieder auf die Beine. Hopp! Schon sauste sie mit vorgerecktem Hals davon, durch Büsche und Sträucher, bald auf einen Gipfel, bald durch eine Schlucht, war mal oben, war mal unten, war überall. Man hätte glauben können, zehn von Monsieur Seguins Ziegen tobten durch die Berge.

Denn Blanquette hatte vor gar nichts Angst.

Mit einem Satz sprang sie über wilde Bäche, die sie mit Schlamm und Schaum bespritzten. Dann streckte sie sich auf einem flachen Felsen aus und ließ ihr nasses Fell von der Sonne trocknen …

Einmal stand sie mit einem Goldregenzweig im Maul am Rand eines Plateaus, da sah sie unten, ganz unten im Tal das Haus von Monsieur Seguin mit der Koppel dahinter. Sie lachte, dass ihr die Tränen kamen.

»Wie klein das ist!«, rief sie. »Wie konnte ich es nur da drin aushalten?«

Die Ärmste! Auf ihrem Berggipfel fühlte sie sich mindestens ebenso groß wie die Welt.

Es war ein wunderbarer Tag für die Ziege von Monsieur Seguin. Als sie so nach links und nach rechts sprang, stieß sie gegen Mittag auf eine Gruppe von Gämsen, die eifrig an einem wilden Weinstock knabberten. Unsere kleine Läuferin im weißen Kleid sorgte für Aufsehen. Man gab ihr den besten Platz am Weinstock, und die Herren waren sehr galant. Es scheint sogar, aber das bleibt unter uns, Gringoire, als hätte ein junger Gämsbock mit schwarzem Fell das Glück gehabt, Blanquette zu gefallen. Die beiden Verliebten verschwanden für ein Stündchen oder zwei im Wald, und wenn Du wissen willst, was sie dort besprachen, frag die geschwätzigen Quellen, die unsichtbar durch das Moos rinnen.

Plötzlich frischte der Wind auf. Die Berge färbten sich violett. Der Abend brach herein.

»Schon!«, sagte die kleine Ziege und blieb ganz erstaunt stehen.

Die Felder im Tal waren im Nebel verschwunden. Auch die Koppel von Monsieur Seguin versank darin, und vom Häuschen war nur noch das Dach und ein bisschen Rauch zu sehen. Blanquette lauschte auf die Glöckchen einer Herde, die man nach Hause trieb, und sie wurde sehr traurig. Ein Gerfalke, auf dem Weg zu seinem Nest, streifte sie mit seinen Flügeln. Sie erschauerte. Dann drang vom Berg ein Heulen an ihr Ohr.

»Huh! Huh!«

Der Wolf fiel ihr ein. Den ganzen Tag hatte die Verrückte nicht an ihn gedacht. Gleich darauf ertönte weit weg im Tal ein Horn. Es war der gute Monsieur Seguin, der einen letzten Versuch unternahm.

»Huh! Huh«, heulte der Wolf.

»Komm zurück, komm zurück!«, rief das Horn.

Blanquette bekam Lust, heimzukehren, dann aber dachte sie an den Pflock, den Strick, die Hecke um die Weide, sie dachte, dass sie sich nun nicht mehr mit diesem Leben würde abfinden können und dass es besser war, zu bleiben. Das Horn verstummte.

Hinter sich hörte die Ziege Blätter rascheln.

Sie drehte sich um und sah im Schatten zwei kurze, aufgestellte Ohren und zwei funkelnde Augen.

Es war der Wolf.

Riesig und reglos saß er auf seinen Hinterläufen, er war da, sah die kleine weiße Ziege an und freute sich auf den Leckerbissen. Da der Wolf wusste, dass sie ihm nicht entkommen konnte, beeilte er sich nicht; als sie ihn anstarrte, lachte er nur boshaft, »Ha ha! Die kleine Ziege von Monsieur Seguin!«, und leckte sich mit seiner großen roten Zunge die Lefzen.

Blanquette wusste, dass sie verloren war. Die Geschichte der alten Renaude fiel ihr ein, die die ganze Nacht gekämpft hatte und am Morgen gefressen worden war, und sie fragte sich kurz, ob es vielleicht besser sei, sich sofort fressen zu lassen. Dann besann sie sich und ging in Angriffsstellung, den Kopf gesenkt, die Hörner vorgestreckt, wie es sich für eine tapfere Ziege von Monsieur Seguin gehörte. Nicht etwa, um den Wolf zu töten, denn Ziegen töten keine Wölfe, sondern um zu sehen, ob sie genauso lange durchhalten würde wie Renaude.

Da kam das Untier näher, und die kleinen Hörner begannen ihren Tanz.

Oh, wie eifrig das tapfere Zicklein kämpfte! Mehr als zehnmal, ich lüge nicht, Gringoire, zwang es den Wolf zum Rückzug, um Atem zu holen. Während dieser Kampfpausen von einer Minute pflückte die Naschhafte rasch einen Halm ihres Lieblingsgrases; dann zog sie mit vollem Mund wieder in den Kampf. Er dauerte die ganze Nacht. Ab und zu sah die Ziege von Monsieur Seguin die Sterne am hellen Himmel tanzen und sagte sich:

»Hoffentlich halte ich bis zur Morgendämmerung durch.«

Ein Stern nach dem anderen erlosch. Blanquette verdoppelte die Hörnerstöße, der Wolf seine Bisse.

Ein blasses Leuchten erschien am Horizont. Das Krähen eines heiseren Hahns drang von einem Bauernhof herauf.

»Endlich!«, sagte die arme Ziege, die nur noch auf den Tag gewartet hatte, um zu sterben; und sie streckte sich mit ihrem schönen weißen, blutbefleckten Fell auf dem Boden aus.

Da stürzte sich der Wolf auf die Ziege und fraß sie auf.

Adieu, Gringoire! Die Geschichte, die Du gehört hast, ist kein Märchen, das ich erfunden habe. Wenn Du jemals in die Provence kommst, werden unsere Bauern Dir oft in ihrem Dialekt von der Ziege des Monsieur Seguin erzählen, die die ganze Nacht gegen den Wolf gekämpft hat; und dann am Morgen hat der Wolf sie gefressen.

Verstehst Du, Gringoire? Und dann am Morgen hat der Wolf sie gefressen.

Das Zitat auf S. 7 stammt aus: Henri Michaux, *Passagen*. Übersetzt von Elisabeth Walther, Bechtle Verlag 1950.

Das Zitat auf S. 56 stammt aus: Marguerite Duras, *Der Liebhaber*. Übersetzt von Ilma Rakusa, Suhrkamp Verlag 1987.

Das Zitat auf S. 161 stammt aus: Jacques Brel, *J'arrive*.

Das Zitat auf S. 211 stammt aus: Colette, *Die Freuden des Lebens*. Übersetzt von Erna Redtenbacher und Helene Maria Reiff, Zsolnay Verlag 1961.

Das Zitat auf S. 217 stammt aus: Anna de Noailles, *»Déchirement«*, in: *Revue des Deux Mondes*, Bd. 5. 1903.

Das Zitat auf S. 219 stammt aus: Eddy Mitchell, *Pas de boogie woogie*.

Danksagung

Zuallererst an Karina Hocine. »Que serais-je sans toi que ce balbutiement?«

An Charlotte von Essen, fordernd und wohlwollend – wie gut das zusammenpasst.

An Philippe Dorey, immer begeistert, immer bereit, aufs Fahrrad zu steigen, quer durch Paris zu fahren, verrückten Bussen auszuweichen und seine ehrliche Freundschaft mitzubringen.

An Éva Bredin, die meine Bücher durch die Welt reisen lässt.

Danke auch und vor allem an die wunderbaren Vertreter von Lattès.

An Alphonse Daudet, der die Eleganz besaß, zu einer Zeit zu leben, da man noch lange Briefe schrieb.

An Doktor Hagop Haytayan, einen großen Bücherfreund, der mich so freundschaftlich durch die Psyche meiner kranken Romanfiguren geführt hat. An Professor Jean-Denis Rain, der nie mit seiner Zeit gegeizt hat, um mir etwas über Krebs zu erzählen. Und an Doktor Philippe Thomazeau, der jeden Tag beweist, dass auch das Ende des Lebens noch Leben ist.

An Lee Godden und Mike Dowdall, die mich an einem Sommerabend im Herzen der eleganten englischen Natur Händels *Agrippina* entdecken ließen, und an Morgan Pignard, der mir Donizettis *Liebestrank* und Verdis *La Traviata* ins Ohr gesetzt hat, bevor ich mich mit Dana in der Opéra Bastille davon bezaubern ließ.

An Michel Chirinian, der die Stimme von Herrn Boghossian war. *Shnorhagal em*, Michel.

An alle Leser, die seit mehr als einem Jahr liebevoll mit mir schimpfen, weil ich so lange gebraucht habe, dieses Buch zu schreiben, und deren Ungeduld und Treue echte Ermutigung waren.

Meinen vier Kindern, die den Stürmen widerstehen, die sie seit zwei Jahren erschüttern, und die durch diese Geschichte verstehen werden, wie viel Liebe in all dem war.

Und schließlich an Dana, die mich die Oper entdecken, verstehen und lieben ließ, später dann den Tanz, auch das berührende Pas de deux aus der *Verklärten Nacht* von Arnold Schönberg, Choreographie von Anne Teresa De Keersmaeker, berührend bis zu den funkelnden, begeisterten Tränen – du bist die Quelle meines Glücks.

Grégoire Delacourt
Die vier Jahreszeiten des Sommers
Roman
Aus dem Französischen von Claudia Steinitz
192 Seiten, gebunden
ISBN 978-3-455-60041-4

Ein Sommer am Strand in Nordfrankreich: Sonne, Meer, Dünen und Bars. Hier treffen vier Paare ganz unterschiedlichen Alters aufeinander: zwei Teenager im Rausch der ersten Liebe, eine 35-Jährige auf der Suche nach einem neuen Glück, eine gelangweilte Hausfrau, die sich ins Abenteuer stürzt, und ein altes Ehepaar, das sich noch genauso liebt wie am ersten Tag. All diese Menschen begegnen sich, ohne zu wissen, dass ihre Geschichten eng miteinander verwoben sind und ihre Schicksale sich gegenseitig beeinflussen. Bis es während des Feuerwerks zum französischen Nationalfeiertag zu einem dramatischen Höhepunkt kommt.
Grégoire Delacourt hat eine Hommage an die Liebe und an den Sommer geschrieben, die einmal mehr zeigt, dass die großen Gefühle ganz unabhängig von Alter und Lebensphase sind.

»Delacourt erzählt so packend wie berührend
von großen Gefühlen und kleinen Dramen, dass
sogar bekennende Nicht-Romantiker an diesen
Liebesgeschichten Gefallen finden dürften.«
freundin

Grégoire Delacourt
Der Dichter der Familie
Roman
Aus dem Französischen von Tobias Scheffel
240 Seiten, gebunden
ISBN 978-3-455-40468-5

Mit sieben Jahren schreibt Édouard sein erstes Gedicht. Wie charmant! Die Familie ist entzückt, von jetzt an steht fest: Édouard ist der Dichter der Familie. Doch für ihn beginnt damit der unaufhaltsame Abstieg. Die Jahre vergehen, und vergebens versucht er, diesen einen Moment reiner Liebe und Bewunderung wiederauferstehen zu lassen. Nichts will ihm gelingen: Er wählt die falsche Frau und muss machtlos zusehen, wie seine Familie zerbricht. Statt Schriftsteller wird er Werbetexter, trotz seiner Erfolge fühlt er sich als Versager. »Schreiben heilt«, hat sein Vater immer gesagt – wird Édouard schließlich die Worte finden, die ihn und seine Liebsten zu heilen vermögen?

»Ein wundervoller, zarter Roman über die Schwierigkeit, sich von den Träumen zu lösen, die andere für uns formuliert haben, und unser Leben selbst in die Hand zu nehmen.«
Le Monde